무지개를

연주하는

소년

NIJI WO AYATSURU SHOUNEN

ⓒ Keigo Higashino 1994

All rights reserved.

Original Japanese edition published by KODANSHA LTD.

Korean translation rights arranged with KODANSHA LTD.

through EntersKorea Co., Ltd.

무지개를 연주하는 소년

초판 1쇄 펴낸 날 2014년 9월 16일 4쇄 펴낸 날 2022년 1월 6일

지은이 히가시노 게이고 **옮긴이** 김난주 **펴낸이** 박설림 **펴낸곳** 도서출판 재인 **디자인** 오필민디자인

등록 2003. 7. 2. 제300-2003-119 **주소** 서울시 강남구 도곡동 467-6 대림아크로텔 1812호

전화 02-571-6858 **팩스** 02-571-6857

ISBN 978-89-90982-56-8 03830 Copyright ⓒ 재인, 2014 Printed in Korea.

책값은 뒤표지에 표시되어 있습니다. 잘못된 책은 바꿔 드립니다.

무지개를
연주하는
소년

히가시노 게이고 지음
김난주 옮김

재인

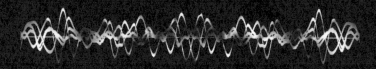

1

어두운 하늘에 폭음이 메아리쳤다. 선두를 정점으로 수십 개의 헤드라이트가 길쭉한 이등변 삼각형을 그리면서 간선 도로를 따라 동쪽으로 이동하고 있다. 모두가 오토바이로, 두 명이 탄 오토바이는 한 대도 없었다. 오로지 혼자 힘으로 달리고 싸운다는 것이 이 무리의 신조다.

오토바이의 색은 모두 검정 한 가지로 통일돼 있다. 그들은 검은색이 강함을 상징한다고 믿는다. 차체만이 아니다. 그들 자신의 모습 역시 검정 일색이다. 검정 전투복에 헬멧도 같은 색이다.

한 가지 특징이 더 있다. 바로 헤드라이트의 색이다. 특별히 개조되어 한 대 한 대가 미묘하게 색이 달랐다. 그래서 그들이 줄지어 달리는 모습이 멀리서는 마치 비단잉어가 헤엄치는 것처럼 보이기도 했다.

오늘 밤, 그들은 오랜만에 파괴 활동에 나섰다. 그들이 R

지구라고 부르는 장소에서다.

R 지구에 침입하자마자 그들은 지역 폭주족과 마주쳤다. 전형적인 올드 타입의 무리로, 공연히 엔진을 붕붕거리거나 경적을 요란하게 울리고 고함이나 질러 대는 패거리다. 싸움을 할 때도 쇠파이프와 쇠사슬을 휘두르는 것밖에는 할 줄 아는 게 없다.

검은 무리는 발군의 바이크 테크닉을 구사해 상대방의 원시적인 공격을 피한 다음 기회를 틈타 폭탄을 하나 던졌다. 그래 봐야 그들이 소지한 폭발물 중에서는 제일 작은 것이다. 그런데도 그것이 터지는 순간, 상대는 사바나에서 사자와 맞닥뜨린 작은 동물마냥 사방으로 달아났다.

검은 무리는 잠시 그 부근을 더 달린 후 자신들의 구역으로 돌아갔다.

소마 고이치는 그 무리의 중간쯤에서 달리고 있었다. 다들 멋대로 달리는 것처럼 보이지만 실은 각자 정해진 위치가 있다.

고이치가 그 무리에 섞인 것은 1년 전쯤이었다. 고등학교를 중퇴한 후 딱히 할 일이 없어 매일 혼자 달리던 차에 무리에 들어오라는 권유를 받은 것이다.

"우리는 일반 폭주족과는 달라."

검은 머리를 투구처럼 올백으로 넘겨 붙인 리더가 낮은 목소리로 고이치에게 말했다.

"그들은 중년 여자들처럼 히스테리를 부리지. 그걸 청춘이니 뭐니 지껄이는 놈도 있어. 청춘? 좋아하시네. 구역질 나서, 원."

리더는 침을 뱉더니 계속했다.

"우리는 어둠을 지배한다. 관리한다고도 할 수 있지. 밤은 우리 것이다. 그래서 검은 옷을 입고 검은 오토바이를 타지. 우리는 어떤 색에도 물들지 않아. 강압적인 빛은 거부한다."

무리의 이름은 마스크트 반달리즘이다. 현대 사회의 구조에 의문을 품고 그것을 파괴하는 것이 그들의 궁극적인 목표였다. 자신들은 뉴 타입이라는 자부심이 있었고, 오로지 욕망을 채우기 위해 폭력 행위를 일삼는 폭주족을 올드 타입이라고 부르며 멸시했다. 그래서 올드 타입을 제거하는 것이 그들의 당면 과제였다. 우선 자신들 세대부터 바뀌어야 한다는 것이 그들의 주장이었다.

고이치가 가입한 후 1년 동안 마스크트 반달리즘에서 열여섯 명의 동료가 검거되었다. 그러나 또한 그만큼의 새로운 멤버가 충원되었다. 그 대부분은 올드 타입에서 전향한 자들이었다.

가입 동기는 각양각색이지만, '왠지 폼 나 보여서'가 대다수였다. 지금까지의 폭주 행위에 싫증을 느낀 그들이, 보기에 따라서는 금욕적인 면이 있는 뉴 타입의 행동 방식을 동경했는지도 모르겠다. 물론 턱없이 단순한 이유를 댄 녀석도 꽤 있었다. 검은 옷이 멋져 보였다는 것이다.

그런데 고이치는 요즘 들어 어쩐지 석연치 않은 느낌이 들곤 했다. 현대 사회의 구조를 파괴하기 위해 자연 발생적으로 생겨났다고 하는데 과연 그럴까 하는 의문이 자꾸 고개를 드는 것이다. 지금의 자신들 역시 어떤 보이지 않는 힘에 의해 통제되고 있는 것만 같았다.

그 이유는 뉴 타입이 이 지역에만 존재하는 것이 아니고 같은 주의 주장을 하는 투쟁 집단이 전국적으로 속속 생겨나고 있기 때문이었다. 그들은 마스크트 반달리즘과 비슷한 주장을 하는 투쟁 집단이었다. 각 집단 간에 연결 고리는 없다. 마스크트 반달리즘과 비슷한 집단이 우연히 같은 시기에 전국적으로 발생하고 있다는 사실이 도무지 이해가 안 갔다. 리더 말로는 이 시대가 요구하고 있기 때문이라는데 정말 그런 걸까. 가령 어떤 의지에 의해 자신들 같은 뉴 타입의 집단이 생겨났다 쳐도 '그 집단이 과연 무엇에 도움이 될까.'라는 질문에 이르면 고이치로서도 대답할 말이 궁했다.

그들은 신흥 주택가를 가로지르는 간선 도로를 달리고 있었다. 그리고 마침내 후미에서부터 한 대 두 대 무리를 이탈해 나갔다. 이것도 뉴 타입의 특징 중 하나였다. 집합도 해산도 없다. 일정한 시각이 되면 어디서부터라고 할 것도 없이 모여들었다가 다시 어디론가 흩어지는 것이다.

소마 고이치도 슬슬 빠질 때가 되었다. 그는 천천히 오토바이의 속도를 늦춰 후미로 처졌다가 무리를 떠나 혼자 왼쪽 샛길로 빠졌다.

그 길은 약간 오르막길이었다. 유명한 부동산 회사가 분양한 똑같은 모양의 집들이 끝없이 이어졌다. 고이치의 집은 그 오르막길을 다 오른 곳에 있다. 사람들이 위에서 내려다보는 것을 고이치의 아버지가 싫어하기 때문이었다. 그는 그런 아버지를 싫어한다.

집 앞에 오토바이를 세운 고이치는 집으로 곧장 들어가지 않고 눈 아래 펼쳐지는 야경을 바라보았다. 어둠 속에 갖가지 빛이 반짝거리는 모습이 아름다웠다.

그러다 그의 눈이 하나의 빛을 포착했다. 그는 그 빛을 가만히 바라보다가 가슴 주머니에 넣어 둔 소형 망원경을 꺼냈다. 또 그 빛이군, 그는 마음속으로 그렇게 중얼거렸다.

그 빛을 발견한 것은 지난주였다. 가로등과 네온사인, 주택의 창문에서 비치는 불빛들에 섞여 빛나는 이질적인 빛이 하나 있었다. 그렇다고 특별히 강한 빛은 아니었다. 다만 가만히 바라보고 있자면 일정하게 빛나는 것이 아니라 색이나 점멸 패턴이 점점 변하는 것 같았다.

고이치는 망원경을 통해 그 빛을 보았다. 빛은 어느 건물 위에서 반짝이고 있었다. 가만히 바라보고 있자니 그 빛은 기묘하게 점멸하기 시작했다. 그것을 잠시 바라보다가 고이치는 망원경에서 눈을 뗐다.

'이리 와요.'

빛이 그렇게 속삭이는 것처럼 생각되었기 때문이다.

설마. 고이치는 망원경을 도로 주머니에 넣고 혼자서 피식 웃었다.

'기껏해야 신형 네온사인이나 뭐 그런 거겠지. 신경 쓸 일이 아니잖아.'

그리고 오토바이를 주차장에 넣으려던 그는 다시 한 번 뒤를 돌아보았다.

빛은 같은 위치에 있었다. 그리고 조금 전처럼 또 속삭였다. 이번에는 망원경으로 보지 않아도 알 수 있었다. 이리 와요. 이리 와요.

고이치는 다시 오토바이에 올라타고 시동을 걸었다.

시노 마사시가 그 빛을 본 것은 어려운 수학 문제를 간신히 풀고 난 직후였다. 그날도 여느 때처럼 밤늦게까지 공부하고 있던 참이었다.

마사시는 고등학교 2학년이다. 그러나 자신은 이미 입시생이라고 인식하고 있었다. 대학에 가려고 마음먹었고, 그러기 위해 공부하는 것이니 그렇게 생각하는 게 당연하다고 여겼다. 또 그것은 외아들에게 잔뜩 기대를 품고 있는 그의 부모의 생각이기도 했다. 입시까지 남은 시간은 앞으로 1년 9개월. 그러나 부모는 남은 시간이 그다지 많지 않다고 생각한다.

마사시는 어렸을 때부터 훌륭한 의사가 되어 아버지의 병원을 물려받는 것이 꿈이었다. 아니, 사실 그것은 그의 꿈이 아니라 부모의 꿈이었다. 하지만 그 자신은 아직 그 점을 깨닫지 못하고 있다. 그의 부모는 아들이 독자적인 꿈을 가질까 봐 노심초사했다. 그래서 그러기 전에 아들의 머리에 그들의 꿈을 세뇌한 것이다.

그러나 마사시는 지금의 상황에 큰 불만을 품고 있지 않다. 지금 당장은 부모가 준비해 놓은 길고 경사가 심한 계단을 한 단 한 단 올라가는 것만이 그가 사는 보람이었다. 힘들지만 나름 쾌적하고, 잘 풀려 나갈 때는 충실감과 성취감도 얻을 수 있었다. 무언가를 스스로 결정하지 않아도 된다는 편안함이 그 쾌감을 뒷받침해 주었다. 그는 때때로 현재 위치에서 뒤를 돌아보고 올라온 계단의 길이에 혼자 뿌듯해하기도 했다.

다만, 그런 그가 요즘 슬럼프에 빠져 있다. 집중이 잘되지 않고 성적은 제자리를 맴돌고 있다. 방금 푼 수학 문제만 해도 이전 같으면 쉽게 풀 수 있는 문제였다. 문제에 집중하지 못하기 때문에 머리가 잘 돌아가지 않는 것이다.

마사시는 관자놀이를 눌렀다. 왠지 짜증이 났다.

원인은 알고 있었다. 기요세 유카가 머리에서 떠나지 않기 때문이다. 그는 책상 서랍을 열어 2학년이 되면서 찍은 학급 사진을 꺼냈다. 마사시의 반은 남학생이 스무 명에 여학생이 열여덟 명이다. 기요세 유카는 세 번째 줄 여학생들 중 가운데쯤에 있다.

갈색이 도는 긴 머리가 자연스럽게 어깨 위로 흐르고, 사진을 찍을 때 나오는 버릇인지 계란형 얼굴을 약간 오른쪽으로 기울이고 있다. 선이 또렷한 눈이 사진 속에서 마사시를 바라보고 있는 것만 같았다.

그녀는 교실에서 마사시 앞의 옆 자리에 앉아 있다. 그가 칠판을 보려 할 때면 반드시 시야에 들어오는 위치다. 그래서 요즘 그는 선생이 판서한 내용을 노트에 베끼는 것도 깜박깜박 잊곤 한다. 수업 내내 기요세 유카의 목덜미만 쳐다볼 때도 있었다.

그의 엄마는 아들이 여자에게 관심 갖는 것을 매우 경계했다. 여자에 대한 관심은 학력 저하로 직결된다고 믿기 때문이었다. 새해가 되면서 같은 반 여학생이 보낸 연하장 하나에도 엄마는 과민하게 반응하고 꼬치꼬치 캐물었다. 아니, 애는 누구니. 누군데 너한테 연하장을 보내는 거야. 학교에서 친하게 지내는 거니⋯⋯. 그 여학생이 반 전원에게 연하장을 보냈다는 사실이 밝혀질 때까지 엄마는 그 연하장을 냉장고에 붙여 놓았다.

엄마가 굳이 말하지 않아도 지금은 여자에게 마음을 빼앗길 때가 아니라는 것쯤 마사시도 알고 있다. 이러면 안 돼. 빨리 잊어야지. 잡념을 떨치고 공부에 집중해야지. 그러나 아무리 마음을 다잡아도 기요세 유카의 얼굴이 저절로 떠오르는 것은 어쩔 수 없었다. 특히 최근에는 성에 관한 호기심이 강렬해졌다. 그것이 기요세 유카를 향한 마음과 시너지 효과를 일으키는 탓에 육체적 욕구를 억누르는 것만 해도 버거웠다. 그는 때로 유카를 생각하면서 자위를 했다. 그리고 그 횟수가 점점 늘어나자 자신을 향한 혐오감이 또 그의 마음을 옭죄었다. 지금도 그는 사진을 서랍에 넣고 난 후 무의식중에 자신의 오른손이 사타구니로 뻗는 것을 느끼고는 심한 죄책감에 시달리고 있다. 오늘은 이미 자위를 한 번 한 터였다.

그는 일어나서 창문을 열었다. 5월인데 밤바람이 아직 싸늘하다. 그 바람을 맞으면 멍한 머리가 조금은 맑아질지도 모르겠다고 생각했다.

빛을 본 것은 그때였다. 건너편 집과 집 사이로 신비로운 빛이 보였다. 그 빛을 보는 순간 마사시는 왠지 심장이 쿵쿵 뛰는 것을 느꼈다. 그는 가만히 그 빛을 응시했다. 빛은 생각보다 먼 곳에서 비치는 것 같았다.

무슨 빛일까 하고 생각했다. 색이 쉴 새 없이 바뀌고, 점멸하는 패턴도 일정하지 않았다. 마치 자신에게 말을 거는 것 같다고 마사시는 생각했다.

그는 창가에 선 채 그 빛을 한참 동안 바라보았다. 빛이 사라지자 그는 시계를 보았다. 새벽 3시 정각이었다. 30분 이상이나 그 빛을 바라본 셈이었다.

창문을 닫고 다시 책상 앞에 앉았다. 신기하게도 머리가 개운했다. 공부에 집중할 수 있을 것 같았다. 실제로 그는 5시까지 한 번도 쉬지 않고 영문 독해에 열중했다. 이렇게 공부에 집중하기는 오랜만이었다.

다음 날 밤, 그는 창문 커튼을 열어 놓은 채로 공부했다. 그리고 잠시 쉴 때는 창밖을 쳐다보았다. 오늘 밤도 그 빛을 볼 수 있지 않을까 하는 기대감 때문이었다.

그리고 빛은 나타났다. 정확하게 새벽 2시였다. 빛은 어제와 똑같은 위치에서 똑같이 점멸했다. 마사시는 의자를 창가로 옮겨 놓고 꼬박 한 시간 동안 그 빛을 감상했다. 그 후에는 또 어제처럼 머리가 맑아지고 기분도 상쾌했다. 몸 안쪽으로부터 기력이 차오르는 게 느껴졌다.

그 후로는 새벽 2시에서 3시까지 수수께끼의 빛을 바라보는 것이 그의 일과가 되었다. 부모에게는 그 일을 말하지 않았다. 나쁜 짓을 하고 있다는 의식은 없었지만 왠지 다른 사람에게 말해서는 안 될 것 같아서였다. 엄마 아빠는 전혀 눈치를 못 채는 것 같았다. 오히려 "요즘 마사시가 눈빛이 달라졌어. 드디어 뭔가를 깨달았나 봐." "그럴 만도 하지. 입시까지 2년도 안 남았으니."라고 두 분이 대화하는 것을 우연히 들은 일이 있었다.

사실 마사시는 자신의 내면에 미묘한 변화가 생겼다는 것을 느끼고 있었다. 그 빛을 보게 된 후로, 지금까지 자신을 괴롭히던 몇 가지 고민거리가 별것 아니라고 느껴지게 된 것이다. 성격이 적극적으로 바뀐 기분노 들었나. 빛을 보기 시작한 지 열흘 후, 그는 마침내 기요세 유카에게 말을 건넸다. 두서없는 대화를 나눴을 뿐이지만 그는 최고 난이도의 수학 문제를 풀었을 때보다 뿌듯한 충족감을 느꼈다.

'그 빛에는 인간의 내면을 변화시키는 힘이 있는지도 몰라.'

그는 어렴풋이 그렇게 생각하게 되었다.

당연한 일이지만 그는 빛을 발하는 자의 정체에 관심을 갖게 되었다. 누가 무엇 때문에 그런 빛을 비추고 있을까. 그 빛에는 어쩜 그토록 신비한 힘이 있는 것일까.

그리고 마침내 어느 밤, 마사시는 자신의 의문을 풀기 위해 행동에 나섰다. 그런 행동력을 이끌어 낸 것 역시 그 빛의 힘인지도 몰랐다.

　새벽 2시가 되기를 기다리다 못해 고즈카 테루미는 살그머니 베란다로 나갔다. 그리고 아빠의 망원경에 눈을 댔다. 그러나 시간이 아직 이른지 그녀가 찾는 빛은 보이지 않았다.

　"정확하구나."

　테루미가 중얼거렸다. 오늘로 네 번째 밤인데 그 빛은 새벽 2시가 되지 않으면 보이지 않는다.

　빛은 우연히 발견했다. 그 밤, 그녀는 죽을 작정으로 거실에서 베란다로 몰래 나갔다. 집은 5층에 있고 그 아래는 아스팔트에 선만 그어져 있는 주차장이었다. 뛰어내리면 고통을 느끼기 전에 죽을 수 있을 것이라고 생각했다.

　그날 저녁 무렵 엄마와 할머니가 대판 싸웠다. 원인 자체는 아주 사소한 것이었다. 두 사람의 냉전 상태가 한계에 달해 양쪽 모두 분노를 터뜨릴 기회만 엿보고 있었던 것이다.

　친척 아주머니 말로는 중학교 1학년인 테루미가 태어나기 전부터 두 사람은 사이가 나빴다고 한다. 당시 테루미의 가족은 할아버지 대부터 살던 집에 살고 있었고, 테루미의 엄마는 시집오자마자 시부모와 같이 살아야 했다. 테루미의 할머니는 무슨 일이든 옛날부터 내려오는 관습대로 하지 않으면 안 되는 사람이어서 합리적인 것을 좋아하는 엄마와 툭하면 부딪쳤다.

　그러다 테루미의 아빠가 지금 사는 아파트를 구입해서 세 사람은 분가하게 되었다. 그러나 그 평화로운 시기는 오래가지 않았다. 할아버지가 돌아가시는 바람에 테루미네가 할머니를 모시지 않을 수 없게 된 것이다. 당연히 테루미의 엄마는 반대했지만 아빠가 밀어붙인 탓에 어쩔 수 없었다. 테루미는 자세한 내막을 모르지만, 아빠는 할아버지의 집을 팔아 그 돈으로 아파트 융자금을 갚을 수 있는 기회를 놓치고 싶지 않았던 것 같다.

　할머니가 집으로 들어왔을 때 테루미는 초등학교 4학년이었다. 세월의 때가 묻은 짐들이 히니히니 옮겨지는 광경을 문 뒤에서 잔뜩 찌푸린 얼굴로 노려보던 엄마의 모습을 테루미는 지금도 생생히 기억한다. 엄마는 혼잣말로 중얼거렸다. 이렇게 좁은 집에 노인네까지. 겨우 방 세 개짜리 집에서 어쩌라고. 오래 살 거야, 보나 마나. 아, 싫다, 싫어. 당장 오늘 저녁상 차릴 생각만 해도 머리가 깨질 것 같아. 애아빠가 나빠. 차라리 일이나 하러 나가 버릴까. 그럼 또 한 소리 하겠지. 하루빨리 죽어 주면 얼마나 좋을까.

　테루미는 밖으로 나가 조그만 손을 모아 태양에게 빌었다. 엄마와 할머니가 싸우지 않게 해 주세요. 사이좋게 살도록 해 주세요.

 하지만 어린 그녀의 소원은 이루어지지 않았다. 할머니가 테루미의 집으로 들어온 바로 그날 저녁, 할머니는 반찬을 가지고 맛이 어떻다느니 잔소리를 했고, 결국 말다툼이 벌어진 것이다. 할머니는 요란한 소리를 내며 벌떡 일어나더니 자기 방으로 들어가 버렸다. 그 바람에 식탁에 놓여 있던 밥공기가 바닥에 떨어져 깨지고 안에 담겼던 밥이 쏟아져 나왔다. 마치 자신들의 앞날을 암시하는 듯한 그 광경은 테루미의 망막에 어두운 과거로 새겨졌다. 그러는 동안 아빠는 고개를 푹 숙인 채 말없이 밥을 먹었다.

 그 이후 할머니와 엄마는 같은 집에 살면서도 서로의 존재를 완전히 무시하면서 생활했다. 둘이서 대화를 나누는 일은 전혀 없었고, 의사소통이 필요할 때에는 아빠나 테루미가 중개를 해야 했다. 심지어 같이 있는데도 두 사람은 마치 통역이 필요한 사람들 같았다.

 "둘 다 그만 좀 해!"

 몇 번이나 그렇게 말하면서 울었는지 모른다. 그럴 때마다 할머니와 엄마는 순간적으로 계면쩍어했지만, 둘 중 하나가 양보하는 일은 결코 없었다. 아빠에게는 이런 상황을 어떻게 해 보려는 의지가 없었고, 집 안에 떠도는 험악한 공기를 피하려는 듯 퇴근 시간만 점점 늦어졌다.

그리고 며칠 전, 급기야 화약에 불이 붙고 말았다. 테루미는 지금까지 성인 남자들이 싸우는 모습도 본 적이 없는 터라, 눈앞에서 엄마와 할머니가 서로 멱살을 잡고 싸우기 시작했을 때는 악몽을 꾸고 있는 것 같았다. 두 사람의 모습은 자신의 가족이라기에는 너무나 끔찍했다.

그날 밤 엄마는 집을 뛰쳐나갔고 할머니는 자기 방에 틀어박혀 무엇에 홀리기라도 한 것처럼 불경을 읊어 댔다. 밤늦게 귀가한 아빠는 아수라장이 된 집 안을 보고서 사태를 파악한 듯했지만 딱히 어떤 해결책을 강구하지도 않은 채 식탁에 위스키 병과 잔을 꺼내 놓고 오징어를 질겅질겅 씹으면서 술만 홀짝거렸다.

테루미는 침대에 들어갔지만 도무지 잠이 올 것 같지 않았다. 눈물이 끝없이 흘러내렸다.

죽고 싶다, 불쑥 그런 생각이 치밀어 올랐다. 좋은 생각이다 싶었다. 자신이 죽으면 모두 반성할지 모른다.

그리고 휘청휘청 베란다로 나갔던 것이다. 죽는 것은 두렵지 않았다. 그녀는 자신의 죽음이 신문에 보도되는 것까지 상상했다. '가정불화를 고민하던 여중생 자살'. 그런 제목이 실리면 좋겠다고 생각했다.

시야 끝에서 무언가가 반짝거린 것은 그녀가 베란다 난간에 두 손을 걸쳤을 때였다. 그녀는 그쪽으로 얼굴을 돌렸다.

빛이 또 깜박거렸다. 반짝, 반짝, 반짝.

부드럽고 신비한 리듬이었다. 저 멀리서 빛나는 그 빛이 오직 자신만을 위해 깜박이는 것처럼 느껴졌다. 반짝, 반짝, 반짝. 기운 내요. 지면 안 돼.

그 빛을 보면서 테루미는 자신의 마음이 점차 안정되는 것을 느꼈다. 꺼져 버릴 듯하던 기력이 되살아나는 것도 느낄 수 있었다. 죽는다고 뭐가 해결되나, 그런 생각도 들었다.

이틀을 계속해서 그녀는 빛의 소리를 들었다. 그런데 너무 멀어서 미묘한 변화까지는 알 수 없었다. 그래서 오늘 밤에는 망원경을 준비한 것이다.

새벽 2시가 되자 역시 빛이 깜박이기 시작했다. 테루미는 망원경의 초점을 맞추고 그 빛을 바라보았다. 맨눈으로 볼 때는 몰랐던 무수한 색의 조합, 그리고 빛이 반짝이는 세밀하면서도 복잡한 패턴을 알 수 있었다.

문득 그녀는 빛이 이런 말을 건네고 있다고 느꼈다.

'이리 와요. 자, 어서.'

"다음 달부터는 목요일로 하자."

기즈 레이코가 침대에 걸터앉아 스타킹을 신고 있는데, 침대 속에서 남자가 말했다.

레이코가 돌아보면서 물었다.

"왜, 금요일은 바빠?"

"음, 여러 가지로."

"'선생님' 사정이구나."

"쓸데없는 소리 말고."

남자가 손을 뻗어 머리맡에 있는 가방을 끌어당겼다. 그리고 안에서 봉투를 꺼내더니 레이코의 엉덩이께로 던졌다.

"이달 치야."

"고마워."

레이코는 봉투를 집어 들었다. 손가락에 어느 정도 두께가 느껴졌다. 나쁘지 않은 아르바이트라고 생각한다. 게다가 평범한 학생은 꿈도 꾸지 못할 음식점에서 저녁을 먹을 수도 있다.

이 남자에 대해서 레이코는 거의 아무것도 몰랐다. 젊은 여자를 애인으로 삼을 수 있을 정도의 돈이 있다는 것만 안다. 이름이 아이즈라고 했지만 진짜 이름은 아닐 것이다. 때로 호텔에서 어디로 전화를 거는데, 그럴 때 '선생님'이라는 호칭을 쓰는 것을 몇 번이나 들었다. 물론 레이코는 '선생님'에 대해서도 그에게 물은 적이 없다.

"그럼 난 이만."

옷을 다 입은 레이코가 남자를 향해 말했다.

응, 하고 남자가 고개를 끄덕였다.

그녀는 스위트룸의 문을 열고 복도로 나갔다. 문이 닫히기 직전, 남자가 수화기를 드는 소리가 났다. 또 '선생님'에게 전화를 거나 보네, 하고 생각했다.

호텔에서 나온 후에도 곧장 집으로 돌아갈 마음은 없었다. 단골 술집에서 한잔하고 나서야 택시를 타고 들어갔다. 혼자서 마시는 동안 남자가 셋이나 교대로 다가와 집적거렸지만 그녀는 모두 적당히 물리쳤다.

아파트에 도착한 시간은 새벽 2시 10분이었다. 그녀는 불을 켜지 않은 채 창문 커튼을 열었다. 방은 5층에 있었다. 아파트 자체가 약간 높은 곳에 있기 때문에 도시의 풍경이 멀리까지 바라다보인다. 이렇게 야경을 바라보는 것이 그 남자를 만나고 오는 날 밤의 습관이었다. 이러고 있으면 자신을 되찾을 수 있다, 그녀는 그렇게 생각한다.

담배를 한 대 다 피웠을 때 그 빛이 눈에 들어왔다.

레이코는 불빛에 시선을 고정했다. 그것은 보통의 네온사인과는 다른 빛이었다. 색깔도 다르고 빛나는 방식도 달랐다. 어딘가에 있는 건물, 아무래도 학교 옥상에서 발하는 빛인 듯했다.

그 빛을 보고 있자니 레이코는 왠지 기분이 고양되는 것을 느꼈다. 그 빛의 어디에 그런 매력이 있는지는 자신도 알 수 없었다. 다만 그 흥분된 느낌은 전에 어디선가 느꼈던 것과 비슷했다. 뭐였지. 뭐였더라…….

'그래, 맞아. 그때였어.'

잠시 생각하다 보니 설핏 떠올랐다. 고등학교 1학년 때의
일이다. 레이코는 난생처음 록 콘서트에 갔었다. 그때 지금
과 비슷한 기분을 맛보았다.

2년도 더 된 일이었다.

그때의 감동이 그리움과 함께 되살아나려고 했다. 그러나
그녀는 고개를 저으며 그 감정을 억눌렀다.

'바보같이. 어떻게 된 거 아니야? 그저 빛일 뿐인데.'

레이코는 커튼을 닫았다.

2

시라카와 집안에 태어난 남자아이는 그 이름의 유래가 된
기묘한 사건을 제외하면 세 살이 될 때까지 지극히 평범하고
표준적으로 자랐다.

그 기묘한 사건만 해도 그것이 실제로 있었던 일인지 증명
할 사람이 없었다. 그리고 믿는 이도 거의 없었다. 왜냐하면
그것을 목격한 사람이 아이의 아빠인 시라카와 다카유키 딱
한 명뿐이었기 때문이다.

다카유키는 제약 회사에 다녔다. 그는 생산 공정을 설계하는 기술자였다. 아이가 태어날 때도 그는 공장에 있었다. 공장에 전화가 걸려 와 자신에게 아들이 생겼다는 사실을 알게 되었다. 그 소식을 들은 다카유키는 수화기를 든 채 한 손을 번쩍 들었다. 상황을 알아챈 직장 동료들이 박수갈채를 보내 주었다.

야근을 끝낸 그는 곧장 병원으로 향했다. 병실에는 산고로 지친 아내 유미코와 그녀의 어머니가 있었다. 연락한 사람은 장모였다.

갓난아기는 신생아실에 있다고 했다. 다카유키는 유미코에게 수고했다는 말도 하는 둥 마는 둥 병실에서 나왔다.

복도에서 유리창 너머로 신생아실을 기웃거렸다. 거기에는 다섯 명의 갓난아기가 누워 있었다. 갓난아기 옆에는 엄마의 이름이 적힌 팻말이 놓여 있었다. 다카유키는 '시라카와 유미코'라는 팻말을 찾으려고 두리번거렸다.

그런데 그 순간 믿기 어려운 일이 벌어졌다.

다섯 명의 갓난아기 중 한 아이가 순간적으로 보얗게 빛나는 것처럼 보였던 것이다. 무슨 색이라 할 수 없는, 굳이 말하자면 하얀빛이 세 번째 아기를 앞에서 감싸고 있었다. 다카유키는 눈을 비비고 다시 한 번 아기를 응시했다. 그 빛은 이미 사라지고 없었다. 하지만 갓난아기 옆에 유미코라는 이름이 적힌 팻말이 놓인 것을 본 그는 자신이 본 것이 눈의 착각이 아니라고 확신했다.

그는 다시 한 번 찬찬히 갓난아기를 살펴보았다. 유미코를 닮았다는 생각이 들었다.

병실로 돌아온 다카유키는 유미코와 장모에게 자신이 본 빛에 대해 얘기했다. 유미코는 침대에서 큭큭 웃었다.

"벌써 아들 바보 다 됐네."

그녀의 어머니도 함께 웃었다.

"하지만 그때는 그 아이가 우리 아이인 줄 알기 전이었어."

다카유키는 발끈했다.

"그럼 이름을 아예 히카루(빛나다)라고 지을까?"

유미코가 제안했다.

"참, 쉽기도 하네."

다카유키는 피식 웃어 버렸지만, 빛날 광 자를 쓰는 것은 나쁘지 않겠다고 생각했다.

사흘 후, 그는 아들 이름을 결정했다. 光瑠라고 쓰고 미쓰루라고 읽기로 했다.

"히카루나 별 차이도 없네."

그렇게 말하고 나서 유미코는 "뭐, 그래도 좋은 이름이야."라며 고개를 끄덕였다. 초여름의 일이었다.

시라카와 부부에게 더할 수 없이 행복한 나날이 이어졌다.

육아를 처음 경험하는 터라 당황스러운 일도 많았지만 둘 다 그것을 고생스럽다고 여기지는 않았다.

눈 깜짝할 새 시간이 흘러 미쓰루는 어느덧 세 살이 되었다.

어느 여름날, 다카유키가 회사에서 돌아오니 유미코가 매우 기분 좋은 얼굴로 그를 맞이했다. 손에는 도화지 한 장이 들려 있었다.

"여보, 이것 좀 봐요. 미쓰루가 그렸어. 깜짝 놀랐지 뭐야."

"그래? 뭘 그렸는데?"

다카유키는 한쪽 구두를 신은 채 도화지를 받아 들었다.

거기에는 길쭉한 무언가가 빨간 크레파스로 그려져 있었다. 크레파스는 며칠 전 다카유키가 사다 준 것이다.

"뭐지, 이게? 벽돌인가?"

다카유키는 미간을 살짝 찌푸린 채 웃으며 물었다. 세 살짜리가 그린 게 그렇지 뭐, 싶은데 엄마이다 보니 이렇게 흥분하게 되는구나, 라는 뜻의 웃음이었다.

"모르겠어? 난 금방 알겠던데. 색깔 보고 알았어."

"색깔?"

다카유키는 도화지를 다시 들여다보았다. 거기에 그려진 네모난 물건은 빨간색 크레파스 하나로만 칠한 것이 아니라 몇 가지 색이 겹쳐 칠해진 듯했다.

"그러고 보니 이 색, 어디선가 본 것 같은데."

"그렇지, 그렇지?"

유미코는 신이 난 표정이었다.

"음…… 이게 대체 무슨 색일까? 아빠가 알까 모르겠네."

다카유키는 도화지를 손에 든 채 복도로 들어갔다. 복도 맨
안쪽에 있는 문을 열면 아담한 부엌 겸 식당이 나온다. 그는
식탁 의자에 앉아 넥타이를 풀면서 주위를 둘러보았다. 주방
기기들 쪽으로 눈길을 돌린 순간, 마침내 답이 보였다.

"냉장고군."

"딩동댕."

유미코가 손을 마주쳤다.

"여보, 정말 대단하지 않아?"

"어……"

다카유키는 대답을 못하고 웅얼거렸다. 그들이 사용하고
있는 냉장고의 색이 도화지에 그려진 것과 똑같았다. 마치
색 견본처럼. 이렇게 완벽하게 똑같은 색을 만들어 내는 것
은 어른에게도 쉽지 않은 일이다.

"그런데 왜 하필 냉장고야?"

"색이 제일 예뻐서래. 미쓰루가 이 그림을 그린 후에 내가
크레파스를 살펴봤거든. 그랬더니 여덟 가지 색 모두 조금씩
쓴 흔적이 있더라고. 무슨 말인지 알아? 그리기 전에는 새 크
레파스였잖아."

27

유미코는 눈을 반짝이며 말했다.

다카유키는 다시 한 번 그림과 냉장고 실물을 비교해 보았다. 몇 번을 보아도 정말 똑같은 색이었다.

"대단한데."

"그렇지?"

"미쓰루는 어디 있어?"

"옆방에."

다카유키는 장지문을 열고 다다미방을 들여다보았다. 하늘색 러닝셔츠를 입은 미쓰루의 조그만 등이 보였다. 미쓰루는 다다미방 한가운데에 쪼그리고 앉아 새 도화지에 열심히 뭔가를 그리고 있었다.

"뭘 그리니?"

뒤에서 그가 말을 걸었다.

미쓰루는 뒤를 돌아보더니 방긋 웃은 후 다시 그리기에 열중했다. 아니, 그린다기보다 크레파스를 마구 칠해 대고 있는 것처럼 보였다. 차례차례 다른 색 크레파스를 상자에서 꺼내 뱅글뱅글 도화지에 칠하고 있었다.

다카유키는 미쓰루 옆에 앉아 무엇이 그려지는지 지켜보았다. 도화지는 약간 칙칙한 초록색, 풀색이라고도 할 수 있는 색으로 메워져 있었다. 다카유키는 실내를 두리번거렸다. 금방 알 수 있었다.

벽지 색깔이었다. 이 다다미방의 벽지 색깔이 지금 미쓰루가 만들어 내고 있는 색과 똑같았다.

다카유키는 유미코를 불렀다. 유미코도 아들이 뭘 그리고 있는지 이내 알아챘다.

"정말 대단해. 와, 이 벽지에 이렇게 많은 색깔이 섞여 있었구나."

유미코는 미쓰루가 사용했을 크레파스를 손에 쥐고서 감탄한 듯 말했다.

"그런데 좀 이상하지 않아?"

다카유키가 물었다.

"뭐가?"

"그림을 그린다고 하면 보통은 어떤 형태를 그리잖아. 형태에는 관심이 없고 색만 칠한다는 얘기는 들어 본 적이 없어. 이런 경우도 있나?"

"잘은 모르겠지만 뭐 어때. 다른 아이들과 똑같이 하는 건 재미없잖아."

유미코는 만족스러운 표정으로 미쓰루를 보았다. 미쓰루는 엄마 아빠의 말소리는 들리지도 않는지 크레파스를 쥔 손만 열심히 움직였다.

그 후로도 미쓰루는 그림을 계속 그렸다. 다른 장난감도 많았지만, 크레파스가 생긴 다음부터는 그런 것들에 전혀 관심을 보이지 않았다. 다카유키가 처음으로 사다 준 크레파스는 금세 짧아져 쓸 수 없게 돼서 곧 새것을 사다 주어야 했다.

미쓰루가 그리는 그림은 변함없이 침대 커버나 커튼, 베개 같이 보통 아이들은 절대 그리지 않을 만한 것들뿐이었다. 그것들은 모두 다 선명한 색감이 넘쳐 미쓰루의 눈을 잡아끄는 듯했다. 그리고 미쓰루는 그 색채를 도화지 위에 정확히 재현했다. 그중에서도 거실 카펫을 그렸을 때는 정말 놀라웠다. 도화지가 실물 카펫 위에 놓여 있는 것을 모르고 다카유키가 그것을 밟았을 정도였다.

"이 아이는 천재야."

한번은 유미코가 흥분한 목소리로 말했다.

"그림 천재. 다른 집 애들 그림 보니까 다들 한 가지 색만 적당히 사용하더라고. 미쓰루처럼 색을 혼합하지는 않아. 실물과 똑같은 색을 만들어 내는 경우는 더더욱 없고."

그러면서 유미코는 고개를 몇 번이나 저었다.

"어린이 프로그램에 신청해 볼까? 텔레비전 말이야."

"그런데 이런 경우도 그림에 재능이 있다고 할 수 있을까?"

아들이 그린 그림을 보면서 다카유키는 고개를 갸웃거렸다.

"물론이지. 피아노를 칠 때도 음을 정확하게 가려낼 수 있느냐가 상당히 중요하잖아. 그런 거랑 마찬가지 아닐까? 여보, 우리 미쓰루는 꼭 예술가의 길을 걷게 하자. 틀림없이 다들 놀랄 거야."

유미코는 아이의 재능을 과대평가하고 터무니없는 꿈을 품는 세상의 여느 부모들처럼 흥분해서 제멋대로 떠들어 댔다. 다카유키는 아들의 색채 감각에는 감탄하면서도, 그저 아들바보가 될 거리가 있는 것도 나쁘지 않다는 정도로만 생각하고 있었다.

이 특수한 재능을 제외하면 미쓰루는 얌전하고 평범한 보통 아이처럼 보였다. 다만 말수가 너무 적은 것이 좀 마음에 걸렸다. 이삼 일 동안 미쓰루의 목소리를 전혀 듣지 못할 때도 종종 있을 정도였다. 하지만 미쓰루의 언어 능력이 뛰어나다는 것은 아이가 꽤 복잡한 표현도 이해하고, 필요할 경우 그런 표현을 사용하기까지 한다는 것으로 증명되었다. 그럼에도 말을 별로 하지 않는 것은 혹시 자폐증의 증세가 아닐까 살짝 걱정되기도 했다.

그러나 그런 불안은 미쓰루가 유치원에 들어간 후에 깨끗이 사라졌다. 미쓰루는 다른 원아들과 아주 잘 지내는 것 같았다. 학부모들이 미쓰루에 대해 좋게 평가한다는 것도 유미코에게 들어 알게 되었다.

"미쓰루가 유치원에서는 말을 많이 하는지 모르겠군."

언젠가 넌지시 그렇게 물어보았다.

"선생님이 그러는데, 말을 많이 하지는 않지만 묻는 말에는 곧잘 대답한대. 별문제 없는 것 같아."

"흠, 하기야 남자는 주절주절 떠들지 않는 편이 좋기는 하지만."

"그리고 미쓰루에게는 별로 말할 필요가 없다고 하더라고."

"그게 무슨 말이지?"

"하나를 가르쳐 주면 열을 안다는 말이 있잖아. 미쓰루에게는 하나를 지시하면 그다음은 선생님이 무슨 생각을 하는지 다 아는 것처럼 스스로 알아서 한대."

"괜한 공치사겠지."

"과연 그럴까? 나도 그렇게 생각될 때가 자주 있는걸. 당신은 부모 눈에 그렇게 보이는 것뿐이라고 하겠지만 말이야."

"그게 사실이야."

다카유키는 웃으면서 단언했다. 하지만 사실은 그도 유미코의 기분을 모르는 것은 아니었다. 그 역시 비슷한 경험을 한 적이 있기 때문이었다. 예를 들어 어느 일요일, 미쓰루는 거실 테이블에 도화지를 펼쳐 놓고 또 그림을 그리고 있었다. 다카유키는 시계를 보았다. 잠시 후면 손님이 올 시간이었다. 그는 거실에서 손님을 맞이할 생각이었다.

"미쓰루."

그는 아들의 이름을 불렀다.

미쓰루가 고개를 들고 다카유키를 보았다. '손님이 올 테니까 다른 방에 가서 그리렴.' 다카유키는 그렇게 말할 생각이었다. 그런데 말을 꺼내기도 전에 미쓰루는 도화지와 크레파스를 챙기더니 옆방으로 갔다.

다카유키는 '손님이 온다는 걸 알고 눈치 빠르게 행동한 건가?' 하고 생각했다. 그러나 유미코에게 물어보니 미쓰루가 손님이 오는 걸 알았을 리 없다고 했다.

미쓰루가 직감적으로 행동했다고밖에 볼 수 없는 일이었다.

초등학교에 들어갈 무렵에는 그 각별함이 눈에 띄게 부각되었다.

"우리 미쓰루는 어느 쪽을 닮은 걸까?"

초등학교 입학시에 다녀온 날 유미코가 들뜬 표정으로 말했다. 그녀에 따르면, 입학식이 끝난 후 미쓰루의 담임선생님이 자신을 부르더니 집에서 무슨 특별한 교육을 하고 있느냐고 물었다는 것이다.

선생님이 그런 질문을 한 이유는, 입학 전에 실시한 지능테스트에서 미쓰루의 성적이 신입생 중에서 특별히 뛰어났기 때문이라고 했다.

유미코가 아무것도 하지 않는다고 하자 선생님은 "그럼 태어날 때부터 지능이 아주 높았던 모양이군요."라고 말했다고 한다.

"아닌 게 아니라 우리 미쓰루는 글자도 빨리 익혔고, 물건 이름도 한 번 가르쳐 주면 절대 잊어버리지 않잖아. 다른 애들에 비해서 좀 더 똑똑한가 보다 생각했지만, 내가 그런 소리를 하면 당신이 또 웃을까 봐서 잠자코 있었지. 그런데 정말 그런가 봐. 미쓰루는 다른 애들과는 머리가 달라. 아, 다행이다. 그 반대였으면 얼마나 충격이었겠어. 그런데 이유가 뭘까. 왜 우리 미쓰루만 특별한 걸까."

마치 복권에라도 당첨된 것처럼 유미코는 그날 내내 기분이 좋았다. 아니, 정말 복권에 당첨된 기분이었을 것이다.

제사가 있어 친정에 간 날 유미코는 그 얘기를 친정어머니에게 했다. 친정에는 유미코의 오빠 부부가 같이 살고 있고 그들에게는 중학생이 된 아들이 있었다. 그들이 거북해할까 봐 유미코는 일부러 오빠네 가족이 없을 때 슬쩍 말을 꺼냈다.

감탄과 놀라움이 뒤섞인 표정으로 딸의 얘기를 듣고 있던 친정어머니는 잠시 생각하더니 이렇게 말했다.

"어쩌면 할아버지 피를 물려받았는지도 모르겠구나."

"아빠? 돌아가신 우리 아빠 말이야?"

유미코가 물었다. 그녀의 아버지는 3년 전에 암으로 돌아가셨다.

"아니, 네 아빠의 아버지. 그러니까 너의 친할아버지."

"그 할아버지가 미쓰루 같은 사람이었어?"

"나도 네 아빠에게 들은 얘기라서 잘은 모르겠다만, 어렸을 때부터 신동이라는 소리를 듣고 자라셨대. 뭐든 금방 익히고, 초등학교밖에 나오지 않았는데도 어려운 수학 문제를 쓱쓱 풀어서 모두를 놀라게 했다더라."

"와, 그렇게 굉장한 분이었어?"

"어른이 된 후에는 뭘 하셨는데요?"

다카유키가 물었다.

"염색 장인이었다고 들었네."

"염색요? 그럼 당연히 색채 감각이 뛰어나셨겠네요."

"그거야…… 아마 그랬겠지."

다카유키와 유미코는 서로 얼굴을 마주 보았다. 틀림없다고 생각했다. 미쓰루는 유미코의 할아버지, 그러니까 자기 증조할아버지의 피를 물려받은 것이다.

그러나 유미코의 어머니도 그분에 대해 그 이상은 아는 게 없는 듯했다.

"할아버지에 대해서 무슨 재미나는 일화 없어? 엄청난 일을 했다든지."

기대에 찬 말투로 유미코가 물었다. 그러나 그녀의 어머니는 고개를 갸웃할 뿐이었다.

"그게 말이다, 아주 젊어서 돌아가신 모양이야."

"어머, 그래?"

"그래서 네 아빠도 거의 기억에 없는 것 같더라. 머리가 아주 좋았다는 얘기도 나중에 다른 사람들한테 들었대."

"흐음, 그렇구나."

유미코가 약간 실망한 표정을 지었다. 미쓰루가 타고난 재능의 원천을 아는 건 좋았지만 그다지 밝은 얘기는 아니었기 때문이다.

미쓰루의 지능이 다른 아이들에 비해 월등히 높다는 사실은 학교생활이 계속될수록 점점 확실해졌다. 특히 경이적인 부분은 기억력과 계산력이었다. 교과서는 한 번 페이지를 마주하면 대부분 기억했고, 어른도 계산기 없이는 쩔쩔매는 계산을 암산으로 척척 해냈다.

미쓰루가 집으로 들고 오는 시험 답안지에는 당연히 빨간 동그라미만 줄을 이었다. 그럴 때마다 유미코는 흥분해서 다카유키에게 보고했다. 미쓰루가 다니는 초등학교에는 일찍부터 학원에 다니면서 사립 중학교 입시를 준비하는 아이들이 있었는데, 그들조차 미쓰루의 실력을 인정한다는 것은 다카유키도 유미코에게 들어 알고 있었다.

'시라카와 씨네 미쓰루는 천재야, 천재.'

그런 소문이 동네에 나돌기 시작했다. 물론 좋은 소문만 나도는 것은 아니었다. 질투에서 비롯되는 유언비어도 있었다. 스파르타식 학원에 남몰래 다니고 있다느니, 가정교사를 세

명이나 고용하고 있다느니 하는 소문이 들릴 때마다 유미코와 다카유키는 쓴웃음을 지었다. 미쓰루가 초등학교에 들어가기 직전에 교외에 단독 주택을 구입한 터라 시라카와 부부에게는 남들 이상으로 아들에게 교육비를 투자할 여유가 없었다.

그런 엉터리 소문 때문에 부부가 짜증스러운 적은 거의 없었지만, 미쓰루가 초등학교 3학년일 때 담임교사가 불쑥 찾아온 일은 적지 않게 불쾌했다.

"다들 똑같이 했으면 좋겠는데 말이죠."

깡마르고 혈색이 창백한 남자 선생님은 거실에서 긴장한 표정으로 말을 꺼냈다.

"똑같이, 라는 게 무슨 뜻이죠?"

어쩌다 우연히 집에 있었던 다카유키가 물었다. 옆에서는 유미코가 뜻밖이라는 표정으로 담임교사를 쳐다보고 있었다. 미쓰루에게는 자기 방에 있으라고 했다.

"그러니까 학교생활에서 말이죠, 서로 협력한다든지, 다른 학생들과 보조를 맞춘다든지 하는 일 말입니다."

왠지 듣기 거북한 말투였다.

"미쓰루가 다른 아이들에게 폐라도 끼치나요?"

유미코가 물었다. 목소리에 날이 서 있었다.

"아니, 폐를 끼치는 것과는 조금 다른데……."

우물쭈물하면서 담임교사가 한 말은 수업 중에 미쓰루가 몹시 따분해하는 통에 난감하다는 내용이었다. 필기도 하지 않고 멍하니 창밖을 바라보거나 주위에 있는 친구들을 쳐다보고 있다는 것이다. 시끄럽게 떠드는 것도 아니고 질문을 하면 거침없이 대답을 하고, 게다가 그 대답이 늘 정답이기 때문에 주의를 줄 수도 없다고 한다. 그러나 그런 학생이 한 명 있으면 주위 학생들에게도 영향이 미치기 때문에 열심히 필기하고 선생님 말씀 듣는 것을 바보스럽게 여기는 분위기가 반 아이들 사이에 팽배해 있다는 것이다.

"그래서 말씀인데, 미쓰루 군에게 수업 중에는 수업에 열중하라고 말씀해 주실 수 없을까요? 필기도 하고 말이죠. 바깥만 보지 말고요."

선생은 거의 애원하는 눈빛으로 시라카와 부부를 보았다.

"하지만 미쓰루가 수업에 임하지 않는 것은 아니지 않습니까. 질문에 대답은 하니까요."

다카유키가 반론했다.

"그건 그렇지만, 현재의 상태가 바람직하다고도 할 수 없죠. 미쓰루 군의 수업 태도를 흉내 내는 아이들이 늘어나고 있습니다. 그런 아이들은 당연히 선생의 설명을 듣지 않거든요."

입안에서 말을 우물거리던 선생은 마침내 뜻을 굳혔다는 듯이 숨을 들이쉬었다.

"이해해 주십시오. 미쓰루 군만 특별히 대할 수는 없습니다. 아무튼 다른 학생들과 똑같이 수업에 임하도록 부모님께서 잘 말씀해 주십시오. 부탁드립니다."

하는 수 없이 다카유키는 수업에 방해되는 일은 하지 말도록 주의를 주겠노라고 대답했다.

"선생님 말이 좀 이상하지 않아?"

담임교사가 돌아간 후 유미코는 불만스럽다는 듯 말했다.

"아이들이 저마다 다른 건 당연한 일이니까 그 개성을 존중해 줘야지, 다들 똑같은 틀 안에 가두려고 하는 건 잘못된 거야. 특히 미쓰루를 평범한 다른 아이들과 똑같이 다룰 수는 없잖아."

그 무렵 유미코는 자신의 아들이 천재 범주에 든다는 것을 조금도 의심치 않았다.

이 담임교사뿐 아니라 미쓰루를 맡은 선생은 대부분 아이를 거북하게 여기는 듯했다. 그중에는 노골적으로 전학을 종용하는 선생까지 있었다. 중학교 1학년 때 담임이 그랬다.

"미쓰루 군에게는 이 학교가 수준에 맞지 않을 겁니다. 제가 수업을 할 때도 늘 따분한 표정이고요. 그러니 차라리 사립 중학교로 편입을 하는 것이 어떻겠습니까. 시험이 어렵기는 하겠지만 미쓰루 군이라면 문제없을 겁니다."

학부모 면담이 있던 날, 대머리에 능글맞게 생긴 중년의 선생은 끈적거리는 말투로 유미코에게 말했다. 감당치 못할 불량 학생이라면 몰라도 너무 뛰어나다는 이유로 전학을 종용하다니, 세상에 그런 법이 어디 있느냐면서 그녀는 분통을 터뜨렸다.

사실 그러지 않아도 유미코는 유명한 사립 중학교에 아이를 보내고 싶었었다. 그런데 굳이 전철을 타면서까지 통학할 건 없지 않겠느냐며 다카유키가 반대하는 통에 하는 수 없이 미쓰루는 동네에 있는 공립 중학교에 들어갔다. 그 중학교는 공립 중에서는 수준이 높다고 알려진 곳이었다.

며칠 후, 담임이 전학까지 종용한 이유가 밝혀졌다. 미쓰루의 친구 엄마가 말해 주어 알게 된 사실이다. 그 선생이 미쓰루의 반을 맡자마자 아이에게 창피를 당했다는 것이다.

그렇다고 미쓰루가 무슨 짓을 한 건 아니었다. 미쓰루는 그저 수업을 듣고 있었을 뿐이다. 그런데 사회 과목을 가르치던 담임이 갑자기 미쓰루를 가리키면서 화를 냈다는 것이다. 선생 노릇 20년에 수업 중 너처럼 당당하게 조는 녀석은 처음 본다고.

"졸지 않았는데요."

미쓰루가 항변했다.

"거짓말 마. 내가 다 봤어."

선생은 고함을 질렀다. 그러자 미쓰루는 침착한 목소리로 이렇게 말했다.

"눈을 감고 있었을 뿐이에요. 눈을 감고 수업을 들으면 안 되나요?"

그의 대답에 다른 학생들이 웃음을 터뜨렸다. 첫날부터 선생을 놀리는 대담한 녀석이라고 생각한 것이다.

물론 미쓰루에게는 선생을 놀릴 의도가 전혀 없었다. 하지만 선생의 생각도 다른 학생들과 마찬가지였다. 우롱당했다고 생각한 그는 화가 머리끝까지 치밀어서 이렇게 말했다.

"그래? 그렇다면 내가 가르쳐 준 내용을 그대로 말해 봐. 졸지 않았다면 할 수 있겠지. 옆 자리 너, 가르쳐 주면 안 돼!"

미쓰루는 침까지 튀겨 가면서 말하는 선생을 보면서 왜 그렇게 화를 내는지 도대체 알 수 없었다고 나중에 다카유키에게 전했다. 가령 졸고 있었다고 해도 수업 중에 자는 게 그렇게 나쁜 짓인지 모르겠다는 것이었다.

아무튼 이때 미쓰루는 전혀 졸고 있지 않았다. 따라서 선생이 시키는 대로 하는 것은 그에게 문제도 아니었다. 그는 선생이 한 말을 그대로 반복했다. 그리고 멍하니 서 있는 선생을 향해 말했다.

"그리고 선생님은 미국 지리학 협회가 1988년에 로빈슨 도법의 채용을 결정하기 전까지 메르카토르 도법을 사용했다고 하셨는데, 그거 반 데르 그린텐 도법을 잘못 말씀하신 거죠?"

담임선생은 대답하지 못한 채 당황한 표정으로 허둥지둥 자료를 확인했다.

　"아, 그렇군. 반 데르 그린텐이야. 음, 아……, 그렇군."

　그는 이마에 솟은 비지땀을 옷소매로 닦았다.

　"저, 선생님, 이제 앉아도 될까요?"

　선생은 미쓰루가 그렇게 물을 때까지 교단에 멀거니 서 있었다. 학생들의 키득거리는 소리는 선생의 위신이 당분간 회복되기 어려울 것을 예감케 했다.

　이런 예를 들자면 끝이 없다. 미쓰루에게 당한 선생이 한둘이 아니었다. 특히 과학 선생들이 식은땀을 많이 흘렸다. 고차원적인 자연 과학에 대한 관심을 이미 오래전에 잃어버린 그들은 교과서 내용을 기계적으로 해설하고 고교 입시용 문제 풀이 기술을 가르치는 것이 교육이라고 믿고 있었다. 어느 과학 선생은 옴 법칙을 가르친 직후 미쓰루에게 과도 현상론에 관한 질문을 받고 진땀을 뺐다.

　"다음 시간까지 조사해 오지."

　그는 그렇게 그 자리를 모면했다. 그리고 선생이 차일피일하며 대답을 미루자 미쓰루는 답변을 듣기 위해 교무실까지 찾아갔다. 그래도 과학 선생은 볼일이 있다면서 피했다. 할 수 없이 미쓰루는 과도 현상론에 관한 책을 사서 자신의 힘으로 의문을 해결했다.

결국은 교장을 비롯한 교사 전원이 미쓰루를 탐탁지 않게 여기게 되었다. 정해진 틀 안에서 한 명도 불거져서는 안 된다는 학교의 논리를 우선한 것이었다. 미쓰루의 성적이 개교 이래 최고라는 점은 도움이 안 됐다.

미쓰루가 초등학생이었을 때는 선생이 다소 꺼려해도 재능 있는 자의 숙명이겠거니 하면서 그다지 신경을 쓰지 않았다. 거기에는 우월감도 한몫했다. 그런데 중학 생활이 후반에 접어들면서 그의 부모는 여러 가지 면에서 슬그머니 걱정이 되었다. 무엇보다 불안한 점은 고등학교 진학이었다. 학교의 미움을 샀다가 생활 기록부에 좋지 않은 말을 쓰면 어쩌나 싶었다.

그러나 정작 당사자인 미쓰루는 그런 일에 조금도 개의치 않는 듯 자기 페이스를 지켰다. 특히 그즈음에는 지식에 대한 욕구가 극도로 강해져서 거의 하루에 한 권꼴로 책을 독파했다. 그것도 소설이나 참고서가 아니라 다양한 분야의 전문 서적이 그의 독서욕을 해소하는 대상이었다.

우선 다카유키의 서가에 있는, 주인도 아직 훑어보지 않은 책들이 미쓰루의 방으로 자리를 옮겨 갔다. 그 책들을 다 독파하고 나자 이번에는 도서관에 가서 책을 빌려 왔다.『현대 일본의 정치 변동』『에스노폴리틱스』『교육 기본법 독본』『미 해군의 전모』『트랜스퍼스널 심리학』『종교론』『핵무기의 포괄적 연구』『집적 회로 기술』『괴델의 불완전성 정리』…….
그런 식으로 온갖 분야의 책을 섭렵했다. 거기에는 아무런
맥락도 통일성도 없었다. 글자가 꽉 들어차 있고 새로운 지
식을 얻을 수 있는 책이면 미쓰루의 독서의 대상이 될 수 있
었다.

마침내 지식이 풍부해진 미쓰루는 그것을 자신의 내면에
쌓아 놓지만 않고 자기 나름으로 소화해서 외부에 메시지를
보내려 했다. 그런 그에게 가장 가까운 발신 상대는 부모, 특
히 유미코였다.

"인격의 기본 차원으로 다섯 가지 인자를 생각할 때 그것은
특정 인물의 평생을 통해서 안정돼 있다고 여겨지는데, 만약
거기에 변화가 생긴다면 어떤 경우가 있을 것 같아?"

이 질문은 미쓰루가 중학교 3학년 때 부엌에서 저녁을 준
비하는 유미코에게 한 것이었다. 그녀는 그게 무슨 소리인지
몰라 아들에게 되물었다. 미쓰루는 같은 질문을 반복했다.
그러나 역시 유미코에게는 그것이 딴 나라 말처럼 들릴 뿐이
었다.

"미안해, 미쓰루. 엄마가 지금 좀 바쁘거든."

미쓰루는 고개를 끄덕이고 자기 방으로 돌아갔다. 하지만 그
의 발신은 거기에서 끝나지 않았다. 오히려 그 후로 점점 왕성
해졌다. 언젠가 한번은 엄마에게 불쑥 이렇게 물었다.

"프로그래밍 계산기 용어에는 여러 가지가 있는데, 사람이 쉽다고 생각하는 언어에는 어떤 특색이 있을 것 같아?"

그러나 아쉽게도 유미코는 단 한 번도 아들의 질문에 대답하지 못했다. 물론 그 내용으로 보아 그 자리에서 바로 대답하기가 쉽지 않은 질문이었지만 그녀는 나름 자존심에 상처를 입어 고민하고 있었다.

"요즘 난 점점 바보가 돼 가고 있는 게 아닐까 싶을 때도 있어."

어느 밤, 유미코가 침대 안에서 지친 목소리로 말했다. 다카유키는 스탠드 불빛 아래에서, 미쓰루라면 절대 읽지 않을 오락 소설을 읽는 중이었다.

"무슨 소리를 하는 거야."

다카유키는 책에서 눈을 떼지 않은 채 쓴웃음을 지었다.

"정말이란 말이야. 오늘도 미쓰루가 이렇게 묻더라고. 엄마, 만약 인간과 완벽하게 똑같은 로봇을 만들 수 있다면 그 두 존재는 기호론적으로……"

거기까지 말한 그녀는 한숨을 쉬며 고개를 저었다.

"그다음은 기억도 안 나네. 아무튼 뭐라는지 모르겠더라. 태어나서 지금까지 한 번도 생각해 본 적이 없는 내용이었어."

"거기까지 기억한 것만 해도 대단하지, 뭐. 나라면 알아듣지도 못했을 거야."

"허투루 듣지 말라니까. 그래서 내가 어떻게 했는지 알아? 글쎄, 하고 얼버무리는 것도 한두 번이잖아. 그래서 '미쓰루는 어떻게 생각하는데?' 하고 되물었어."

"그거 좋은 생각이네."

"그렇지가 않다니까. 미쓰루가 눈을 반짝이면서 자기 생각을 얘기하는데, 자그마치 30분도 넘게 걸렸단 말이야. 저녁을 준비하려고 손에 칼을 들고 있었는데, 그 자세로 내내 얘기를 들었다니까. 아니야, 들은 것도 아니지. 무슨 말을 하는 건지 전혀 이해가 안 가더라고. 그냥 그 아이 입이 빠끔빠끔 움직이는 걸 보고 있었을 뿐이지. 내가 '너는 어떻게 생각하냐'고 물었으니 평소에 하던 것처럼 적당히 얼버무릴 수도 없고……. 도중에 전화벨이 울렸으니 망정이지, 안 그랬으면……."

"신경 쓸 거 없어. 나도 미쓰루에게 간혹 질문을 받는데, 한번도 제대로 대답한 적이 없어."

"당신은 어쩌다 한 번이니까 괜찮지. 만날 미쓰루가 잠든 다음에 들어오잖아. 꼭 그 아이를 피하는 것처럼."

"이봐, 이상한 소리 하지 마."

다카유키는 정색하고 손사래를 쳤지만 솔직히 말하자면 속내를 들켜 낭패한 기색을 감추려는 것이었다. 이 시기에 회사일이 바쁜 것은 사실이지만, 연일 늦게까지 야근을 강요하는 정도는 아니었다. 유미코가 지적했듯이, 집에 오면 미쓰루의 난해한 질문 공세가 기다리고 있을지 모른다고 생각하면 집에 늦게 들어가고 싶은 마음이 발동해 버리는 것이었다.

"미쓰루는 나를 바보 엄마라고 생각하고 있을 거야."

거의 자포자기한 투로 유미코가 말했다.

"아무것도 모른다고, 아들이 하는 얘기를 이해하지 못하는 무지한 엄마라고 말이야."

"그렇지 않아. 지나친 생각이야."

하지만 그녀는 고개를 저었다.

"당신은 모른다니까. 그 아이가 어떤 눈빛으로 나를 보는지. 바보 취급하는 정도면 그나마 다행이지. 그런 부모 자식은 흔히 있으니까. 나도 옛날에는 우리 부모를 비보 같다고 생각한 적이 있었거든. 그런데 그 아이가 나를 보는 눈빛은 그게 아니야. 나를 가엾게 여기는 것 같단 말이야. 그렇게 머리가 나빠서 참 안됐다는 식으로."

유미코는 거의 히스테리 상태였다. 머리에 이불을 덮어쓰더니 몸부림치기까지 했다.

미쓰루가 특별한 아이이기 때문이라는 설명은 그녀에게 아무런 위안이 되지 않았다. 그리고 자존심이 강한 유미코에게는 그것이 오히려 재앙이었다. 누군가에게 이렇듯 심하게 콤플렉스를 느끼는 그녀가 지금까지 살아온 인생에서 처음

일 것이라고 다카유키는 생각했다. 게다가 상대는 중학생 아들이다. 다른 집 같으면 아직도 한참 더 부모로서의 권위를 발휘할 수 있는 상대다.

다카유키 역시 학문에 관한 한 미쓰루에게 비굴해지기는 마찬가지였다. 하지만 그 이상으로 그는 불안감이 컸다. 겉보기는 남다르지 않은 소년이 어른도 감당하지 못할 수준의 지식을 마치 청소기로 빨아들이듯 흡수하는 모습을 보면서 이것이 혹시 무슨 엄청난 일이 벌어질 전조가 아닐까 하는 생각을 떨칠 수 없었다. 거실 소파에 앉아 난해한 책을 손에 들고 중얼거리는 미쓰루의 모습에는 선뜻 다가가기 어려운 분위기마저 있었다. 그런 아들을 볼 때면 다카유키는 불안감이 더욱 커졌다.

미쓰루의 부모에 대한 질문 공세는 그가 중학교 3학년이 되면서 하루아침에 딱 끝났다. 이제야 자기 부모가 평범한 사람이라는 것을 인식한 모양이었다. 학교에서도 선생을 당황하게 하는 일은 없어진 것 같았다. 그래도 선생들에게는 여전히 거슬리는 존재였겠지만, 그가 학교의 수준을 끌어올리고 있는 것만은 분명하기 때문인지 전처럼 전학을 종용하는 일도 없어졌다.

그 와중에 미쓰루가 동급생들과 평범하게 친구로 잘 지내고 있는 점은 정말 신기했다. 미쓰루는 학급에서도 인기가 있는지, 학년이 올라갈 때마다 학급 위원으로 뽑혔다. 특히 학급 회의 시간에 토론할 일이 생기면 의견을 모으고 정리하는 역할을 잘한다는 것이었다. 의견을 제시하지 않는 친구의 생각까지 파악하고는 대다수가 공감할 수 있는 결론을 이끌어 낸다고 했다.

"표정을 아주 잘 읽어요. 불만이 있는 친구에게는 대뜸 '뭔가 하고 싶은 말이 있나 본데'. 하고 묻거든요."

집에 놀러 온 미쓰루의 친구들이 다카유키에게 그렇게 말해 주었다.

미쓰루는 사이클링 동아리에서 활동했다. 그 모임에서도 부장으로 통솔력을 발휘했다. 한 달에 한두 번 사이클을 타고 밀리 나가는데, 미쓰루는 지식이 풍부한 데다 사고가 발생했을 때도 적절하게 대응해 문제없이 동아리를 이끌고 있다고 했다.

"반 친구들이나 사이클링 동아리 친구들과는 무슨 얘기를 하니?"

한번은 다카유키가 미쓰루에게 물은 적이 있었다.

"이런저런 얘기를 많이 하죠. 텔레비전 얘기도 하고, 음악 얘기도 하고요."

"기호론 얘기는 안 하니? 종교나 초심리학, 우주론 얘기는?"

그것들은 아들이 다카유키에게 수차례 질문한 테마였다.

"그런 얘기는 안 해요."

미쓰루는 웃으며 고개를 저었다.

"왜?"

"친구들은 나와 똑같은 시간을 살았잖아요. 나보다 빨리 진리에 도달했을 리 없죠."

다카유키는 아들이 말하는 '진리'라는 말에 떨떠름함을 느끼면서, 하긴 그렇겠지, 하고 수긍하는 척했다.

한편 미쓰루의 색채 인식 능력도 한층 깊이를 더해 갔다. 세 살 때 처음 출현한 이 신기한 능력은 나이가 들어 가면서 더욱 정밀하고 섬세해졌다. 초등학교 3학년 때쯤에는 어떤 색이든 한 번만 보면 그 색을 구성하고 있는 색들을 금방 알아맞혔다.

예를 들어 이런 일이 있었다. 뜨개질을 좋아하는 유미코가 그날은 벽돌색이 나는 붉은 털실을 사용해 기계로 스웨터를 짜고 있었다. 그런데 미쓰루가 다가오더니 몇 개 있는 털실 꾸리 중에서 하나를 손에 들었다.

"엄마, 이것만 색이 다른데, 왜 그렇지?"

기계를 향해 앉아 있던 유미코는 아들의 손에 들린 털실을 보고서 고개를 갸웃거렸다.

"그럴 리 없는데, 전부 한꺼번에 산 거니까."

"아니야, 엄마. 이것만 노란색이 많이 섞였어."

"노란색? 이상하네."

유미코는 그에게 털실을 받아 다른 털실과 비교해 보았다. 아무리 봐도 같은 색으로밖에 보이지 않았다.

"똑같은데."

"아니야. 절대 아니야."

미쓰루는 입술을 쑥 내밀고 주장했다.

이 무렵 유미코는 아들의 색채 감각이 뛰어나다는 것을 인정하고 있었다. 그래서 그녀는 아들을 믿고 다음 날 털실 가게에 그 실을 들고 갔다. 그런데 중년의 여자 점원 역시 색이 다르다는 것을 인정하지 않았다.

"같은 색인데요, 뭘. 여기 보세요. 로트 넘버가 같잖아요. 그긴 한번에 염색했다는 뜻이에요."

"그렇지만 무슨 착오가 있어서 다른 색이 섞였을 가능성이……"

"그런 일은 절대 없어요."

무슨 말도 안 되는 소리를 하느냐는 듯이 점원은 냉소했다. 하는 수 없이 유미코는 그 털실을 그대로 들고 집에 돌아왔다.

그런데 그 털실을 실제로 사용해 보고 나서야 그녀는 미쓰루의 지적이 옳았다는 것을 깨달았다. 기계로 털실을 짜면 코의 간격이 일정하기 때문에 조금이라도 색이 다르면 빛의 각도에 따라 금방 두드러진다. 그 털실을 사용한 부분부터 스웨

51

터의 색이 미묘하게 다르다는 것을 유미코는 알게 되었다. 미쓰루가 말한 것처럼 노란색이 감도는지는 정확하게 알 수 없었지만, 어딘가 모르게 색감이 다른 것만은 틀림없었다.

그녀는 스웨터를 들고 다시 털실 가게를 찾았다. 이번에는 점원도 당황한 표정을 지으며 공장에 문의했다. 그 결과, 공장에서 로트 넘버링에 착오가 있었다는 것이 밝혀졌다. 가게 점원은 몇 번이나 고개를 꾸벅거리면서 사과했다.

초등학교 고학년이 되자 미쓰루는 색을 비율로 표현하기에 이르렀다.

"이건 빨간색 5퍼센트와 노란색 8퍼센트, 저건 노랑 6에 파랑 15가 섞여 있어."

이것은 다카유키의 양복을 사러 백화점에 갔을 때 양복 두 벌을 놓고서 미쓰루가 한 말이었다. 하지만 다카유키와 유미코는 그 두 색의 차이를 알 수 없었다. 둘 다 검정으로밖에 보이지 않았다.

이 정도의 일은 다반사였다. 색에 민감한 만큼 미쓰루는 빛에도 민감했다. 미쓰루는 아주 희미한 빛도 감지하는 능력이 있었다. 똑같이 하늘을 보고 있는데도 미쓰루 눈에는 더 많은 별이 보인다는 사실을 안 것은 아이가 초등학교 5학년 겨울이었다.

색과 빛을 정확하게 인식하는 능력과 탁월한 지능, 이 두

가지를 겸비한 채 미쓰루는 성장했다. 아이가 생일을 맞을 때마다 다카유키가 품고 있는 불안감은 커져 갔다. 오늘이라도 무슨 일이 벌어지지는 않을까 조마조마한 생각이 들었다.

마침내 미쓰루가 고등학생이 되었다. 본인이 원하면 일본의 어느 고등학교라도 진학할 수 있었지만 그는 자신이 사는 지역의 공립 고등학교에 가겠다고 했다. 고등학교는 어디든 마찬가지라는 것이 그 이유였다. 미쓰루가 어렸을 때에는 반드시 유명한 사립학교에 보내겠다고 결심했던 유미코도 그 말에 안심하는 눈치였다.

고등학교 입학이 결정된 날 밤, 세 사람은 조촐한 파티를 열었다. 그때 다카유키는 미쓰루에게 갖고 싶은 것이 있냐고 물었다. 미쓰루는 그 즉시 대답했다.

"컴퓨터 사 주세요."

"컴퓨터는 지금도 있는데, 뭘."

미쓰루는 중학교 1학년 때부터 컴퓨터를 사용해 왔다. 어디에 사용하는지는 다카유키도 잘 모른다. 게임이 아니라는 것만 알 뿐이었다.

"컴퓨터가 한 대 더 있어야겠어요."

"흠, 그거야 어려운 일은 아니지."

다카유키는 흔쾌히 승낙하면서 유미코를 보았다. 그녀의 얼굴이 딱딱하게 굳어 있었다.

무언가가 시작될지도 모른다, 다카유키는 불쑥 그런 예감이 들었다.

전자 제품 대리점에는 다카유키도 같이 갔다. 미쓰루가 점원에게 꼼꼼하게 주문하는 모습을 옆에서 우두커니 바라보고 있자니 점원은 전문 용어를 구사하는 미쓰루의 질문에 비지땀을 흘리면서 쩔쩔맸다.

"그건 메이커의 기술자에게 물어봐야 알 수 있겠는데요."

점원은 그런 말을 몇 번이나 했다.

새 컴퓨터가 생긴 미쓰루는 다카유키가 예상했던 대로 무언가를 시작했다. 그러나 그게 무엇인지는 짐작조차 할 수 없었다. 다카유키가 야근을 하고 늦게 돌아올 때까지도 미쓰루의 방에는 늘 불이 켜져 있었다. 유미코에게 물어보니 미쓰루는 밥 먹는 시간을 빼고는 거의 방에 틀어박혀 있다고 한다.

"방 앞을 슬쩍 지나다 보면 타닥타닥 하는 소리가 끊이지 않아. 컴퓨터 자판을 치는 소리 말이야. 대체 뭘 하고 있는지 모르겠어."

그 말에는 아빠가 좀 물어보라는 뜻이 포함되어 있었다. 그래서 다카유키는 미쓰루와 얘기를 나누던 도중에 넌지시 물어보았다.

"그냥 놀고 있는 거예요."

미쓰루는 그 이상은 대답하지 않았다. 그렇게 대답하면 더 캐물을 수도 없었다.

날이 갈수록 미쓰루는 눈에 띄는 존재가 되었고 그건 고등학교에서도 마찬가지였다. 우선 입학하자마자 치른 실력 고사에서 그는 개교 이래 최고점을 받았고 이어 중간고사에서도 선생들을 놀라게 했다.

미쓰루 본인은 자기 성적을 자랑하는 성격이 아닌 데다 애당초 시험 성적에 관심도 없었지만, 엄청난 수재가 있다는 소문은 금방 전교에 퍼졌다. 소문의 근원지는 주로 각 과목 선생들이었다. 놀라운 성적에 흥분한 나머지 학생들 앞에서 떠벌렸던 것이다.

학생들도 물론 그랬지만 그들의 부모들이 더 큰 관심을 보이기 시작했다. 첫 학부모 면담이 있던 날, 유미코는 진이 빠져서 돌아왔다.

"처음부터 끝까지 질문 공세였어. 어느 학원에 다니느냐, 가정교사는 어떤 사람이냐, 자기들한테도 소개해 줬으면 좋겠다, 식사는 어떤 점에 주의를 하느냐, 어떤 참고서를 사용하느냐……. 가정교사는 없고 학원에도 다니지 않는다고 대답해 봐야 아무도 믿지 않아."

"그렇겠지, 뭐."

다카유키는 그저 씁쓸하게 웃을 수밖에 없었다.

"웃을 일이 아니야. 난 사실대로 얘기할 뿐인데, 일부러 안 가르쳐 준다면서 빈정거리는 사람들도 있어. 황당하고 어이가 없단 말이야."

과거에는 유미코도 그런 일이 있을 때마다 우월감을 느꼈지만 이제는 정말 넌더리가 나는 듯했다.

이렇게 온 학교의 주목을 끄는 미쓰루였지만 정작 본인은 공부를 위해 학교에 가는 것이 아니었다. 그에게 수업은 부수적인 듯했다. 그는 입학 직후 들어간 동아리 활동에 학교 생활의 대부분을 소비했다.

그가 들어간 동아리는 밴드부였다. 밴드부에 들어가겠다는 말을 들었을 때 다카유키는 아들의 얼굴을 멀뚱멀뚱 바라보았다. 잘못 들은 것 아닌가 싶었다. 너무도 뜻밖이었기 때문이다.

"밴드부라면, 록 음악을 하는 데냐?"

다카유키의 질문에 미쓰루는 웃으며 고개를 저었다.

"록도 하지만 여러 가지 음악을 연구해요."

"연구?"

"네, 신시사이저를 사용해서요."

"신시사이저라면, 전자 음악 말이냐?"

"네. 우리 동아리는 신시사이저로 정평이 나 있거든요. 동아리 룸에는 여러 가지 음향 기기가 있어서 부원들이 자유롭게 사용할 수 있어요. 내가 그 고등학교를 선택한 가장 큰 이유가 사실은 그거였어요."

천진난만하게 얘기하는 아들의 입을 다카유키와 유미코는 얼이 빠져서 바라볼 뿐이었다. 이렇다 하게 밴드부 활동을 반대할 이유를 찾을 수 없었다.

일주일에 세 번 적극적으로 동아리 활동을 하고, 집에 돌아오면 컴퓨터에 열중하는 생활이 계속되었다. 다카유키 부부는 그런 아들을 멀찍이서 지켜보는 수밖에 없었다. 음악과 컴퓨터에 열중하는 것은 요즘 고등학생들에게 흔한 일이다. 아니, 평균적이라고도 할 수 있었다. 다만 미쓰루가 그러고 있으니 다카유키 부부는 말할 수 없이 불안했다.

그러던 미쓰루가 하루는 아르바이트를 하고 싶다고 했다. 이유를 물으니 컴퓨터 주변 기기와 부품을 사고 싶어서라고 했다. 그가 일하고 싶어 하는 곳은 전자 제품 할인 매장이었다. 그런 곳에서는 갖고 싶은 제품을 아주 싼 가격에 살 수 있다고 했다.

갖고 싶은 게 있으면 사 주겠다고 하자 미쓰루는 웃으면서 고개를 저었다.

"일일이 말하기도 그렇지만, 싸게 살 수 있는 걸 굳이 비싼 돈 주고 사는 것은 어리석은 일이에요."

몇 번이나 의논한 결과, 여름 방학과 겨울 방학, 봄 방학 등의 장기 방학 때만 아르바이트를 하는 것으로 결론지었다.
미쓰루는 1학년 여름 방학 때부터 전자 제품 할인 매장에 나
가게 되었다. 그리고 대개는 뭘 가지고 돌아왔다. 그길로 자
기 방에 들어가서는 밥 먹으라고 할 때까지 나오지 않았다.

다카유키는 몇 번인가 아들 방을 기웃거린 적이 있다. 미쓰
루의 방은 전자 기기 실험실 같았다. 언제 그렇게 갖췄는지
다양한 기기가 무수한 코드와 커넥터로 컴퓨터와 연결돼 있
었다. 또 멀티 칩이 수없이 박힌 보드가 온 사방에 놓여 있었
다.

"지금 하는 일이 일단락되면 정리할 거야."

방이 너무 어수선하다고 주의를 주면 미쓰루는 그렇게 대
답했다. 고등학생들은 대체로 부모가 자기 방을 들여다보는
것을 극단적으로 싫어하지만 미쓰루는 그렇지 않은 것 같았
다. 다만 자신이 무엇을 하고 있는지는 절대 말해 주지 않았
다. 끈질기게 몇 번을 물어봐도 "나중에 얘기할게요."라고 대
답할 뿐이었다.

한번은 다카유키가 컴퓨터에 능통한 동료를 집으로 불러미
쓰루의 방을 보여 준 적이 있었다. 아들이 도대체 뭘 하고 있
는지를 알고 싶어서였다.

동료는 아들의 방을 보고서 피식 웃더니 실험실이라기보다
는 방 전체가 하나의 기계 같다고 말했다. 그런데 몇 가지 기

기의 상태를 살피던 그의 표정이 점차 심각해졌다. 도저히 고등학생이 해 놓은 일이라고는 여겨지지 않는다는 것이다.

"우리 아들이 원래 유별난 구석이 있어."

조금은 자랑스러운 기분으로 다카유키가 말했다.

"그보다 이게 뭘 것 같나? 얘가 도대체 뭘 하고 있는 거야?"

"자세한 것은 잘 모르겠지만, 한마디로 말하자면 전원이야."

"전원, 그저 전원일 뿐이라고? 이렇게 뭐가 잔뜩 있는데 말이야?"

그러자 동료는 다시 심각한 표정을 지으며 고개를 저었다.

"전원은 전지와는 다른 거야. 이 시스템은 무수한 전기 신호를 다양한 패턴으로 방출하기 위해 만든 것 같아. 신시사이저 연주와 함께 말이야."

"연주와 함께? 그런 걸 왜 하는 거지?"

"그야 본인에게 물어보지 않고는 나도 모르지. 어쨌든 아들이 정말 대단하군. 어떻게 이런 생각을 할 수 있었을까, 난 그게 오히려 궁금한데."

"글쎄…… 나도 잘 모르겠어."

다카유키는 신음하듯이 대답했다.

미쓰루의 고등학교 생활 1년은 이렇게 지나갔다. 객관적으로 보면 순풍에 돛 단 듯한 1년이었다고 할 수 있을 것이다. 성적은 언제나 톱을 유지했고, 골치 아픈 문제에 휘말리는 일도 없었으며, 이성이나 인간관계로 고민하는 법도 없었다.

그러나 한편으로 다카유키와 유미코에게는 아들이 한층 멀게 느껴지는 1년이었다. 그 기괴한 기계 만들기에 몰두하는 소년이 정말 자신의 아들인지 다카유키는 간혹 의심이 들 때가 있었다. 요즘 들어 그는 자식에게 이상적인 부모가 있듯 부모에게도 이상적인 자식이 있다는 생각을 하게 되었다. 부모에게 이상적인 자식은 부모가 이해할 수 없는 천재가 아니라 적당히 평범하고 미숙해서 부모의 손을 필요로 하는 아이다.

그런데 미쓰루는 그런 아이가 아니라는 생각이 드는 것이었다.

3

머리맡에 있는 시계에서 삐빅, 하는 전자음이 한 번 울리고 끊겼다. 다카유키가 자명종을 끄려고 했는데 유미코의 가는 팔이 먼저 이불 속에서 나와 버튼을 누른 것이다.

"깨어 있었던 거야?"

다카유키가 물었다.

"어떻게 잠이 오겠어. 당신도 안 자고 있었잖아."

어둠 속에서 유미코가 말했다.

"그래."

다카유키는 윗몸을 일으키고 손을 더듬어 옷을 찾았다.

"불 켜도 괜찮아."

"아니, 됐어. 우리가 안 자고 있다는 걸 미쓰루가 알면 곤란하잖아."

"아…… 그렇구나."

옷을 다 입고 나자 다카유키는 문 쪽으로 걸어가 귀를 곤두세웠다. 아무 소리도 들리지 않는다. 오히려 자신의 숨소리가 신경에 거슬렸다.

"날씨가 어떤가 모르겠네."

유미코가 걱정스럽게 중얼거렸다.

"괜찮을 거야. 일기 예보에서 쾌청이라고 했으니까."

"그래? 그럼…… 보나 마나 나가겠네."

"그러겠지."

그때 톡 하는 소리가 났다. 흡, 하고 유미코가 숨을 들이쉬었다. 다카유키는 바짝 긴장하고서 문에 귀를 갖다 댔다.

나무가 삐걱거리는 소리가 희미하게 들렸다. 미쓰루가 방에서 나와 계단을 내려가는 소리였다. 그 계단은 아무리 조심해도 삐걱거리는 소리가 난다.

심호흡을 한 번 하고서 다카유키는 손잡이를 돌렸다.

"여보, 조심해."

뒤에서 유미코가 말했다.

다카유키는 훗, 하고 입가에 미소를 머금었다.

"아들 뒤를 미행하는 것뿐인데, 뭐."

"그야 그렇지만."

그렇게 말하고는 그녀는 입을 다물었다.

다카유키는 천천히 문을 열고 복도로 나갔다. 아래층에서 무슨 소리가 났다. 현관에서 미쓰루가 운동화를 신는 듯했다.

다카유키는 미쓰루의 방 쪽을 보았다. 슬리퍼 한 짝이 뒤집혀 있었다. 그 슬리퍼는 다카유키가 일부러 문에 기대어 세워놓은 것이었다. 문이 열리면 소리가 나도록 한, 일종의 장치다. 아까 들린 톡 소리가 바로 그 소리였다.

'설마 미쓰루가 눈치챈 건 아니겠지.'

약간 불안하긴 했다. 아들의 혜안을 우습게 여겼다가 실패한 경험이 몇 번이나 있기 때문이다.

찰칵, 하는 금속 소리가 밑에서 울렸다. 현관문이 열리는 소리다. 다카유키는 서두르는 가운데서도 큰 소리가 나지 않도록 조심조심 계단을 내려가 거실로 들어갔다. 그리고 유리문 너머로 바깥 동정을 살폈다.

미쓰루는 윈드브레이커에 트레이닝 바지 차림으로 집 앞

길을 뛰어가다 오른쪽으로 돌았다. 서쪽으로 가고 있는 것이다. 집 쪽에 신경을 쓰는 기미는 없었다.

다카유키는 거실 유리문을 열고 마당으로 나가 현관 쪽으로 돌아간 다음 유미코의 자전거를 밀면서 문밖으로 나갔다. 요즘은 좋은 날씨가 계속되고 있는데, 오늘 밤도 하늘이 맑아 별이 많이 보였다. 미쓰루의 눈에는 더 많은 별이 보이겠지, 생각하면서 그는 자전거에 올라타고 페달을 밟았다.

미쓰루가 한밤중에 조깅을 시작한 것은 5월의 황금연휴가 끝난 후였다. 하기야 그건 본인이 그렇게 말한 것이니, 정말 그때부터 시작했는지는 장담할 수 없다. 아들의 말을 그대로 믿을 뿐이었다. 그럴 수밖에 없는 것이, 그가 한밤에 집을 나간다는 사실조차 다카유키 부부는 최근까지 몰랐기 때문이다.

"어젯밤에 미쓰루가 어디 나가는 것 같았어."

2주일 전쯤의 어느 아침, 유미코가 창백한 얼굴로 말했다. 아침을 먹고 커피를 마시면서 신문을 보고 있던 다카유키는 아내의 말을 금방 이해하지 못했다.

"미쓰루가 어딜 갔다고?"

"어딜 갔는지는 모르지만 한밤중에 집에서 나간 건 분명해."

전날 밤은 5월치고는 상당히 싸늘했다. 그래서 유미코는 화장실에 다녀오는 길에 아들의 방을 들여다보았다. 이불이 얇아서 춥지 않을까 걱정스러웠던 것이다. 그런데 미쓰루가 침대에 없었다. 유미코는 계단을 내려와 거실과 부엌을 둘러보았다. 그러나 거기에도 아들의 모습은 없었다. 대체 어디 있는 거지, 하면서 노심초사하는데 현관에서 소리가 났다. 유미코는 퍼뜩 놀라 문틈으로 살펴보았다. 미쓰루가 운동화를 벗고 계단을 올라가려는 참이었다.

"그때 왜 물어보지 않았어?"

신문을 내려놓고 다카유키는 아내를 보았다. 비난하는 눈빛이라는 것을 자신도 느낄 수 있었다.

"당신에게 얘기한 다음에 물어보려고 했지. 괜한 일로 혼내지 말라고 한 사람은 당신이잖아. 그래서 침실로 돌아와서 당신과 의논하려고 했는데 아무리 깨워도 당신이 안 일어나더라고."

유미코는 화가 난다는 투로 다카유키의 말을 되받았다.

미쓰루에 관한 일이라면 우리 부부는 늘 이렇군, 하고 다카유키는 생각했다. 어떻게 대처하면 좋을지 둘 다 전혀 자신이 없었다. 그러다 결국은 상대에게 책임을 전가하는 것이다.

"오늘 밤에도 나가면 내가 물어볼게."

할 수 없이 다카유키는 그렇게 말했다.

그리고 그날 밤, 다카유키는 유미코가 흔들어 깨우는 바람에 눈을 떴다. 바로 앞에 유미코의 얼굴이 있었다.

"미쓰루가 또 나갔어."

다카유키는 눈을 비비면서 시계를 보았다. 1시 35분이었다. 놀러 나가기에는 너무 늦은 시각이었다. 전철도 다니지 않을 때다.

그는 가운을 걸치고 1층으로 내려갔다. 미쓰루의 모습은 이미 보이지 않았다. 그는 거실 소파에 앉아 브랜디를 마시면서 아들이 돌아오면 뭐라고 물을까 궁리했다.

유미코가 내려와 잔을 꺼내 왔다.

"나도 좀 마셔야겠네."

어지간히 불안한 모양이군, 하고 다카유키는 생각했다. 평소에 그녀는 술을 거의 마시지 않는다.

아들이 이런 시각에 어딜 가는지 다카유키로서는 전혀 짐작이 가지 않았다. 유미코는 몇 번이나 한숨을 쉬면서 벽시계를 쳐다보았다. 그녀는 남편이 아들의 행동에 대해 어떤 추론을 들려주리라는 기대는 애당초 하지 않는 것 같았다.

답답한 침묵이 한 시간 이상 계속되었다. 다카유키가 브랜디를 잔에 따르려는데 미쓰루가 돌아왔다.

부모가 일어나 기다리고 있다는 사실에도 미쓰루는 그리 놀라지 않았다. 그저 약간 거북한 표정을 지으면서 "내가 깨운 거예요? 미안하네."라고 사과했을 뿐이다. 그리고 유미코의 얼굴을 보면서 싱긋 웃었다.

"엄마, 술 마셨지? 눈 아래가 석죽색이야."

다카유키는 석죽색이라는 말을 들어 본 적도 없었지만 아마 지금 유미코의 얼굴색 같은 거겠지 생각했다. 보통의 분홍색과는 미묘하게 다를 것이고 그 미묘한 차이를 미쓰루는 아는 것이다. 이런 경우 다카유키는 보통 한 귀로 듣고 한 귀로 흘려 버렸다.

"아무튼 거기 좀 앉아 봐."

다카유키가 건너편 소파를 가리키며 말했다. 미쓰루는 순순히 아빠 말을 따랐다.

한밤중의 외출에 대해 캐물었다. 그러자 미쓰루는 "그냥 조깅하는 거야." 하고 아무 일도 아닌 것처럼 대답했다.

"2학년이 됐으니까 뭐라도 시작할까 싶어서요. 한밤중에 뛰면 기분이 상쾌하거든요. 조용하기도 하고, 낮과는 전혀 다른 장소를 뛰는 기분이에요. 배기가스가 적어서 숨쉬기도 편하고."

"그래도 위험하잖아."

다카유키는 팔짱을 끼고서 말했다.

"이렇게 늦은 밤에 혼자 다니다가 강도라도 만나면 어쩌려고 그래. 도움을 받을 수도 없잖아."

다카유키의 말에 미쓰루는 깔깔 웃으면서 대답했다.

"아빠, 이런 시간에 강도가 어디 있어요. 동네 주민들이 오히려 나를 이상하게 여기지 않을까 걱정인데. 그래서 혹시나 경찰이 불심 검문할 때를 대비해 이런 걸 갖고 다녀요."

그러면서 그가 바지 주머니에서 꺼낸 것은 학생증을 겸한 학생 수첩이었다.

"좀 이른 시간에 하면 안 되겠니? 가령 9시나 10시쯤이면."

"차가 너무 많아요."

미쓰루가 얼굴을 살짝 찡그리며 대답했다.

"보도가 엉망인 곳이 많아서 차가 바로 옆으로 지나가면 무섭거든요."

자식의 안전을 최우선으로 하는 부모로서는 되받을 말이 궁해졌다.

"너는 졸리지도 않니?"

다카유키가 아무 말 못하자 유미코가 대신 물었다.

"이런 시간에 조깅을 하면 잠도 얼마 못 잘 거 아니야."

"조깅을 하면서부터 몸 상태가 오히려 좋아졌어요. 그래서 그런지 수면 시간이 부족해도 하루 종일 머리가 맑아요."

아닌 게 아니라 미쓰루가 졸린 표정을 하고 있는 것을 다카유키는 한 번도 본 적이 없었다.

"아무튼 한밤중에 하는 조깅이 제게는 굉장히 좋아요."

"너에게는 좋을지 몰라도 엄마 아빠는 죄불안석이야. 돌아올 때까지 내내 신경을 쓰게 된단 말이다."

"그럼 이렇게 해요. 언제나 3시 반까지는 돌아오기로 하고, 만약 그때까지 돌아오지 않으면 자명종이 울리도록 해 놓을 게요. 걱정은 그다음에 해도 늦지 않잖아요. 그럴 일도 없겠지만."

이렇게 해결책이 금방 입에서 나온다는 건 언젠가 부모가 따져 물을 것이라고 이미 예상했다는 뜻이다. 이거 무슨 말을 해도 별 소용이 없겠군, 하고 다카유키는 거의 체념 상태가 되었다.

유미코도 반대할 재료가 일찌감치 떨어졌는지 도움을 청하듯 남편을 쳐다보았다. 다카유키는 자세를 고쳐 앉았다.

"그래서, 어디를 뛰고 있는 거냐?"

"이 근처요. 집에서 제3초등학교 있는 데까지."

"그럼 큰길도 건너는 거냐?"

"네."

"거기는 위험하잖아."

문득 생각나는 게 있어 다카유키가 언성을 높였다.

"그 길에는 폭주족이 출몰한다던데. 아주 포악하고 위험한 애들이야. 그런 애들과 마주치면 어쩔 생각이냐?"

최근 이 지역에 출현한 폭주족은 지금까지의 폭주족과는 비교도 되지 않을 만큼 과도한 파괴 행위를 일삼는다는 소문이 파다했다. 때로는 수제 폭탄까지 사용해 공공시설을 파괴한다는 것이다.

"미쓰루, 부탁이야, 그만해."

폭주족 얘기가 나오자 유미코는 한층 불안한 기색을 보였다. 그런데 미쓰루는 태연한 얼굴로 이렇게 말하는 것이었다.

"그런 걱정은 마세요. 이제 파괴 행위는 안 할 테니까."

예기치 않은 대답에 다카유키는 잠시 할 말을 잃었다.

"어떻게 그렇게 단언할 수 있지?"

"그 이유는 뭐라고 설명드리기 힘들지만……."

미쓰루는 말을 얼버무리고서는 아빠를 보고 어깨를 으쓱했다.

"아무튼 이번 주말에 보세요. 그들이 난동을 피우는 일은 없을 거예요."

"어떻게 그렇게 장담할 수 있니?"

"아이참, 난감하네."

말은 그렇게 하면서도 미쓰루는 별로 난감한 표정이 아니었다. 이 대화를 즐기는 것처럼 보이기까지 했다.

"알았어요. 그럼 주말에는 나가지 않을게요. 그들이 행패를 부리는 건 주말이니까. 그럼 됐죠?"

이번에는 다카유키가 난감했다. 그는 유미코의 얼굴을 봤지만, 그녀 역시 아들을 설득할 말이 떠오르지 않는 것 같았다.

"그래도 그렇지."

할 말이 없으면서도 다카유키는 입을 열었다.

"아빠, 부탁이에요."

미쓰루가 진지한 눈빛으로 엄마 아빠의 얼굴을 번갈아 보았다.

"엄마도 승낙해 주시면 안 될까요? 한번 시작한 일이니 당분간은 계속하고 싶어요."

다카유키는 여전히 팔짱을 낀 채 그저 끙끙거릴 뿐이었다.

그다음 날부터 미쓰루의 한밤중 조깅은 공인된 꼴이 되고 말았다. 약속한 대로 금요일과 토요일 밤에는 나가지 않았지만, 그 외에는 비만 오지 않으면 빠뜨리지 않고 나갔다. 나가는 시간과 돌아오는 시간도 거의 정확했다. 매일 밤 1시 반 조금 넘어 나가서 3시가 조금 지나면 돌아왔다. 예외는 한 번도 없었다.

'딱히 수상한 행동을 하는 것도 아니니까 괜찮겠지.'

다카유키는 그렇게 생각하고 있었다. 그런데 어제 유미코가 밖에 나갔다가 좀 이상한 얘기를 들었다고 했다. 폭주족이 얌전해졌다는 것이었다.

"당신도 알지, 도로가에 사는 야마나카 씨? 그 집 부인이 그러는데, 주말만 되면 오토바이 소리 때문에 몸살을 앓았는데 요즘 들어 조용해졌대. 저번에 미쓰루가 말한 대로야. 당신, 어떻게 생각해?"

어지간히 마음에 걸렸는지 다카유키가 회사에서 돌아오자마자 물었다.

하지만 다카유키가 대답할 말이 있을 리 없었다.

"우연…… 아니겠어?"

다카유키는 '이걸 대답이라고 하는 나도 참' 하고 생각했다. 우연이 아니라고 생각하니까 남편과 의논하려 했겠지.

그런데 유미코는 더 이상한 얘기를 했다.

"그뿐이 아니야. 폭주족이 없어진 대신 가끔 이상한 애들이 보인대."

"이상한 애들?"

"며칠 전에 야마나카 씨네가 사고 있는데 밖에서 애들 목소리가 들리더래. 무슨 일인가 싶어서 창밖을 내다봤더니 중고생으로 보이는 애들 몇 명이 재미나게 얘기하면서 집 앞을 지나가더라는 거야. 그런 일이 두세 번 있었대."

"그게 어쨌다는 건데?"

유미코가 무슨 말을 하려는 건지 잘 알면서도 다카유키는 일부러 모르는 척했다.

"미쓰루가 밤마다 나가는 것과 무슨 관계가 있는 거 아닐까? 그 아이들을 봤다는 시간이 새벽 2시 무렵이라는데."

"설마."

다카유키는 억지로 웃어 보였다.

"여기는 번화가가 아니라 주택가잖아. 아이들이 뭐 그리 재미있는 일이 있어서 밤중에 이런 데를 어슬렁거리겠어."

"그런데 실제로 그런 애들이 있으니까 하는 말이지. 미쓰루가 그중 한 명일지 어떻게 알아."

유미코는 거의 신경질적으로 말했다. 아무튼 미쓰루의 일이라면 그녀는 원래의 냉철함을 완전히 잃고 만다. 그리고 사실 그녀의 말이 억지가 아니라는 것은 다카유키도 충분히 알고 있었다.

하루 종일 생각한 끝에 얻은 결론이 미쓰루를 미행하기로 한 것이었다. 물론 그런 짓까지 하고 싶지는 않았다. 만에 하나 미쓰루가 눈치챌 경우, 그의 마음에 깊은 상처를 줄 수도 있는 일이었다. 하지만 한편으로 다카유키는 아들을 이해하는 실마리를 잡을 수 있지 않을까 하는 기대를 품고 있었다. 또 지금 이 기회를 놓치면 미쓰루가 자신들에게 영원한 수수께끼로 남지 않을까 하는 기분마저 들었다.

게다가 어쩌면, 하고 다카유키는 생각했다.

가령 아빠가 미행하는 걸 눈치챘다고 해서 그 아들이 상처를 입을까. 화를 낼까. 그런 일은 없을 것 같았다. 만약 그렇게 평범하게 반응하는 아들이었다면 자신들이 그토록 고민하는 일도 없었을 것이다.

다카유키는 미쓰루와 수십 미터 거리를 유지하면서 자전거 페달을 밟았다. 아이가 모퉁이를 돌 때마다 혹시 놓치는 것은 아닐까 싶어 불안했다. 좀 더 거리를 좁히고 싶었지만 그러다가는 들킬 우려가 있었다. 미쓰루는 청각도 뛰어나다. 타이어에서 삐걱대는 소리가 살짝만 나도 뒤돌아볼 가능성이 있었다.

미쓰루가 큰길에 도착했다. 신호기가 있는 네거리다. 늦은 밤이라 교통량이 적은데도 미쓰루는 제자리걸음을 하면서 신호가 바뀌기를 기다렸다. 그 모습을 멀리서 바라보며 다카유키는 '그럼, 그래야지.' 하고 속으로 중얼거렸다. 이 정도면 사고의 염려는 없을 듯했다.

신호가 초록으로 바뀌자 미쓰루가 다시 뛰기 시작했다. 다카유키도 잠시 틈을 두고서 건널목을 건넜다.

그대로 얼마간 뒤쫓던 그는 '이상한데' 하고 생각했다. 미쓰루는 제3초등학교가 있는 데까지 갔다 온다고 했는데 아이가 가는 쪽은 그 방향이 아니었다. 혹시 멀리 돌아서 갈 작정인가.

의아하게 생각하면서 다카유키는 계속해서 페달을 밟았다. 그러다 언뜻 주위를 둘러보니 바둑판처럼 구획이 나뉜 주택가 속에 있었다. 갓 지어진 새 집도 몇 채 있었다. 자신도 모르는 사이에 다른 동네 쪽으로 가고 있다는 것을 알게 되었다.

하얀 윈드브레이커를 입은 미쓰루가 갑자기 오른쪽으로 돌았다. 다카유키는 페달을 밟은 발에 힘을 주었다. 약간 오르막길이라 평소 운동을 거의 하지 않는 몸이 힘에 부쳤다.

모퉁이를 돌았을 때 다카유키는 "앗!" 하고 외마디 소리를 질렀다. 앞에 미쓰루의 모습이 보이지 않았다.

그는 허둥지둥 그다음 네거리까지 달렸다. 하지만 사방을 아무리 둘러보아도 하얀 윈드브레이커는 보이지 않았다.

'어쩌지.'

다카유키는 입술을 깨물며 그 주변을 돌았다. 오르막길에서 시간이 조금 걸리기는 했지만 미쓰루의 모습이 갑자기 사라진 것은 이해할 수 없었다.

그가 자전거를 멈춘 곳은 큰 건물 옆이었다. 그곳이 건설이 중단된 시민 회관이라는 것은 그도 알고 있었다. 다만 이 공사가 현재 어떤 상황에 있으며 언제 재개되는지는 알지 못했다.

다카유키는 건물 정면으로 돌아갔다. 이 근처에 사는 주민의 것인지, 고급 외제 차 한 대가 서 있었다.

정면 현관에서 보니, 유리문이 달려 있어야 할 자리를 베니어판이 가리고 있었다. 거기에 1미터 50센티미터 정도의 틈이 벌어져 있었다. 다카유키는 자전거를 탄 채로 그 안을 기웃거려 보았다. 혹시 미쓰루가 안에 있을지도 모른다고 생각한 것이다. 그러나 안이 어두워 거의 아무것도 보이지 않았다.

그때 뒤에서 발소리가 났다. 그가 돌아보니, 중학생으로 보이는 여자애가 걸어오고 있었다. 빨간 스타디움 점퍼를 입은 자그마한 소녀는 다카유키를 보고 걸음을 멈췄다. 턱을 아래로 당기고 숨을 멈춘 듯한 표정으로 그를 응시한다. 낯선 중년 남자가 이곳에 있는 것을 비난하는 눈빛이었다.

너는 누구지, 이런 시간에 왜 이런 곳에 있는 거지. 그런 질문이 입 밖으로 튀어나오려는 것을 다카유키는 간신히 억눌렀다. 그런 질문을 했다가는 소녀가 도망칠 것 같았다.

다카유키는 말없이 자전거의 방향을 틀어 소녀가 걸어온 쪽으로 페달을 밟았다. 그리고 첫 번째 모퉁이를 돌자 브레이크를 밟고 살며시 뒤돌아보았다. 건물 안으로 들어가는 빨간 점퍼가 보였다.

역시, 하면서 다카유키는 고개를 끄덕였다. 미쓰루도 저 건물 안에 있는 게 틀림없다고 확신했다.

이제 어떡할까 망설이고 있을 때였다. 10미터 정도 앞에 있는 집의 문 뒤에서 검고 커다란 그림자가 쓰윽 나타났다. 회색 카디건을 걸친, 키가 작은 남자였다. 남자는 허리를 구부리고 짓다 만 시민 회관을 향해 잠시 걸어가다가 다시 전신주 뒤에 숨어 앞을 바라보았다.

다카유키는 페달을 밟아 남자에게로 다가갔다. 남자는 그가 다가가는 것을 전혀 모르는지 거북처럼 고개를 쑥 내밀고 앞만 쳐다보고 있었다.

"딸인가요?"

다카유키가 묻자 남자는 헉, 소리를 내며 몸을 움츠렸다. 그리고 돌아보더니 눈을 희번덕거리면서 가슴을 눌렀다.

"깜짝 놀랐습니다."

"죄송합니다."

다카유키는 미소를 지으며 머리를 숙였다.

"딸…… 아닌가요? 저 빨간 점퍼를 입은 소녀가요."

회색 카디건을 걸친 남자는 아직도 숨을 헉헉거리고 있었다. 마흔 살 전후쯤으로 보이는, 다카유키보다 약간 젊은 인상이었다. 땅딸막한 체형에 얼굴도 둥그렇고 컸다. 아까 그 소녀와 닮은 것 같기도 하다.

"그런데요."

숨을 고르고서 남자는 경계하는 눈빛으로 입을 열었다.

"그런데 그쪽은?"

"그쪽과 마찬가지로 저도 아들 뒤를 쫓아 여기까지 왔습니다."

다카유키가 그렇게 말하자 남자는 잠시 어리둥절한 표정이더니 마침내 입을 쩍 벌렸다.

"그럼 댁의 아이 역시 이 밤중에 집을 나왔습니까?"

"조깅을 한다고 하더군요."

"조깅? 아하……."

남자는 이런 시간에 조깅을 하도록 승낙한 부모의 감각을 이해할 수 없다는 듯이 애매한 표정을 지으며 고개를 끄덕였다.

"딸이 저 안으로 들어가는 것 같던데요."

다카유키는 시민 회관을 가리켰다.

"그런 것 같더군요."

남자는 불안한 얼굴로 건물을 바라보았다.

"저 건물은 아직 짓는 중이죠? 안이 어떻게 돼 있는지 모르겠습니다."

"글쎄요, 저도 오늘 밤이 처음이라서요."

그러면서 다카유키도 고개를 저었다.

"그럼 댁의 아들도 저 안에?"

"아마 그럴 겁니다. 이 부근에서 놓쳤으니까요."

"대체 안에서 뭘……."

남자가 갑자기 말을 끊은 것은 길 반대편에서 중학생인 듯한 소년 둘이 뛰어왔기 때문이다. 그들은 주위를 휙 돌아본 다음 아까 그 소녀처럼 건물 안으로 들어갔다.

다카유키는 시계를 보았다. 소년들의 모습이 무언가에 늦어 허둥대는 것처럼 보였기 때문이다. 2시가 조금 넘은 시각. 그렇다면 2시에 무언가가 시작된다는 뜻일까.

"도대체 무슨 일인지 모르겠습니다. 이런 시각에 아이들이 모여들다니."

땅딸막한 남자가 둥그렇고 커다란 얼굴을 옆으로 기울였다.

"우리도 한번 들어가 볼까요?"

다카유키가 제안하자 남자는 순간적으로 주눅 든 표정을 짓더니 바로 고개를 위아래로 움직였다.

"그러죠. 그게 좋겠습니다. 아, 저는 고즈카라고 합니다. 저기 있는 힐스 맨션에 삽니다."

"아, 그 하얀 타일의 예쁜 건물 말이군요."

"아, 네. 그렇습니다."

반색하는 고즈카에게 다카유키도 간단하게 자기소개를 했다.

자전거를 그 자리에 세워 놓고 둘은 건물로 다가갔다. 동행이 있어 다행이라고 다카유키는 내심 안도했다. 아마 고즈카도 그럴 것이다.

"아들이 언제부터 밤중에 외출을 했습니까?"

걸으면서 고즈카가 물었다.

"5월 들어서였습니다. 그러니까 그럭저럭 3주일이 지났군요."

"그래요. 우리 딸은 언제부터였더라……"

고즈카는 생각하는 표정을 지었다.

"그러니까 몰래 나간다는 걸 안 게 불과 일주일 전이라서 말이죠. 그때도 캐물었는데 대답을 하지 않더군요. 그 후에도 몰래몰래 빠져나갔습니다. 혼을 내도 아무 소용이 없고 해서 결국 이렇게 뒤쫓아 와 본 겁니다."

"그럼 부인도 걱정이 이만저만이 아니겠습니다."

"그게…… 지금 아내는 잠시 집을 비우고 있어서……."

고즈카는 말꼬리를 흐리더니 잘 모르는 사람에게 괜한 말을 했다는 듯 입을 꾹 다물었다.

건물 앞에 선 두 남자는 주춤거렸다.

"먼저 들어가시죠."

고즈카가 손바닥을 들어 보였다. 다카유키는 심호흡을 하고서 베니어판으로 가려진 정면 현관 안으로 발을 들이밀었다.

건물 안은 어두컴컴했지만 전혀 안 보이는 정도는 아니었다. 위쪽에 조그만 채광창이 줄지어 있었기 때문이다. 조심조심 걸음을 옮기다 보니 어둠에 눈이 익어 점차 자세한 것까지 보이게 되었다. 콘크리트 벽 앞에 폐자재가 어지럽게 쌓여 있었다.

"이거 배기가스 냄새 아닌가요?"

뒤에서 고즈카가 코로 숨을 들이쉬며 말했다. 다카유키도 냄새를 주의 깊게 맡아 보았다. 아닌 게 아니라 자동차 배기가스 냄새였다.

"낮에 이 앞을 지나는 자동차들의 배기가스가 배어 있는 걸까요?"

"글쎄요."

"그런데 완공되면 꽤 멋진 홀이 되겠는데요."

다카유키도 같은 생각이었다. 입구가 이렇게 넓은 걸 보면 2천 명 정도의 관객이 밀려든다 해도 그다지 혼잡할 것 같지 않았다.

"예정대로 완공만 된다면야 그렇겠죠."

다카유키가 대답했다.

"그러게 말입니다."

고즈카가 보일 듯 말 듯 웃었다.

입구 로비가 도중에 옆으로 구부러져 있었다. 그곳을 돌아선 다카유키는 자신도 모르게 "어!" 하고 소리를 질렀다. 대형 오토바이가 줄지어 서 있었기 때문이다. 죽 훑어보니 스무 대는 족히 될 듯싶었다.

"이게 대체⋯⋯."

고즈카가 말을 잇지 못했다.

"이것들이 배기가스의 주범인 모양인데요."

다카유키가 소리 죽여 말했다. 그는 폭주족을 떠올리고 있었다. 이 오토바이는 혹시 그들 것이 아닐까. 그들 역시 매일 밤 이곳에 오는 것이다. 그리고 그걸 알기 때문에 미쓰루는 그런 예측을 한 것이 아닐까. 앞으로 이 지역에서 폭주족이 날뛰는 일은 없을 것이라고.

"폭주족의 오토바이인 것 같은데요."

고즈카도 알아차린 듯했다. 그리고 다소 낙담한 목소리로 중얼거렸다.

"테루미 녀석이 그런 자식들과 어울리고 있는 건가……."

딸의 이름이 테루미인가 보았다.

"아니, 그렇게 비관할 필요는 없지 않을까요."

"어떻게 그런 말씀을……. 이렇게 늦은 시각에 폭주족을 만나고 있는데요."

"고즈카 씨도 봤잖습니까. 아까 뒤늦게 뛰어온 중학생 두 명을요. 그들은 어느 모로 보나 평범하고 건전한 소년들이었어요."

"요즘 애들은 알 수가 있어야 말이죠."

고즈카가 내뱉듯 말하더니 주위를 두리번거렸다.

"아무튼 데리고 가야겠습니다. 이 녀석은 어디 있는 거지."

"잠깐."

다카유키가 고즈카의 어깨에 손을 얹었다.

"무슨 소리 안 들립니까?"

"네?"

고즈카가 입을 반쯤 벌린 채 동작을 멈췄다.

다카유키가 귀를 쫑긋 세웠다. 역시 헛들은 것이 아니었다. 어디선가 음악 소리가 들려왔다.

"홀 안에서 나는 소리 같은데요. 누가 연주를 하는 모양입니다."

"설마 이런 시각에요?"

그렇게 말하면서도 고즈카는 제일 가까운 입구로 다가갔다. 그곳에는 제대로 된 문이 달려 있었다. 고즈카가 열려고 했지만 문은 꿈쩍도 하지 않았다.

"안에서 잠갔나 본데요."

다카유키도 다른 입구로 가서 문을 열어 보았다. 하지만 역시 안쪽에서 잠근 듯 움직이지 않았다. 그는 쭈그리고 앉아 문틈에 귀를 갖다 대었다. 역시 음악 소리는 그 안에서 나는 듯했다.

"들립니까?"

고즈카도 다가와 같은 자세로 귀를 갖다 댔다.

그때 뒤에서 갑자기 누군가가 소리쳤다.

"뭐야, 당신들!"

젊은 남자의 목소리였다. 다카유키는 움찔 놀라 돌아보았다. 고즈카가 또 헉, 하고 조그맣게 비명을 질렀다.

검고 길쭉한 그림자 두 개가 다카유키와 고즈카를 내려다보고 있었다. 그 손에 들린 손전등 빛이 눈부셔서 다카유키는 상대의 얼굴을 확인할 수 없었다.

"누구야, 빨리 대답해."

그렇게 말한 것은 오른쪽 그림자다. 틀림없는 여자 목소리였다.

"너희들이야말로 뭐하는 놈들이지? 이런 시간에 이런 데서 뭘 하는 거야?"

두 얼굴을 향해 다카유키가 물었다.

"우리는 마스크트 반달리즘 멤버다. 여기는 우리들의 기지야."

"마스크…… 그럼 폭주족인가?"

"뉴 타입이다. 그건 됐고, 그쪽이 대답할 차례일 텐데."

"아들이 여기 와 있어. 밤도 늦었는데 걱정이 돼서 따라와 본 거야. 이 사람도 딸이 걱정돼서 따라온 모양이고."

다카유키가 고스카의 몫까지 설명했다. 자신들의 행동이 부모로서 정당하다는 것을 주장하려는 의미도 있었다.

두 그림자가 얼굴을 마주하더니 두세 마디 말을 나눴다. 여자는 머리가 길다는 것을 그림자로 알 수 있었다.

"좋아, 일어나."

남자의 말에 다카유키와 고스카가 일어섰다. 남자가 다시 명령했다.

"따라와."

"아들은 어디 있지? 만나게 해 줬으면 하는데."

"그래, 나도 우리 테루미를 만나게 해 줘."

다카유키에 이어 고즈카도 요구했다. 그러자 남자는 손전등의 각도를 바꿔 고즈카의 얼굴을 비췄다. 그리고 둘이서 키들키들 웃었다.

"아하, 테루미 아빠가 맞는 것 같군."

"아빠가 자기는 안중에도 없다고 하던데, 이렇게 뒤를 밟을 정도로 걱정하는 걸 보면 그렇게 나쁜 아빠는 아닌가 보네."

"무슨 소리야. 테루미는 어디 있어?"

고즈카가 한 걸음 앞으로 나섰다. 그 행동을 제지하듯 남자가 왼손을 펼쳐 고즈카 앞에 내밀었다. 그리고 손전등의 빛을 천천히 돌렸다. 그 광경을 보면서 불쾌해진 다카유키는 고개를 돌렸다.

"기분이 별로 안 좋을 거야. 빛을 흔드는 패턴이 생체 리듬을 무시하고 있기 때문이지. 더구나 손전등의 빛은 성깔이 고약하거든. 앞에 끼여 있는 렌즈가 정밀하지 않아서 말이야."

다카유키는 놀라서 고개를 들었다. 언젠가 미쓰루가 똑같은 말을 한 적이 있었던 것이다.

"대체 무슨 소리를 하는 거야. 도무지 못 알아듣겠군. 아무튼 우리 테루미를 만나게 해 줘."

고즈카가 언성을 높였다.

"딸을 만나고 싶으면 순순히 따르면 돼. 자, 걸어."

남자가 또 손전등을 흔들었다. 머리 긴 여자가 먼저 걸음을 내디뎠다. 다카유키와 고즈카도 그 뒤를 따랐다.

여자 쪽이 콘크리트가 드러나 있는 난간 없는 계단을 오르기 시작했다. 발을 디디면 그대로 무너질 듯한 느낌이었는데 실제로 밟아 보니 의외로 탄탄했다.

계단을 다 올라가자 거기에도 홀로 들어가는 입구가 있었다. 홀 맞은편은 천장까지 뚫려 있어 1층 로비가 훤히 내려다보였다.

"이쪽으로 와."

여자의 지시를 따라 다카유키와 고즈카는 홀 옆으로 난 통로를 걸었다. 거기에는 긴 의자가 하나 놓여 있고 누군가가 앉아 있었다. 중년 여자인 듯싶었다. 그리고 그 앞에도 남자 하나가 서 있었다.

"손님이 또 늘었나 보군."

서 있던 남자가 다카유키 쪽을 보면서 말했다. 어두컴컴해서 확실히 보이지는 않지만 고등학생쯤 되는 것 같았다.

"둘 다 아빠래. 뒤따라왔나 봐."

"그래?"

남자는 별 관심 없는 듯했다.

"그럼 난 돌아가도 되겠지."

"응. 기다리게 해서 미안해."

여자의 말에 젊은 남자는 손을 약간 들어 보이더니 그대로 옆에 있는 문을 열었다. 문 안쪽에는 검은 막이 쳐져 있었다. 남자가 그 막을 양쪽으로 가르면서 들어가 문을 닫았다. 아주 짧은 시간이었지만 다카유키는 안에서 흘러나오는 음악 소리를 들었다. 들어 본 적 있는 곡이었다.

"지금 들린 음악 '볼레로'지?"

여자와 남자에게 물었다.

"라벨의 '볼레로' 아니야?"

여자와 남자가 얼굴을 마주 보았다. 여자 쪽이 고개를 살짝 기울였다.

"무슨 곡인지는 잘 모르겠어. 곡명이야 뭐든 별 상관도 없고."

남자 쪽이 말했다.

"우리 딸이 저 안에 있나?"

고즈카가 물었다.

"어, 그래."

"안에서 뭘 하고 있는 거지?"

"위험한 짓을 하는 건 아니니까 걱정 안 해도 돼요."

여자가 말했다. 찬찬히 보니 곱게 생긴 여자였다. 역시 고등학생이겠다고 다카유키는 생각했다.

"우리는 안에 들어갈 수 없나?"

다카유키가 묻자 두 젊은이가 나란히 고개를 끄덕였다.

"그건 안 돼. 어른은 들어갈 수 없게 돼 있으니까."

"너희들은 왜 안 들어가는 거지?"

그렇게 묻자 남자 쪽이 흥, 콧소리를 내면서 어깨를 으쓱했다.

"우리도 들어가고야 싶지. 그런데 당신들 같은 사람이 있으니까 망보는 역할이 필요하잖아. 여러 말 말고 저기 저 아줌마처럼 얌전히 기다리고 있어."

그가 망가져 가는 긴 의자에 앉아 있는 중년 여자 쪽을 턱으로 가리켰다. 자기 얘기를 해서인지 중년 여자가 야윈 등을 쭉 폈다. 어두워서 잘 안 보이지만, 역시 중학생이나 고등학생 아이가 있음직한 나이로 보였다.

"댁의 아이도 저 안에 있습니까?"

그 부인 옆에 앉아 홀을 가리키며 다카유키가 물었다. 부인은 희미하게 미소 지으며 고개를 끄덕였다.

"네, 아들이 안에 있어요."

"뒤따라온 겁니까?"

"아니요, 같이 왔어요."

"같이요?"

옆에서 듣고 있던 고즈카가 눈을 둥그렇게 뜨며 물었다.

"여러 가지 사정이 있었어요."

그리고 부인은 그 사정이라는 것을 설명했다. 그녀의 아들이 늦은 밤에 밖에 나가기 시작한 것은 3주일쯤 전이라고 했다. 처음에는 그 사실을 몰랐는데, 어쩌다 알게 된 날 부부는 외아들에게 꼬치꼬치 캐물었다. 아들은 입을 꼭 다물고 대답하지 않았다. 그래서 부부는 아들을 감시하면서 밤중에 나가지 못하게 했다. 그런데 그로부터 일주일 동안 아들이 여러 가지 문제를 일으켰다. 학교에서는 수업 태도가 나쁘다고 담임선생에게 주의를 듣고, 집에서도 공부에 집중하지 못하는 듯했다. 걸핏하면 짜증을 부리고 부모에게 화풀이하는 일이 잦았다.

결국 부부는 아들의 한밤중 외출을 허락하기로 했다. 그렇다고 혼자 가게 할 수는 없었다. 부인은 차로 데려다 주고 데려오겠다는 조건을 내세웠다. 아들은 잠시 망설이다가 그 조건을 받아들였다. 대신 아들 쪽에서도 조건을 내세웠다. 절대 건물 안으로 들어오지 말고 차 안에서 기다리라는 것이었다.

"그래서 나는 차 안에서 아들을 기다렸어요. 그러다가 이틀째 되는 날 저 사람들에게 발각돼서."

부인이 젊은 남녀를 가리켰다.

"이리로 오게 된 거예요. 아들을 기다리는 거면 여기서 기다리라고 해서요."

"그래서 아들에게 변화가 있었습니까?"

"네, 완전히 다른 사람이 된 것처럼 생기발랄해졌어요. 동작이 눈에 띄게 빠릿빠릿해지고, 본인도 공부에 집중하게 되었다고 하고요."

부인은 힘주어 고개를 끄덕이면서 말했다.

"호오……, 그런데 안에서 뭘 하는지는 여전히 모른다는 말씀이군요."

"네. 그건 절대 가르쳐 주지 않으니까요."

부인은 안타깝다는 듯이 대답했다.

참 묘한 얘기라고 다카유키는 생각했다. 부인이 한 얘기로 미루어 저 안에서는 아이들의 정신에 뭔가 영향을 미치는 일이 행해지고 있을 거라고 상상할 수 있었다.

"아주 잠깐이라도 좋으니까 저 안을 보여 줄 수 없을까?"

고즈카가 젊은 두 사람을 상대로 교섭에 나섰다.

"문틈으로 봐도 괜찮아."

두 사람은 어둠 속에서 말없이 고개만 저을 뿐이었다.

다카유키가 다시 부인에게 물었다.

"이 일에 대해 기관 같은 곳과 의논한 적이 있나요? 예를 들어서 경찰이라든지요."

"경찰?"

여자가 날카롭게 소리쳤다. 다카유키가 그녀를 올려다보았다.

"알고 있겠지만 이 건물은 시 소유야. 너희들이 마음대로 사용해도 되는 건물이 아니지. 이러다 들키면 당연히 처벌받게 될 텐데."

"여기 오는 것에 대해서는 아무에게도 말하지 않았어요. 아는 사람은 남편밖에 없어요. 이런 일을 어떻게 남에게 얘기할 수 있겠어요."

부인이 말했다.

자신의 아들이 안에 있는 이상 괜한 소동을 피우고 싶지 않다는 심정은 다카유키도 이해가 되었다.

"경찰에 알리고 싶으면 알려."

남자가 다카유키의 속내를 꿰뚫은 듯이 말했다.

"그 대신, 안에 있는 아들이 어떻게 되든 우린 몰라. 유치장에 갇힐 수도 있고 말이야."

"위험한 짓은 하지 않는다고 했잖아."

"그야 물론 그렇지. 그걸 믿는다면 시끄럽게 굴 필요 없잖아. 아무튼 당신은 그렇게 앉아서 기다리기만 하면 된다고."

"시라카와 씨."

고즈카가 조그만 소리로 다카유키를 불렀다.

"경찰 얘기는 하지 맙시다."

"네, 그래요. 괜히 일을 크게 만들 필요 없잖아요."

부인도 동조했다.

"무슨 피해가 있는 것도 아니고. 오히려 우린 좋은 효과가 있다고 생각하고 있어요. 안에서 뭘 하는지는 모르지만 어쨌거나 여기 오게 된 덕분에 아들의 생활도……."

"압니다, 알아요."

다카유키는 부인을 달래듯이 손을 흔들며 쓴웃음을 지었다.

"말이 그렇다는 겁니다. 저도 경찰에 연락할 마음은 없어요."

그 말에 부인은 안도하는 표정으로 입을 다물었다.

"얌전히 앉아 있기만 한다면 내일이든 모레든 계속 와도 아무 상관 없어."

여자가 말했다. 말투가 위압적이었다.

'요즘 여자애들은 다 저렇게 성별을 알 수 없는 말투를 쓰는 건가?'

그 나이 또래의 젊은이들을 집힐 기회가 별로 없었던 다카유키는 새삼 궁금했다.

그리고 한참을 어둠 속에서 침묵이 흘렀다. 그러다 갑자기 어디에선가 묘한 소리가 들리기 시작했다. 손뼉을 치는 소리라는 걸 알기까지 시간이 약간 걸렸다. 그것도 한두 사람이 아니라 꽤 여러 사람이 치고 있었다.

"끝난 것 같군."

남자가 중얼거리는 순간 앞에 있는 문이 열렸다. 그리고 안에서 중고생으로 보이는 아이들이 줄줄이 나와 말없이 통로를 걸어갔다. 다카유키가 일어나 그들에게 다가갔다. 그들이 힐금 다카유키 쪽을 보았지만 별 신경 쓰지 않는 듯 그냥 지나쳤다. 모두들 꿈이라도 꾸는 듯한 눈빛이었다.

"테루미, 테루미."

고즈카가 외쳤다. 아이들이 사오십 명은 되는 듯했다. 그중에 빨간 점퍼를 입은 소녀도 있었다.

"아빠."

소녀의 눈이 휘둥그레지는 것을 어둠 속에서도 알 수 있었다.

"뒤따라왔나 보네."

"당연하지. 이런 데서 대체 뭘 한 거야, 어?"

고즈카가 화난 목소리로 말하자 주위에 있던 아이들이 걸음을 우뚝 멈추고 고즈카 부녀를 바라보았다. 당황한 고즈카가 "아니, 그러니까…… 네가 걱정돼서……."라며 말꼬리를 흐렸다.

"난 괜찮아. 그냥 내버려 둬."

테루미라는 소녀는 결연하게 말하고 성큼성큼 앞으로 걸어갔다.

"야, 테루미. 잠깐 기다려."

고즈카는 소년과 소녀들 사이를 헤치고 딸을 쫓아갔다.

조금 늦게 나온 소년 하나가 다카유키 쪽으로 다가왔다. 안경을 낀 착한 얼굴이었다.

"가자, 엄마."

생긴 것과는 다르게 굉장히 어른스러운 목소리였다. 부인의 아들인 듯했다.

"어, 그래, 가자. 오늘도 즐거웠니?"

아들의 비위를 맞추려는 듯한 말투로 부인이 물었다. 그러나 아들은 불쾌하다는 듯이 눈살을 찌푸렸다.

"쓸데없는 말은 하지 않기로 약속했잖아."

그러고서 소년은 몸을 휙 돌려 걸어갔다. 부인 역시 고즈카처럼 허둥지둥 아들을 뒤쫓아 갔다.

다카유키는 아이들의 얼굴을 하나하나 살폈다. 하지만 미쓰루는 보이지 않았다. 아들이 입었을 하얀 윈드브레이커는 어디에도 없었다.

"당신 아들은 있었나?"

남자가 물었다. 여자 쪽은 홀의 문을 닫고 있었다. 그렇다면 안에는 이제 아무도 없다는 말인가.

'아니, 그럴 리 없어.'

틀림없이 미쓰루가 있을 것이라고 다카유키는 생각했다. 미쓰루는 아직 홀 안에 있다.

"내가 놓친 모양이군."

그렇게 말하고서 다카유키는 계단을 내려가는 아이들 뒤를 쫓아가는 척했다. 그러자 남자가 콧방귀를 뀌었다.

"자기 아들도 못 찾다니 어이가 없군."

다카유키는 천천히 계단을 내려가면서 슬쩍 뒤를 돌아보았다. 젊은 남녀가 홀 안으로 들어가려 하고 있었다.

다카유키는 얼른 뒤돌아서 그들 쪽으로 뛰었다. 문 안쪽에 선 두 사람이 무슨 일이냐는 듯 어리둥절한 표정을 지었다. 다카유키는 두 사람을 밀쳐내고 홀 안으로 뛰어 들어갔다.

"앗, 어른이 들어갔어!"

등 뒤에서 여자가 외쳤다. 하지만 앞으로 돌진하려던 다카유키는 그만 멈춰 설 수밖에 없었다. 바깥도 어두웠지만 안은 완전한 어둠이었다. 앞에 뭐가 있는지 전혀 보이지 않았다. 자신의 손조차 어디 있는지 모를 정도였다.

"저기 있어, 저기 서 있어. 왼쪽 통로 한가운데. 두리번거리고 있군."

오른쪽에서 남자 목소리가 들렸다. 이렇게 캄캄한 곳에서 상대를 어떻게 볼 수 있는지 다카유키가 더 어리둥절했다. 그리고 그 이유를 생각할 틈도 없이 포박당하고 말았다. 뒤에서 누군가가 두 팔을 낚아챈 것이다. 이어서 여러 명이 달려들어 그를 바닥에 눕혔다.

"고이치, 준, 망을 안 본 거야?"

머리 위에서 목소리가 들렸다. 낮고 침착한 목소리였다.

"잠깐 방심하는 틈에. 미안해."

남자 이름이 고이치인가 보군, 하고 다카유키는 생각했다.

"누구야, 이 아저씨?"

"누구 아빠라고 하던데."

고이치가 대답했다. 그때였다.

"왜 그렇게 시끄러워."

머리 위에서 귀에 익은 목소리가 들렸다. 다카유키는 고개를 들었다.

"미쓰루냐? 미쓰루지?"

그가 이름을 부르는 순간, 주위의 움직임이 갑자기 정지된 듯 조용해졌다.

"뭐야,"

미쓰루가 그리 놀라지 않은 목소리로 말했다.

"아빠잖아."

"광악가의 아빠래."

다카유키를 누르고 있던 손들이 스르륵 물러갔다.

"광악가?"

다카유키는 바닥에 무릎을 꿇은 모양새로 주위를 둘러보았다. 하지만 역시 아무것도 보이지 않았다. 주위 아이들에게는 자신의 모습이 보이는 것 같은데, 내 시력이 어떻게 된 건가 싶었다.

누군가가 그의 팔을 잡았다. 일으키려고 살짝 잡아당기는 느낌이었다. 그는 발밑을 조심하면서 일어섰다.

"괜찮아요?"

바로 앞에서 미쓰루의 목소리가 들렸다.

"어, 그래."

다카유키가 대답했다. 무릎이 아픈데 다친 건지 어쩐 건지는 알 수 없었다.

"걸을 수 있겠어요?"

"다리는 괜찮은데, 이렇게 앞이 안 보여서야……."

"여기 잡아요."

미쓰루가 다카유키의 손을 잡아 자신의 팔꿈치에 올려놓았다.

"천천히 걸을 테니까 조심해서 움직이세요. 아셨죠?"

"그래, 알았다."

"다들,"

미쓰루가 말했다. 이번에는 주위에 있는 동료들에게 하는 말 같았다.

"이 사람 일은 내게 맡겨. 내가 수습할 테니까."

다카유키는 아들의 팔을 잡은 채 내심 충격을 받았다. 이 사람, 이라고? 나를 그렇게 말한 건가.

주위 아이들이 미쓰루의 말에 수긍한다는 뜻인지 줄줄이 물러났다.

주위가 조용해진 후에 미쓰루가 말했다.

"이제 갈 거야, 아빠."

"응."

다카유키가 고개를 끄덕이자 미쓰루가 천천히 걸음을 내디 뎠다. 다카유키는 조심조심 발을 뻗으며 아들을 따랐다. 마 치 노인이 된 듯한 기분이었다.

"저들이 함부로 대한 거, 사과할게요."

잠시 걷다가 미쓰루가 말했다.

"하지만 아빠도 나빠요. 그렇게 막무가내로 들어오다니."

"들여보내 달라고 몇 번이나 말했는데 들어주지 않잖아."

"세상에는 그런 경우가 얼마든지 있죠. 특히 어른이 아이들 에게 뭘 못하게 하는 경우는 예를 들자면 끝이 없어요. 그 반 대의 경우가 한번쯤 있을 수도 있지요."

"아빠는 네가 걱정돼서 그런 거야."

"왜요?"

"왜라니, 그건 네가……."

"조깅을 하는 건 괜찮지만 다른 건 좋지 않다고 말씀하시면 곤란하죠."

"자식이 뭘 하는지 아는 건 부모의 의무야."

"자식에게도 프라이버시가 있어요. 비밀을 가질 권리도 있 고요."

"그것도 정도 문제지."

"그 정도라는 게 어른이 멋대로 정한 거잖아요."

"그렇다고 자식에게 그 판단을 전적으로 맡길 수도 없지."

"그건 어른의 오만이에요."

미쓰루는 조용하지만 단호한 말투로 말했다.

홀에서 나오자 다카유키는 미쓰루의 팔을 놓았다. 가로등
빛이 평소보다 밝게 느껴졌다.

"내일도 전 여기 올 거예요. 아빠도 오세요. 제가 초대할게
요."

"홀 안에 들어가게 해 준다는 말이냐?"

"네, 준비가 다 되면요. 그리고 아빠 눈으로 직접 보세요.
무슨 일이 벌어지는지."

"무슨 일이 벌어지는데?"

"그건 내일 확인하세요."

그렇게 말하고서 미쓰루는 하늘을 올려다보았다.

"예쁘네요. '목동자리'와 '헤라클레스자리'. 그리고 저건 '왕
관자리'. 오늘 밤은 별이 잘 보이네요."

다카유키도 하늘을 보았다. 하지만 미쓰루가 가리키는 곳
에 별은 없었다. 아니, 있겠지만 그에게는 보이지 않았다.

4

다음 날 밤, 1시가 넘자 세 사람은 집을 나섰다. 유미코는 왠지 무섭다고 했지만 결국은 따라나서기로 했다. 미쓰루가 엄마에게도 보여 주고 싶다고 한 것이다.

"모르는 사람들이 보면 야반도주하는 줄 알겠다."

현관문을 잠근 후 다카유키가 농담을 했다.

"맨손으로요?"

미쓰루가 장난스러운 몸짓을 보이며 물었다.

"요즘 사람들은 거의 맨손으로 야반도주를 하지. 각종 카드랑 통장만 있으면 살아갈 수 있잖아."

"야반도주하는 사람이 무슨 돈이 있겠어요."

"돈이 있으니 도망치는 거야. 지키고 싶어서."

"그만들 해요, 그렇게 큰 소리로……. 누가 들으면 진짜 줄 알겠네."

유미코의 말에 다카유키와 미쓰루가 웃었다. 유미코도 웃고 있었다. 다카유키는, 자신도 그렇지만 유미코 역시 애써 명랑하게 행동하고 있구나 싶었다.

그런데 그 명랑함이 건물이 가까워 오면서 급속하게 사라져 갔다.

짓다 만 시민 회관은 어젯밤과 다름없이 불길한 어둠에 싸여 있었다.

"이 안에서?"

겁에 질린 눈빛으로 유미코가 물었다.

"그래."

다카유키가 대답했다.

미쓰루는 입을 꾹 다문 채 말없이 성큼성큼 안으로 들어갔다. 다카유키도 유미코의 손을 잡고서 그 뒤를 따랐다. 어두컴컴해서 발치가 잘 보이지 않는 탓에 신중하게 걸어야 했다.

"좀 천천히 걸어라."

마치 환한 대낮에 걷는 것처럼 빠른 걸음으로 걷는 아들에게 말했다.

계단을 오르자 어제 다카유키가 뛰어 들어갔다가 잡힌 홀이 나왔다. 안으로 들어가나 싶었는데 미쓰루가 옆 통로로 걸어갔다.

"홀에 들어가는 거 아니냐?"

다카유키가 묻자 미쓰루가 어둠 속에서 희미하게 웃는 듯했다.

"관객들만 그쪽으로 들어가요."

"관객?"

"연주가는 무대 뒤에서 대기해야죠."

통로 끝까지 가자 미쓰루는 앞에 있는 커다란 문을 열었다.

안이 캄캄했다. 그런데도 미쓰루는 성큼성큼 안으로 들어갔다. 그리고 잠시 후 불이 들어왔다. 그 빛이 몹시 눈부셔서 다카유키는 눈을 찡그렸다. 하지만 겨우 미쓰루가 들고 있는 조그만 펜라이트에서 비치는 빛이었다.

나카유키의 반응을 본 미쓰루가 말했다.

"이 정도 빛도 눈부시다고 느끼죠? 사람들이 일반적으로 과도한 빛에 싸여 있어서 그래요."

다카유키와 유미코도 안으로 발을 내디뎠다. 안은 의외로 넓었다. 콘크리트가 그대로 드러난 벽에, 오른쪽으로 조그만 계단이 있었다. 계단은 무대 위로 오르기 위한 것인 듯했다.

"홀이 꽤 훌륭하네. 이렇게까지 만들어 놓고 돈이 없다는 건 대체 무슨 소린지."

"여기서 뭘 하는 건데?"

유미코가 물었다.

"연주를 한다니까요, 콘서트요."

"콘서트?"

다카유키는 어제 여기 왔을 때 '볼레로'를 들었던 기억이 났다. 그렇다면 미쓰루는 그저 연주회를 한다는 건가. 아니지, 그럴 리 없어, 하고 다카유키는 고쳐 생각했다.

"미쓰루, 뒤에 있는 그건 뭐냐?"

기묘한 기계가 놓여 있는 것을 보고 다카유키가 물었다. 소형 텔레비전처럼 생긴 상자에서 1미터 정도 길이의 기둥이 뻗어 나와 있고, 세 갈래로 나뉜 그 끝에는 배구공보다 조금 작은 하얀 공이 붙어 있었다.

"이거 말인가요? 이건 말하자면 포크 기타예요."

"포크 기타? 기타라니……."

"1960년대 후반부터 70년대 전반에 걸쳐서 포크 송이라는 음악이 엄청 유행했대요. 메시지가 강력한 데다 재능 있는 뮤지션이 많이 참여했던 것도 포크 송이 유행한 이유라고 할 수 있지만, 널리 보급된 가장 큰 요인으로는 콘서트를 손쉽게 열 수 있었다는 점을 꼽죠. 다른 장르와 달리 기타 하나만 있으면 콘서트가 가능했으니까요. 원래 포크 송은 전쟁터를 다니면서 반전을 호소하는 목적이 있었기 때문에 반드시 기동성이 필요했던 거예요. 그러다가 포크 송에서 뉴 뮤직, 록 등으로 음악이 다양화됐어요. 그리고 이제는 젊은 사람들이 음악을 듣기 위해 콘서트장에 가는 걸 당연하게 여기게 되었죠. 사람이 모이는 곳에 연주자가 기타 하나 걸머메고 나타나는 것이 아니라, 첨단 음향 설비가 구비된 곳에 트럭 세 대분 정도의 기자재를 반입해 좀 더 좋은 음악을 만들어 내기 위한 시스템을 갖추고 기다리면 사람들이 모여드는 거죠. 하지만 생음악을 듣는 습관을 뿌리내리게 한 데는 포크의 공적이 상당했다고 생각해요. 그리고 여기서 우리는 한 가지 교

훈을 얻을 수 있어요. 무언가를 널리 퍼뜨리려면 우선 기동
성이 필요하다는 거죠. 그래서 포크 기타를 만들게 된 거예
요."

"대체 너는 뭘 널리 퍼뜨리고 싶은 건데?"

유미코가 여전히 걱정스러운 음성으로 물었다.

"제가 하려는 일은 과거의 포크 송 가수들과 똑같은 거예
요. 메시지를 보내고 싶어요. 그리고 그 메시지를 받아 줄 사
람을 찾고 싶어요. 음악을 넘어서는 어떤 것으로요."

"음악을 넘어서는 어떤 것? 그런 게 있을까?"

"있죠."

미쓰루는 그가 포크 기타라고 표현한 기묘한 기계를 다카
유기와 유미코 앞으로 이동시켰다.

"인간의 감각 기관에서 가장 진화한 부분이 어딘지 아세
요?"

"그야 눈이겠지."

다카유키가 대답했다.

"맞아요. 그런데 아쉽게도 인간은 눈을 사용해서 즐기는 일
을 전혀 하고 있지 않죠. 귀는 음악을 들을 때 사용하고, 코는
좋은 냄새를 맡으면서 즐기는 데 도움이 돼요. 미각이 먹는
행위를 즐겁게 한다는 것은 말할 필요도 없고요."

"눈을 사용해서 즐기는 일도 있어."

유미코가 반론을 펼쳤다.

"멋진 그림도 보고 영화도 보고 말이야."

"하지만 그건 영상을 인지하는 것에 지나지 않잖아요. 예를 들어서 새끼 고양이 사진을 보고 귀엽다고 생각하는 건 그런 형태를 보는 것 자체가 즐거운 게 아니라 그 사진이 새끼 고양이라는 걸 알고 있고, 그에 관련된 경험이 있기 때문에 귀엽다는 생각이 들 뿐이에요. 감각만으로 즐기는 게 아니고요."

"그렇다면 네가 하려는 일은 눈을 사용해서 즐길 수 있는 무언가를 만들어 내는 거냐?"

"네, 맞아요. 그리고 이건 그러기 위한 악기인 셈이죠."

미쓰루는 기묘한 기계에 달린 하얀 공을 쓰다듬었다.

"이건 C램프라고 하는 형광등이에요. 일반인들에게는 거의 알려지지 않았지만 1987년 유명한 조명 기기 회사에서 내놓은 것이죠. 이 램프의 특징은 임의의 색으로 빛나는 거예요."

"여러 가지 색으로 빛난다는 뜻이냐?"

"네. 이 기계가 개발될 때까지 광원 자체의 색이 변화하는 장치는 존재하지 않았어요. 색이 다른 광원을 여러 개 늘어놓고 스위치를 전환하는 방식이 대부분이었죠. 하지만 그러면 미리 정해진 색밖에 빛을 내지 못하잖아요. 그보다 조금 진화된 방식으로는 빨강, 초록, 파랑으로 발광하는 세 개의 광원을 하나의 광 확산 커버로 덮은 후 각각의 광원에 조광 장치(조명광의 조도를 조절하거나 변화시키는 기계)를 부착해서 세 가지 색의 빛의 세기를 바꿔 가면서 혼색광을 만드는 방법이 있어요. 그런데 이 경우 하나의 기기에 조광 장치가 세 개나 필요하니까 기기가 대형화할 수밖에 없고 엄청나게 복잡한 회로가 필요하다는 결점이 있죠."

그리고 미쓰루는 혀로 입술을 한 번 축인 후 하얀 공을 가볍게 톡톡 쳤다.

"실은 이 C램프도 내부에 빨강, 초록, 파랑, 세 종류의 광원이 들어 있어요. 하지만 회로는 딱 하나죠. 그 하나의 회로를 전환해서 세 가지 광원을 순서대로 빛나게 하는 구조거든요. 그 전환을 빠른 속도로 계속하면 언뜻 보기에 세 가지 색이 동시에 빛나는 것처럼 보여요. 전환하는 타이밍을 변화시키면 세 가지 색의 광원이 점등하는 시간의 비율이 바뀌고 그에 따라 혼합된 빛의 색도 바뀌는 거죠."

그 회사의 영업 사원도 이 정도로 열심이지는 않을 것이라고 생각될 만큼 미쓰루는 열변을 토했다. 다카유키는 그럭저럭 이해할 것 같아서 팔짱을 낀 채 고개를 끄덕였지만 유미코는 도중에 이해하기를 포기한 듯 보였다.

"아무튼 좋아하는 색으로 빛나는 램프라는 거네."

"네, 그렇죠."

미쓰루가 고개를 끄덕였다.

"그것도 아주 간단한 회로로."

다카유키는 자신이 이해했다는 것을 나타내기 위해 그렇게 덧붙였다. 그러자 미쓰루는 반색하는 표정으로 그렇다고 말했다.

"이 C램프를 세 개 사용한 장치에 컴퓨터를 연결해서 밤중에 몰래 나갔어요. 엄마 아빠에게 비밀로 한 건 죄송하지만, 설명해 봐야 이해할 수 있는 내용이 아니라서요. 그리고 제3초등학교에 갔죠. 여러 장소를 검토해 본 결과 그 학교 옥상이 조건에 가장 부합했거든요."

"어떤 조건인데?"

"우선 사람이 없을 것, 어디서든지 잘 보일 것, 그리고 전원이 있을 것."

"학교에 경비가 있었을 텐데."

"있기는 한데 돌아다니지는 않았거든요. 철조망 틈새로 들어가 옥상에서 묘한 빛을 비춘 학생이 있었다는 사실은 지금도 여전히 모를 거예요."

"그러니까 네가 했다는 일이,"

다카유키는 C램프라는 전구 세 개가 달린 기계를 가리켰다.

"이걸 빛나게 했을 뿐이라는 거냐, 초등학교 옥상에서?"

"연주를 한 거죠."

미쓰루가 정정했다.

"단순히 빛을 내는 게 아니거든요."

"그럼 음악 소리도 나게 했다는 거니?"

유미코가 물었다.

"아니요. 그때는 음악을 사용하지 않았어요. 지금은 복합적인 효과를 내기 위해서 사용하고 있지만요."

"그렇다면 그 연주라는 건 기본적으로 빛만 사용하는 거야?"

"네, 맞아요. 소리가 다양한 패턴으로 변화하면서 음악을 구성하는 것처럼 빛도 그럴 수 있다는 게 제 생각이었거든요."

"그래, 다양한 색의 빛이 점멸하면 예쁘기는 하겠다만
……."

그러자 미쓰루는 아빠의 대꾸에 실망했는지 피식 웃으면서 고개를 옆으로 저었다.

"예쁘다거나 예쁘지 않다는 것은 음악으로 치면 기껏해야 소리가 얼마나 맑은가 하는 정도일 뿐이에요. 그것도 중요하지만 그보다 더 중요한 게 멜로디죠."

"빛에도 멜로디가 있다는 말이야?"

유미코가 물었다.

"그럼요. 다들 그 사실을 모르고 있을 뿐이죠."

그렇게 말하고 미쓰루는 펜라이트의 스위치를 껐다. 다카유키와 유미코는 다시 깊은 어둠에 휩싸였다.

"어이."

"조용히 하세요. 이제 다들 모인 것 같아요."

"뭐라고?"

다카유키는 가만히 귀를 기울였다. 그러고 보니 관객석 쪽에서 발소리가 들렸다.

"오늘 밤에는 부모들도 몇 명 왔을 거예요. 제가 허락했으니까요."

"저 아이들은 어떻게 모은 거야?"

"초등학교 옥상에서 매일 밤 연주를 했죠. 메시지를 담아서요. 빛을 알아본 사람들이 하나둘 제가 있는 곳을 찾아왔어요. 아, 물론 빛을 찾아온 거지만요. 사람이 늘어나면서 옥상에서 연주회를 할 수 없게 됐고요. 입소문으로 관객의 수를 늘릴 수 있다는 것도 알았죠. 그래서 폭주족 리더의 권유로 무대를 이쪽으로 옮겼어요. 여긴 빛을 연주하기에 정말 이상적인 장소예요. 필요 없는 빛이 들어오지도 않고, 모르는 사람들에게 보일 염려도 없고. 게다가 공사용 전원이 딱 하나 살아 있었거든요."

미쓰루의 목소리가 이동하고 있었다. 계단을 올라가는 발소리가 들린다.

"연주를 시작하는 거냐?"

"네, 이제 슬슬."

"저 기계는 안 들고 가도 되는 거야?"

"아까도 말씀드렸잖아요, 그건 포크 기타라고. 다들 모였으니까 최상의 연주를 할 수 있는 악기를 사용해야죠."

다른 장치가 또 있는 듯했다. 그건 무대에 준비되어 있는 모양이다.

"한 가지만 더 가르쳐 다오. 준비가 되면 홀에 들어가게 해 준다고 했는데, 그 준비라는 건 뭘 말하는 거지?"

"그건…… 한마디로 관객 수예요."

"목표하는 사람 수가 있다는 거냐?"

"네. 숫자만 많다고 되는 건 아니지만요. 앞으로 우리는 아마 여러 가지 곤경에 처하게 될 거예요. 그럴 때 곤경에 굴하지 않을 만큼의 숫자가 필요했어요."

"…… 곤경?"

그건 또 뭐냐고 물으려는데 미쓰루가 무대로 올라가는 소리가 났다.

몇 초 후, 박수 소리가 일었다.

"여보……."

유미코의 손가락이 다카유키의 손등에 닿자 그는 그녀의 손을 살짝 잡았다.

박수 소리가 그쳤다. 잠시 정적이 이어졌다.

그리고 무대 쪽에서 희미한 소리가 들려왔다. 플루트의 음색이다. 다카유키도 아는 곡이었다. 역시 어젯밤에 들은 '볼레로'였다.

"여보, 빛이……."

유미코의 말에 다카유키도 고개를 끄덕였다. 무대 입구에서 엷은 보라색 빛이 언뜻언뜻 비쳤다. 다카유키는 아내의 손을 잡고 계단을 올라갔다. 무대 끝에 서서 빛이 비치는 곳을 보았다.

"저건……."

다카유키가 눈을 부릅떴다. 말문이 막혔다.

무대 한가운데에 빛의 고리가 있었다. 자세히 보니 그것은 아까 미쓰루가 설명한 C램프 열두 개를 시계 숫자판처럼 배열한 것이었다. 그리고 그 하나하나가 빛을 내고 있었다. 색이 바뀌고, 빛의 세기가 달라지고, 패턴이 변화하면서.

빛의 고리 바로 뒤에 키보드식 신시사이저를 연주하는 미쓰루의 모습이 보였다. 물론 일반적인 신시사이저가 아니다. 지난 1년 동안 그가 자신의 방에서 개조에 개조를 거듭한 장치였다. 소리뿐만 아니라 빛까지 연주하는 악기다.

곡이 진행되면서 음량이 커지고 연주하는 미쓰루의 움직임도 커졌다. 그리고 무엇보다 빛의 변화가 격렬해졌다.

열두 개의 램프 하나하나가 독립적으로 다양하게 빛나고 있었다. 빨간색, 파란색, 주황색, 초록색, 분홍색, 연보라색…….

미쓰루의 표현으로는 석죽색에 당홍색, 천황색으로 바뀌고 있었다. 그런데 색들이 제멋대로 변화하는 것이 아니다. 거기에는 통일된 어떤 의사가 담겨 있었다.

'볼레로'가 클라이맥스에 접어들었다. 오케스트라가 연주한다면 모든 악기가 연주에 참가하는 지점이다.

빛의 고리가 밝기를 더하면서 끊임없이 깜박였다. 열두 개의 램프 모두가 하얀색으로 빛나는 때와 모두가 꺼지는 순간이 눈으로 구별되기 시작했다.

다카유키는 자신이 술에 취한 것과 같은 상태라는 것을 깨달았다. 머리에서 생각이라는 생각은 모두 사라지는 것 같았다. 몸이 둥실둥실 떠다니는 듯한 느낌도 들었다.

유미코도 그런 느낌이 드는지 다카유키의 어깨에 몸을 기댔다. 다카유키는 그녀의 몸을 지탱한 채 양 눈가를 누르면서 관객석으로 시선을 돌렸다.

'이럴 수가.'

백 명? 아니 2백 명 정도 되는 소년 소녀들이 똑바로 선 자세로 미쓰루의 연주에 몰입해 있었다. 다들 완전히 도취된 표정이었다. 빛을 받은 그들의 모습도 색이 변화하고 있어 마치 빛의 샤워를 하고 있는 것 같았다.

'앞으로 우리는 아마 여러 가지 곤경에 처하게 될 거예요.'

아까 미쓰루가 했던 말이 다카유키의 귀에 되살아났다.

5

교문을 들어서는데 누가 시노 마사시의 어깨를 툭 쳤다. 돌아보니 감색 교복을 입은 기요세 유카가 미소 짓고 있었다.

"무슨 일이야, 기운이 없어 보이네."

계란형 얼굴을 옆으로 약간 기울이며 유카가 물었다. 예전 같으면 유카가 이렇게 말을 걸어오면 마사시는 그녀의 얼굴을 똑바로 바라보지도 못하거니와 순간적으로 몸이 달아올랐을 것이다.

그러나 지금은 전혀 그렇지 않았다.

"너는 언제나 기운이 넘쳐서 좋겠다."

가볍게 대꾸했다. 이 정도 대화조차 과거의 마사시 같으면 어림도 없는 일이었다.

기요세 유카가 그를 슬쩍 흘겨보았다.

"그게 무슨 말이야. 언제나 기운이 넘치면 바보게?"

"부러워서 하는 소리야."

"진짜? 그건 그렇고, 정말 괜찮은 거야? 어디 안 좋은 거 아니니?"

진지한 표정으로 유카가 물었다. 그렇게 좋아했던 기요세 유카가 자신을 걱정해 주다니, 얼마 전만 해도 상상도 못할 일이었다.

"괜찮아. 아무렇지도 않아."

둘은 나란히 걸었다. 그들의 교실로 가려면 운동장을 가로질러야 한다. 요즘 들어 비가 많이 내린 탓에 운동장 곳곳이 질척거린다. 게다가 수많은 학생이 한꺼번에 걸어 다니니 진흙탕을 밟지 않으려고 조심하는 것도 보통 일이 아니었다.

"그런데 마사시."

건물에 들어서자 유카가 목소리를 낮췄다.

"그 콘서트 있잖아, 또 가고 싶은데, 다음에는 언제 한대?"

"아아, 그거……."

역시 콘서트 얘기로군, 하고 마사시는 생각했다. 지금의 그에게는 괴로운 질문이다.

"료코와 가오리도 굉장히 근사했다면서 또 가고 싶대. 니, 걔네들이랑 약속했단 말이야. 그러니까 부탁이야. 다시 한 번 데려가 줘, 응?"

데려가 줘, 라고 할 때 유카는 어리광을 피우는 듯한 목소리를 냈다. 지금까지는 너 따위 안중에도 없다는 표정이던 여자애가.

"실은 잠깐 중단된 상태야."

고개를 숙인 채 계단을 올라가면서 마사시가 말했다.

"중단되었다고? 왜?"

"연주자가 쉬고 있어. 좀 피곤하대."

"언제까지?"

"그건…… 정확히 모르겠어."

"흠, 그렇구나. 치, 그럼 가오리에게도 그렇게 말해야겠네."

유카는 실망이라는 듯이 말하더니 얼굴을 좀 더 바짝 들이밀었다. 샴푸 냄새가 풍겼다. 마사시는 또다시 가슴이 두근거리기 시작했다.

"마사시, 나 다음에 소개해 주면 안 될까?"

"소개, 미쓰루를?"

"맞아, 미쓰루라고 했지. 응, 그 아이 좀 소개해 줘."

유카가 눈을 반짝이며 말한다.

"그거야 어려울 건 없는데……."

"정말? 꼭이다. 약속한 거야."

그리고 유카는 앞쪽에 친구들이 보였는지 "또 보자." 하고는 마사시를 내버려 둔 채 계단을 뛰어 올라갔다.

그녀의 뒷모습을 올려다보면서 마사시는 '다음 콘서트 날짜가 빨리 잡히지 않으면 저 웃는 얼굴도 오래가지 못하겠지.' 하고 생각했다.

유카가 가오리라는 친구와 그 신비한 콘서트 얘기를 나누는 모습을 마사시가 우연히 보게 된 것은 2주 전쯤의 일이었다.

"광악가라니 뭐야, 그게? 학과목과 관계있는 거야?"

앞자리에서 유카가 웃으면서 하는 말이 들렸다. 쉬는 시간이라서 다른 반 여학생이 그녀의 자리에 와 있었다. 그녀의 이름이 가오리라는 것을 마사시는 나중에 알았다.

"얘는. 그게 아니라 빛을 이용해서 뭔가를 한다더라고."

"뭘 하는데?"

"연주라고 할까, 콘서트라고 할까. 아무튼 굉장히 아름답대. 그것도 그냥 아름답기만 한 게 아니라……."

그리고 그녀는 허리를 구부려 유카의 귀에 대고 뭐라고 속삭였다.

"정말이야, 그게?"

"정말이래. 기분이 좋아졌대."

"흐음."

유카는 이해가 잘 안 되는 듯 천천히 고개를 끄덕거렸다.

"그래서 거길 가자고?"

"가고 싶기는 한데, 아는 사람이 없어. 나한테 그 얘기를 해준 아이도 자기는 간 적이 없고 친구에게 들었다나, 뭐 그러더라."

"에이, 뭐야. 그럼 뻥 아니야?"

유카가 그렇게 말하자 여자애는 정색하고 손을 내저었다.

"아니야, 거짓말이 아니라, 그게 좀…… 까다롭대. 아무나 갈 수 있는 건 아닌가 봐. 게다가 한밤중이라서. 장소는 우리 집에서 가까운 것 같으니까 유카는 자고 가면 되는데, 문제는 아는 사람이 없다는 거야."

흠, 하고 유카가 다시 고개를 끄덕거렸다.

"그래서 넌 혹시 뭔가 정보를 갖고 있지 않을까 기대했는
데……, 없나 보네."

"없어, 그런 거. 난 처음 듣는 얘기야."

"그렇구나. 너만 믿고 있었는데."

그 여학생은 무척 아쉽다는 표정을 지으며 교실에서 나갔다.

그녀들의 대화를 듣고 난 마사시는 내심 좋은 기회라고 생
각했다. 그리고 그는 유카가 혼자 있을 때를 기다렸다.

점심시간이 시작되자마자 절호의 기회가 찾아왔다. 마사시
는 혼자 복도를 걸어가는 유카를 불러 광악가의 콘서트라면
어떻게 해 볼 수 있다는 뜻을 전했다.

"너, 엿듣고 있었니?"

유카는 불쾌한 듯이 인상을 찡그렸다.

"그냥 들린 거야."

마사시는 자신의 귀를 가리키며 입가에는 미소를 머금었다.

"정말 가고 싶으면 어떻게든 해 보겠다는 뜻으로 얘기한 건
데, 그렇지는 않은가 보구나."

"그럼 네가 해 볼 수 있다는 얘기야? 아는 사람이 있어야
한다던데."

"거짓말 아니야. 못 믿으면 어쩔 수 없고."

"아니, 잠깐. 가오리랑 의논해 볼게. 그다음에 대답해도 되지?"

"그래, 좋아."

마사시가 대답하자 유카는 재빨리 어딘가를 향해 걸음을 옮겼다. 그러더니 문득 걸음을 멈추고 뒤돌아보았다.

"네가 먼저 말을 걸다니 뜻밖이야. 사람은 겉만 봐서는 모른다더니 그 말이 맞네."

"내 이미지가 좋아진 거야?"

"응, 좋아졌어."

그렇게 말하고 유카는 다시 걸어갔다.

내가 변하긴 했군, 하고 마사시는 생각했다. 여태까지 그토록 말 걸기가 어려웠건만, 지금은 전혀 그렇지 않았다. 사소한 일에 집착하거나 전전긍긍하는 일도 없어졌다. 한마디로 무서운 게 없어진 것이다. 지금까지 왜 그렇게 겁에 질려 살았는지 이해가 안 될 정도였다.

물론 마사시는 이유를 알고 있다. 그 빛 덕분이다. 시라카와 미쓰루를 만나고 그가 연주하는 빛의 세례를 받으면서 얇은 종이를 한 겹 한 겹 벗겨 내듯 그의 머리에서 잡념이 사라져 갔다. 빛을 보고 있는 동안에는 도취감에 젖어 혼이 자신의 육체를 떠나 차원이 높은 곳으로 올라가는 듯한 감각을 느꼈다. 자아 초월이라고 할까. 그리고 연주가 끝난 후에는

117

온몸의 신경이 팽팽해지는 것을 느낀다. 정신 집중이 잘 되고 활력도 넘친다.

마사시의 성적은 비약적으로 향상되었다. 무슨 일을 해도 잘될 것 같은 기분이었다.

유카에게 말을 건넸던 날, 방과 후에 그녀 쪽에서 그를 찾아왔다. 광악가 콘서트에 데려가 달라는 것이었다.

"2반의 가오리와 료코도 같이 갈 건데, 괜찮아?"

유카는 아양 떠는 눈빛으로 말했다. 물론 괜찮지, 하고 마사시는 대답했다.

다음 날 밤, 마사시는 혼자 집을 나섰다. 언제나 데려다 주겠다고 고집을 피우는 엄마가 오늘은 여행을 떠나고 없기 때문이다. 마침 잘됐다고 생각했다. 하기야 엄마가 여행을 떠나지 않았어도 이제는 같이 오가는 것을 거부할 생각이었다. 편의점에서 그녀들과 만나 연주회장으로 향했다.

"우와, 진짜 으스스한 곳이네."

연주회장을 본 여학생 세 명의 감상은 그랬다. 게다가 그녀들은 폭주족이 망을 보고 있는 것에 놀라고 안이 캄캄한 것에는 불안감을 드러냈다. 하지만 그녀들에게 가장 큰 충격을 선사한 것은 역시 미쓰루의 연주였다.

연주가 끝난 후에도 그녀들은 자리에서 움직이지 못했다. 마사시 자신도 강렬한 황홀감을 느꼈지만, 빛의 세례를 처음

받은 그녀들의 충격은 그야말로 예사롭지 않은 듯했다. 한동안 꿈속을 헤매는 듯한 눈빛이었다.

그 이후로 유카가 마사시를 아주 친근하게 대하기 시작했다. 감동이 너무 큰 나머지 그런 감동을 느낄 수 있게 해 준 마사시의 이미지도 미화된 것이다. 비밀을 공유하고 있다는 동지 의식도 있었을지 모른다. 아무튼 가까스로 이쪽으로 향한 유카의 마음을 붙들어 두기 위해서는 미쓰루의 콘서트가 필요했다.

그런데 상황이 조금 달라졌다.

시민 회관 홀에서 콘서트가 열리지 않게 되었다. 빛을 발하던 그 신기한 악기도 미쓰루가 가져가 버렸다.

언젠가는 기관에서 사람들이 나올 거야, 미쓰루는 콘서트를 중단하는 이유를 그렇게 설명했다. 빛의 콘서트는 부모들에게 노출된 탓도 있어 동네에서 조금씩 소문이 퍼지고 있었다. 조만간 기관 사람들의 귀에도 들어갈 것이다. 그 사람들은 국민의 세금을 허투루 쓴 잘못은 나 몰라라 하고, 미완성인 건물에 아이들이 멋대로 들어가는 것을 저지할 게 틀림없다. 이 건물은 아직 짓는 중이라 위험하니까 들어가서는 안 된다, 조만간 공사가 재개될 것이다, 그렇게 둘러대면서. 게다가 공사용으로 남아 있는 전원도 끊어 버릴 것이다. 더 나아가 출입이 가능한 곳은 모두 봉쇄하고 한동안은 감시원을 배치할 것이다. 아무튼 그 사람들은 자신들의 매뉴얼에 없는 사태가 발생하는 것을 극도로 꺼린다.

그들과 입씨름을 하는 것은 시간 낭비일 뿐이라고 미쓰루는 말했다. 그러느니 그들과 차라리 얼굴을 마주치지 않는 편이 좋다고.

미쓰루의 예상이 옳았다는 것은 얼마 지나지 않아 증명되었다. 악기를 철거한 지 사흘째 되는 날, 시청 사람들이 시민 회관을 조사했다는 얘기가 들려온 것이다. 시청 사람들은 시민 회관이 임의로 사용되었다는 것을 확인했지만 일을 그 이상 확대하지는 않았다. 무계획한 공사로 국민의 세금을 물거품으로 만든 건물을 시민들이 새삼스레 상기할까 봐 우려했던 것이다.

문제는 앞으로 콘서트를 어디서 여느냐 하는 것이었다. 폭주족, 즉 마스크트 반달리즘은 사용되지 않는 라이브 하우스를 찾아보겠다고 했지만, 어느 정도 진전이 있는지는 마사시도 모른다. 어쨌거나 지금 당장은 그들을 믿어 보는 수밖에 달리 방법이 없었다.

일주일 이상이나 마사시는 미쓰루의 콘서트를 접하지 못했다. 그 기간이 이렇게 길어진 적은 과거 부모에게 한밤의 외출을 금지당했을 때 이후로 처음이다.

언제나 가능해질까. 언제나 그 드라마틱한 빛의 멜로디를 볼 수 있을까. 유카의 재촉이 아니더라도 마사시 역시 다음 콘서트를 초조한 심정으로 기다리고 있었다.

마사시의 교실은 3층이다. 창가 줄 앞에서 네 번째가 그의 자리다.

1교시 수업은 수학이었다. 마사시는 샤프펜슬을 손에 쥐고 필기할 준비를 한 다음 선생의 얼굴을 보았다. 수학 선생은 투박한 얼굴에 눈은 부리부리하고 코는 납작하게 생긴 사람이다.

"다음은 이 공간에 존재하고 직선 L과 직각으로 교차하며, 점 P를 통과하는 평면의 식을 구하는 경우인데⋯⋯."

선생은 빠른 말투로 주절주절 말하고 있었다. 마사시는 그 설명을 들으려 했지만, 문득 정신을 차리고 보면 어느새 자신은 엉뚱한 생각을 하고 있고 선생의 설명은 벌써 저 앞까지 나아가 있었다. 그래서 허둥지둥 교과서의 페이지를 넘겨야 했다.

들어야 하는데⋯⋯, 수업을 제대로 들어야 하는데⋯⋯. 생각은 그런데, 선생의 설명에 의식이 오래 집중되지 않았다. 어쩌다 잠시 다른 생각이 들면 그 생각이 끝없이 뻗어 나가고 말았다.

요는 집중력이 문제였다. 뭘 해도 오래 지속할 수 없었다. 집에서도 짜증이 나서 책상 앞에 가만히 앉아 있지를 못했다. 지금도 그렇다. 바로 뒤에서 다른 아이가 소곤거리는 소리에만 신경이 쏠렸다.

빛의 세례를 받지 못한 탓이라는 것을 마사시 자신도 알고 있었다. 밤 외출을 금지당했을 때도 이런 식이었다. 그러니까 오늘 아침에 유카가 기운이 없어 보인다고 한 것도 틀린 말은 아니었다.

그 빛이 없으면 아무것도 할 수 없는 몸이 된 것일까. 그런 생각을 하자 마음이 어두워졌다. 설마, 그럴 리 없다. 그 빛 덕분에 얻은 것이 많기 때문에 그렇게 생각될 뿐이다. 마사시는 심각하게 생각지 않으려 했다. 그리고 어떻게든 수업에 집중하려고 선생의 얼굴을 쳐다보았다.

그런데 그때, 선생의 코가 뽀얗고 빨간색으로 빛나기 시작했다.

마사시는 눈을 번쩍 떴다. 그 빛은 점점 퍼져 나가 마침내 선생의 온몸을 감쌌다. 그리고 그 빛은 파란색으로 변하더니 잠시 후 다시 빨간색으로 돌아왔다. 빨강에서 파랑으로, 파랑에서 빨강으로. 그 반복이 조금씩 빨라지더니 마지막에는 보라색으로 빛나기 시작했다.

이건 대체 뭐지, 하는 생각은 하지 않았다. 그저 망연히 그 영상을 바라보았을 뿐이다. 신기하다거나 이상하다고 생각하기 전에 그의 머리에 떠오른 것은 아름답다는 느낌이었다.

그 빛에 몸을 맡기고 싶은 기분이었다.

보라색 빛이 마사시 쪽으로 다가왔다. 그런데도 그는 여전히 멀건 눈으로 빛을 바라보고 있었다.

"야, 마사시."

빛 속에서 목소리가 들렸다.

"너 왜 그래? 정신 좀 차려 봐."

그 빛이 마사시의 몸을 마구 흔들어 댔다. 홀연히 빛이 사라지면서 그 안에서 수학 선생의 얼굴이 나타났다.

"어, 선생님……."

"어떻게 된 거야. 온몸이 땀에 젖었잖아."

"네?"

마사시는 자신의 얼굴을 만저 보았다. 손바닥이 축축하게 젖어 있었다. 어떻게 된 일인지는 자신도 알 수 없었다.

"괜찮은 거야?"

선생이 그의 얼굴을 들여다보면서 물었다.

"네……. 아무것도 아닙니다."

마사시는 손수건을 꺼내 이마를 닦았다. 걱정스러운 표정으로 돌아보고 있는 기요세 유카의 모습이 시야에 들어왔다.

그날 집에 돌아가 보니 엽서가 와 있었다. 보낸 사람을 확인한 그는 안도의 숨을 깊이 내쉬었다. 거기에 '광악가'라고 쓰여 있었던 것이다. 그리고 뒷면에는 다음과 같이 적혀 있었다.

- 날짜와 시간 ─ 6월 30일(화요일) 오후 9시
- 장소 ─ 백조 공원 야외무대

   ※ 우천 시 취소

6

고즈카 테루미가 방에서 숙제를 하고 있는데 엄마 목소리가 들렸다.

"당신은 언제나 그런 식으로 말하지, 나는 가족을 위해서 최선을 다했으니 불평하지 마라. 당신에게 가족은 대체 누구야? 나랑 테루미는 아니야. 당신에게 가족은 당신 자신과 그 할망구뿐이잖아, 안 그래?"

칠판을 손톱으로 긁는 것처럼 거슬리는 목소리. 테루미는 샤프펜슬을 내려놓고 두 손으로 귀를 막았다. 그런데도 엄마 목소리는 귓속으로 파고든다.

"뭐라고 말 좀 해 봐. 어느 쪽이 중요한 건지 분명히 하란 말이야."

궁시렁거리는 소리는 아빠 목소리일 것이다. 할머니는 없다. 자기 방에서 점심을 먹은 후 어디론가 나가 버렸기 때문이다. 할머니는 요즘 식탁에서 밥을 먹지 않는다.

주말이 더 싫다고 테루미는 생각했다. 가족과 하루 종일 얼굴을 마주해야 하기 때문이다. 평일이면 아빠는 회사에 간다. 엄마도 요즘은 파트타임으로 일하고 있고, 그렇게 번 돈으로 문화 센터에 다닌다. 그리고 자신은 학교로 도망칠 수 있다.

한편으로는 도망치면 안 된다고 반성하는 부분도 있다. 이런 일에 지면 안 된다고. 미쓰루의 연주를 본 후부터는 특히 그렇다. 기운과 용기를 얻는다. 어떤 일에도 견딜 수 있을 듯한 기분이 든다.

그런데 지난 열흘 정도 미쓰루의 연주를 보지 못했다. 감격의 여운이 희미해지면서 또다시 꺾일 듯한 자신을 느낀다. 미쓰루를 만나고 싶다. 빛의 멜로디를 보고 싶다. 콘서트 일정이 정해지면 수요 멤버에게 통보해 주겠다고 했는데 과연 자신에게도 연락이 올지 테루미는 자신이 없었다.

와장창, 뭔가가 깨지는 소리가 났다. 이어서 아빠의 고함 소리. 엄마의 신경질적인 항의.

테루미는 의자에서 벌떡 일어나 바닥에 몸을 웅크렸다. 침대에서 타월 이불을 잡아당겨 머리에 뒤집어썼다. 아무 소리도 듣고 싶지 않았다. 보고 싶지도 않았다. 지금 그녀가 원하는 것은 빛의 심포니뿐이다.

미쓰루, 빨리 와서 나를 구해 줘. 마음속으로 그녀는 외치고 또 외쳤다.

그날 밤, 테루미는 오랜만에 오토바이의 폭음을 들었다. 여러 명은 아니다. 오토바이 한 대가 돌아다니는 것 같았다. 그녀는 베란다로 나가 그 모습을 찾으려 했다. 그러나 엔진 소리만 울릴 뿐 라이더의 모습은 확인할 수 없었다.

마스크트 반달리즘 멤버가 틀림없다고 테루미는 생각했다. 미쓰루의 연주회장에서 만났을 때 '오토바이 타고 질주하는 것보다 훨씬 기분 좋아.'라고 했던 그들도 그 연주를 언제 다시 볼 수 있을지 모른다면 오토바이로 돌아가는 길밖에 없을 것이다.

"제발 빨리……."

테루미는 그렇게 중얼거리면서 하늘을 올려다보았다. 그리고 깜짝 놀랐다. 밤하늘을 올려다보기는 정말 오랜만인데, 이렇게 별이 많이 보인 적은 지금까지 단 한 번도 없었기 때문이다. 그녀는 무의식중에 눈을 비볐다.

내가 빛을 원하는 거야. 문득 그런 생각이 머리를 스쳤다.

다음 날, 콘서트 소식이 테루미에게도 날아왔다. 테루미는 반가워 어쩔 줄을 몰랐다. 자신도 주요 멤버에 속한다는 환희와, 빛의 연주를 접할 수 있다는 기대감이 뒤섞인 감정이었다. 그녀는 엽서를 들고 자기 방으로 들어가 달력에 커다랗게 동그라미를 그렸다.

연주회까지의 며칠이 테루미에게는 몹시 길게 느껴졌다.

그동안에도 엄마와 아빠의 불화는 여전했다. 그녀에게는 마냥 우울하기만 한 나날들이었다. 콘서트 일정이 없었다면 정말 미쳐 버렸을지도 모른다고 테루미는 생각했다. 실제로 한번은 또 휘청휘청 베란다로 나가 자신이 죽는 광경을 상상하기도 했다. 그런데도 죽으면 미쓰루를 만날 수 없다는 생각에 겨우겨우 참았다.

날씨가 걱정이었다. 엽서에 쓰인 '우천 시 취소'라는 말이 그녀를 불안하게 했다. 그녀는 비가 오지 않기만을 간절히 기도했다.

그 기도가 이루어졌는지, 당일 날씨는 쾌청했다. 테루미는 아빠에게만 말하고 집을 나섰다. 요즘 엄마 아빠는 딸이 하는 일에도 별 간섭을 하지 않는다.

백조 공원은 테루미의 집에서 버스로 30분쯤 걸리는 곳에 있었다. 그녀가 정거장에서 버스를 기다리고 있는데 검은 오토바이 한 대가 눈앞에 멈춰 섰다. 헬멧 아래로 보이는 얼굴은 소마 고이치였다.

"가는 거지? 어서 타."

그가 뒷자리를 가리켰다. 테루미는 고개를 까딱 움직이고는 주저 없이 오토바이 뒤에 올라탔다. 그리고 고이치의 몸에 매달렸다. 폭주족의 오토바이에 탄다는 불안감은 전혀 없었다. 그녀에게 그들은 누구보다 믿을 수 있는 동지였다.

"간다."

헬멧을 쓰자 고이치는 액셀을 밟았다. 몸이 뒤로 끌려가는 듯한 느낌에 테루미는 팔에 힘을 꽉 주었다.

백조 공원은 그 지역에서 벚나무가 많기로 꽤 알려진 곳이다. 그래서 벚꽃 놀이를 하는 시즌이 되면 근처 회사 사람들이 몰려오고, 간간이 포장마차가 들어서기도 한다. 그러나 시즌이 끝나고 나면 거의 사람들에게 잊히고 마는 곳이기도 하다. 과거에는 연못에 백조가 있었다는데 지금은 한 마리도 없고 그저 웅덩이에 더러운 물이 고여 있을 뿐이었다.

야외무대 역시 그랬다. 거기서 누가 콘서트를 했다는 얘기도, 연극을 했다는 얘기도 테루미는 들은 적이 없다. 마지막으로 그녀가 봤을 때, 그곳은 그냥 아이들 놀이터에 불과했다.

그런 야외무대가 영 쓸모가 없는 건 아니었네, 하고 테루미는 생각했다. 미쓰루가 콘서트를 한다니 말이다.

테루미와 고이치가 공원에 도착했을 때는 이미 3백 명도 넘는 젊은이들이 모여 있었다. 무대에 가까운 자리는 아는 얼굴들이 대부분이었다. 무대 위에서도 아는 얼굴들이 미쓰루의 악기를 준비하고 있었다.

테루미는 앞에서 두 번째 줄에 고이치와 나란히 앉았다.

"요즘 연주를 못 봐서 그런지 걸핏하면 짜증이 나더라."

얼굴은 무대를 향한 채 고이치가 말했다.

"나도 그랬어. 조금만 기분 나쁜 일이 있어도 우울해지고, 열심히 해야겠다는 마음도 안 들고."

테루미도 그렇게 말했다.

"참 이상한 일이지. 그만큼 녀석의 연주가 대단하다는 뜻일까?"

"그렇겠지. 사실 대단하잖아."

준비가 다 되었는지 무대 위에 있던 이들이 객석으로 내려왔다. 그 뒤를 이어 왼쪽에서 미쓰루가 나타났다. 청바지에 티셔츠 차림이었다. 그는 그 불가사의한 악기 뒤에 앉은 뒤 옆쪽에 뭔가 신호를 보냈다. 그러자 몇 초 후, 주위가 캄캄해졌다. 지금까지 켜져 있던 공원의 가로등도 모두 꺼졌다.

테루미는 하늘을 올려다보았다. 오늘은 구름도 많지 않은데 어디에도 달이 보이지 않았다. 그녀는 그제야 새 달이 뜨는 시기라는 것을 깨달았다. 물론 그래서 미쓰루는 연주회를 이날로 정했을 것이다.

그리고 빛의 심포니가 시작되었다.

7

컵 속의 커피가 흔들리면서 자잘한 파문을 그렸다. 손가락

끝이 파르르 떨리기 때문이었다. 멈추려고 하지만 마음대로 멈춰지지 않는다. 왜 이러는 거지, 하고 마사시는 생각했다. 어제부터 이렇다.

"응, 괜찮지?"

기요세 유카가 또 어리광이 섞인 목소리로 말한다. 이러면 마사시가 거절하지 못한다고 믿고 있는 것이다.

"한 시간이면 돼. 간단한 얘기만 해 주면 되는 거야. 내가 벌써 좋다고 대답했단 말이야. 날 창피하게 만들지 마. 알았지?"

방과 후 유카는 할 얘기가 있다면서 찻집으로 가자고 했다. 그 할 얘기란 잡지 인터뷰에 응해 달라는 것이었다. 유카가 아는 사람 중에 자유 기고가로 일하는 남자가 있는데 미쓰루의 콘서트에 관심을 갖고 있다고 했다.

"얘기할 것도 별로 없는데."

"그래도 괜찮아. 그냥 미쓰루의 콘서트가 어떤 것인지만 얘기해 주면 돼. 그럼 불러올 테니까 여기서 기다려."

마사시의 마음이 변하기 전에 서두르는 게 낫겠다고 생각했는지 유카가 황급히 찻집에서 나갔다.

매스컴에서 접근해 올 경우의 대처 방식에 대해서는 이미 미쓰루의 지시가 있었다. 한마디로 잔재주를 피우지 말 것. 자신이 느낀 점을 사실 그대로 말하라는 것이었다.

'그런데 그 멋진 광경을 어떻게 말로 전할 수 있단 말인가.'

찻집 창문으로 바깥을 바라보면서 오늘은 비가 올 걱정은 없겠다고 마사시는 생각했다. 다음 주에도 제발 날씨가 좋았으면 좋겠는데. 다음 주 화요일에도.

백조 공원에서 일주일에 한 번꼴로 콘서트가 열린 지 석 달이 됐다. 관객 수도 서서히 늘어 지금은 천 명 가까운 인원이 운집한다. 한번 경험한 사람은 꼭 다시 보고 싶어지고, 그렇게 두세 번 경험하고 나면 그 이후로는 빠지지 않고 참석하기 때문이다.

물론 마사시는 지금까지 단 한 번도 빠진 적이 없었다. 여름 방학 동안에도 그랬다. 일주일을 기다리는 것이 애가 탈 정도였다. 콘서트는 매주 화요일인데 일요일쯤 되면 벌써 온몸의 피가 들끓는 느낌이었다.

그런데 이번 주에는 비 때문에 콘서트가 취소되어 다음 주까지 기다려야만 했다. 지금까지도 몇 번 취소된 적이 있었는데, 마사시는 그럴 때마다 말할 수 없이 권태로웠다. 지금도 그렇다.

마침내 유카와 함께 나타난 남자는 반소매 재킷 밖으로 우람한 팔이 드러난, 햇볕에 타서 가무잡잡한 남자였다. 나이는 서른 살 전후일까. 짙은 색 선글라스도 색이 바랜 청바지도 왠지 작위적으로 느껴졌다.

세리자와라고 자신을 밝힌 남자의 첫 질문은 광악가를 자처하는 연주자는 어떤 사람인가, 라는 것이었다. 마사시는 씩 웃었다.

"미쓰루라는 이름 외에는 저도 잘 몰라요. 아마 저와 같은 고등학생일 겁니다."

"어떻게 만났지?"

"그걸 얘기하자면 아주 길어져요."

마사시는 처음 그 빛을 봤을 때의 상황을 간단하게 설명했다. 빛에 이끌려 아이들이 모여들었다는 게 믿기지 않는지 세리자와는 떨떠름한 표정으로 메모를 했다.

"그 빛에 어떤 힘이 있는지, 그 원리에 관해서 미쓰루에게 들은 적은 있어?"

마사시는 고개를 저었다.

"원리 따위는 어떻든 상관없어요. 그의 연주를 보고 있으면 그냥 기분이 좋아져요. 마음도 깨끗이 씻기는 것 같고요."

"둥실둥실 뜨는 기분이에요."

유카도 곁에서 거들었다.

"마음이 몸에서 떠나가는 것 같고, 그다음에는 머리가 맑아지고 몸에 힘이 넘쳐요."

"거의 마법이로군."

세리자와의 눈이 휘둥그레졌다.

"맞아요. 미쓰루는 마법사예요."

"브레인 싱크로나이저 같은 건가? 빨간빛이 깜박이는 램프가 수십 개 달린 아이 마스크가 있는데, 그걸 쓰고 온몸에서 힘을 빼면 뇌에서 나오는 알파파가 증가하면서 스트레스가 사라진다는 거 말이야. 그것도 아마 음악이 흐를 텐데."

세리자와의 얘기를 듣고서 마사시는 자신도 모르게 피식 웃었다.

"그건 유치한 모델이라고 미쓰루가 그랬어요."

"유치하다……, 그렇군."

세리자와는 어깨를 으쓱하더니 마사시 쪽으로 조금 더 몸을 내밀었다.

"유가에게 들었는데, 한번 체험하면 중독된다면서? 그러니까…… 한동안 그 빛의 연주를 보지 않으면 기분이 이상해지고 말이야."

"저는 그렇게 말하지 않았어요. 짜증이 나고 불안해진다고 했지."

유카가 항의했다.

"그랬나. 아무튼 금단 증상이 있다는 말이지?"

"금단 증상……."

그렇게 볼 수도 있을 것 같아서 마사시는 허를 찔린 기분이었다.

"그건 좀 다르죠. 연주가 너무 멋지니까 다시 보고 싶고 빨리 보고 싶고 그런 거죠. 그뿐이에요. 그런 게 금단 증상이라면 그렇게 말할 수도 있겠지만요."

"정말 그게 다야?"

"아니면요?"

"세리자와 씨, 무슨 말이 하고 싶은 거예요?"

유카의 말투가 약간 날카로워졌다.

"아니, 별다른 뜻이 있는 게 아니라, 중독된다는 말이 흥미로워서 그러지. 얘기를 들어 보니까 단순히 연주를 보고 감동했다는 차원이 아니라 마약적인 매력이 있는 듯한 느낌이 들어서."

"마약?"

"아니, 내가 실언을 했군."

세리자와는 당황한 듯 손을 내저었다.

"비유가 좋지 않았어. 취소하지. 그보다, 나도 그 콘서트를 좀 볼 수 없을까? 직접 보면 가장 잘 알 수 있을 것 같은데."

"보는 건 자유예요. 누구든 볼 수 있으니까요. 다음 주 화요일 9시에 백조 공원에서 열려요."

그러자 세리자와는 메모를 하고는 이렇게 말했다.

"그럼 내 두 눈으로 보기로 하지."

이날 집으로 돌아간 후에 유카에게서 전화가 왔다.

"미안해. 불쾌했지?"

수화기 저편에서 기죽은 목소리가 들렸다.

"그런 말을 할 줄은 몰랐어. 기분 상한 거 아니야?"

"괜찮아."

그리고 잠시 잡담을 나누다가 전화를 끊었다. 동경하는 기요세 유카에게 전화가 걸려 오는 것도 지금은 그다지 감격스럽지 않았다.

게다가 그날 밤에는 몸이 무척 나른했다. 아무것도 하고 싶지 않았다. 생각도 하기 싫었다. 마사시는 저녁을 먹은 후 그대로 침대에 들어갔다. 그리고 물끄러미 천장을 쳐다보는데 천장 끝이 홀연 빨갛게 빛나기 시작했다. 그리고 마치 얼룩이 퍼지듯 그 빛의 면석이 점점 넓어졌다.

그리고 어느 순간 그 빛은 한쪽 벽면으로 쓱 빨려 들어갔다.

금단 증상, 마약.

그런 말이 순간적으로 머리에 떠올랐다.

8

소마 고이치가 마스크트 반달리즘의 리더 우노 데쓰야에게 "같이 좀 가 줘야겠어."라는 말을 들은 것은 10월 초였다. 어디 가는지는 말해 주지 않았다. 잠자코 따라오라고 할 뿐이었다.

두 사람은 각자 오토바이를 타고 그들이 사는 지방 도시의 중심으로 향했다. 도로가 꽤 넓은데도 자동차와 트럭들이 길을 메우고 있었다. 요즘 들어 이 도시에도 고층 빌딩이 줄줄이 들어섰다.

데쓰야가 오토바이를 세운 곳은 생긴 지 오래되지 않은 호텔 뒤였다. 호텔은 20층이 넘어 보였다. 고이치도 그 옆에다 오토바이를 세웠다.

데쓰야는 헬멧을 옆구리에 끼고 뒷문을 통해 호텔로 들어갔다.

"누가 여기 묵고 있기라도 한 거야?"

그를 뒤쫓아 가면서 고이치가 물었다.

"잠자코 따라오기나 해."

데쓰야가 대답하고는 몇 번이나 입술을 핥았다.

둘은 엘리베이터로 갔다. 8대나 되는 엘리베이터가 쉴 새 없이 오르내리고 있었다.

잠시 후 어깨가 떡 벌어지고 체구가 우람한 남자가 옆에 와서 섰다. 조각도로 깎아 낸 것처럼 생긴 얼굴에 표정이 하나도 없었다. 그가 무표정한 얼굴로 데쓰야에게 눈짓을 했다. 그리고 눈앞에서 엘리베이터 문이 열리자 데쓰야가 고이치에게 턱짓으로 타라고 했다. 고이치가 먼저 타고 뒤이어 데쓰야와 덩치가 올라탔다.

층수를 표시하는 버튼이 20층까지 있었다. 그런데 덩치는 그 버튼에는 손을 대지 않고 패널 위쪽에 있는 열쇠 구멍에 열쇠를 꽂았다. 그러자 사방 10센티미터 정도 되는 조그만 문이 열리고 그 안에 두 개의 버튼이 위아래로 있는 것이 보였다. 덩치가 위쪽 버튼을 눌렀다. 그런 후 문을 닫고 열쇠를 뺐다.

"VIP용이야."

데쓰야가 조그만 소리로 속삭이는데 덩치가 쓸데없는 소리 말라는 듯 그를 힐끔 노려보았다.

그들은 22층에서 내렸다. 덩치가 앞서 걷고 고이치는 데쓰야와 함께 뒤따라 걸었다. 복도에는 차분한 갈색 카펫이 깔려 있었다. 신발을 신은 채 걷기가 미안할 정도로 푹신한 카펫이었다. 고이치는 두리번두리번 사방을 돌아보았다. 벽지의 품질까지 아래층과는 격이 달라 보였다.

복도 끝까지 간 덩치가 걸음을 멈췄다. 중량감이 느껴지는 문 앞에서였다. 덩치가 문을 노크했다.

잠시 후 천천히 문이 열리더니 안에서 짙은 회색 재킷에 짧은 치마를 입은 여자의 모습이 나타났다. 가느다란 금테 안경을 낀 여자를 보며 고이치는 서른 살쯤 됐겠다고 생각했다.

여자가 덩치에게 고개를 끄덕여 보였다. 그러자 덩치는 자기 할 일은 끝났다는 듯 몸을 돌려 방금 걸어온 복도를 되돌아갔다. 카펫 때문에 발소리가 전혀 나지 않았다.

"들어와요."

여자는 두 사람의 얼굴을 번갈아 보며 방으로 안내했다. 방 안은 책상 하나와 컴퓨터 등의 사무기기가 놓인 테이블이 놓여 있을 뿐 휑뎅그렁했다. 방 안쪽에 문이 또 하나 있었다.

"우노 씨가 오셨는데요."

책상 위의 인터폰에 대고 그녀가 말했다.

"들어오라고 해."

묵직한 남자의 목소리가 흘러나왔다.

여자는 두 사람에게 따라오라고 눈짓을 하며 방 안쪽 문을 열었다. 그녀와 데쓰야에 이어 고이치도 안으로 들어갔다.

널찍한 방 한가운데에 가죽 소파가 놓여 있고, 거기에 번들거리는 짙은 초록색 양복을 입은 남자가 앉아 있었다. 나이는 사십 대 중반쯤일까. 살이 찌지는 않았는데 체격이 크고 얼굴 역시 크고 길었다. 이목구비가 뚜렷한 생김새에 숱 많은 머리를 뒤로 바짝 붙여 넘긴 탓에 얼핏 서양 사람 같은 분위기가 풍겼다.

"자네는 됐어. 가서 일 봐."

남자가 말하자 여자는 살짝 고개를 숙여 보이고는 방에서 나갔다. 그 뒷모습을 잠시 바라보던 남자가 두 사람에게 "이쪽으로 와서 앉아."라고 말했다. 배 속까지 울릴 것처럼 낮은 목소리에 말투가 점잖았다. 데쓰야가 남자와 마주 앉는 것을 보고 고이치는 데쓰야 옆에 나란히 앉았다.

"자네는 못 보던 얼굴인데."

고이치를 보더니 남자가 말했다.

"소마 고이치라고 합니다. 저를 도와주고 있죠."

데쓰야가 고이치를 소개했다. 고이치는 고개를 숙이면서 "소마 고이치입니다."라고 인사했다.

"음, 나는 사부리라고 하네."

그러고서 남자는 양복 안주머니에 손을 넣었다. 명함을 꺼내는 줄 알았는데 그게 아니었다. 그가 꺼낸 것은 주간지 화보의 한 페이지였다. 그가 그것을 테이블에 내려놓았다.

"이거 읽어 봤나?"

사부리가 데쓰야에게 물었다.

"네, 읽었습니다……."

데쓰야가 대답하는데 목소리가 약간 떨리는 듯했다.

그것은 지난주에 발매된 주간지였다. 미쓰루의 콘서트를 취재한 기사가 처음으로 실렸기 때문에 고이치도 갖고 있었다. '천 명의 아이들을 매료한 빛의 마술사'라는 제목 아래 백조 공원에서 있었던 콘서트 사진도 크게 실렸다.

"꽤 화제몰이를 하고 있던데. 텔레비전 뉴스에서도 다루고 말이야. 이번 주 화요일이었지, 아마. 나도 봤어. 잠깐 방영되었지만, 과연 신기한 구경거리더군."

잡지에 기사가 실린 직후에 민영 방송국에서 취재하고 싶다는 요청이 들어왔다. 데쓰야 측은 미쓰루에 대해서 캐고 들지 않는다는 조건을 내걸고 요청을 받아들였다. 뉴스가 나가자 반응이 뜨거웠는지 또다시 두 군데 텔레비전 방송국에서 특별 프로그램을 편성하고 싶다는 의뢰가 있었다. 그런 일은 고이치와 데쓰야, 두 사람이 창구 역할을 하고 있는데 어떻게 할지는 앞으로 미쓰루와 의논해 결정할 생각이다.

"음악을 넘어서 광악이라……, 유쾌하군. 실로 유쾌해."

조금도 유쾌하지 않은 투로 말하고 나서 사부리가 데쓰야에게 물었다.

"이 기사에 쓰여 있는 폭주족이 자네들을 말하는 거지?"

"죄송합니다. 저…… 벌써부터 말씀드리려고 했는데 뭐랄까, 이 정도 일로 보고드리는 것이 폐가 되지 않을까 싶어서……."

평소 고이치를 비롯한 아이들에게 의연한 태도를 보이는 리더가 지금은 횡설수설하고 있었다.

"자네들이 이상한 짓을 시작했다는 건 다른 경로를 통해서 들었어. 그저 어린애 장난에 불과하겠지 하고 그다지 신경을 쓰지 않았지. 어차피 튀고 싶어 하는 아이들이 어떤 퍼포먼스를 벌이는 거려니 하고 말이야."

"네, 사실이 그렇습니다."

데쓰야가 당혹스러워하며 말했다. 이마에서 땀이 한 줄기 흘러내렸다.

"별거 아닙니다. 단순한 놀이일 뿐이죠. 저희도 장난삼아 하는 겁니다."

그러나 사부리는 그의 말을 곧이듣는 기색이 아니었다. 데쓰야의 말이 다 끝나자 그는 테이블에 놓인 담배 케이스에서 담배 한 개비를 꺼내 담배 케이스와 한 세트인 크리스털 라이터로 불을 붙였다.

"왜 그렇게 얼렁뚱땅 넘어가려고 하지?"

"아닙니다. 얼렁뚱땅 넘어가려는 게 아니라……."

데쓰야가 고개를 저었지만 그런 그를 무시하고 사부리는 말을 계속했다.

"실은 자네들을 부르기 전에 우리 직원을 시켜서 그쪽 상황을 알아보라고 했지. 여기 쓰인 내용이 사실인지 아닌지 확인하려고 말이야."

그는 손가락에 담배를 끼운 채 테이블에 놓여 있는 화보를 가리켰다. '여기 쓰인 내용'이 무엇인지에 대해서는 고이치도 짐작이 갔다.

"그래서 분명해졌는데 말이지, 빛의 연주라는 게 아주 엄청난 거더군."

"아니, 그게 별로……."

"나를 상대로 대충 넘어가려고 하지 마. 알겠나? 나는 이렇게 보고를 받았어. 빛의 연주를 본 사람들은 거의 예외 없이 거기에 빠져든다, 한동안 못 보면 금단 증상을 보인다, 몸이 나른해지고 아무것도 하려 들지 않는다, 그런데 연주를 다시 보면 기운을 차리고 행동력도 좋아진다……. 이거 말이야, 어떤 거랑 비슷하지 않아? 그렇지? 자네들도 그렇게 생각하지?"

그렇게 묻는데도 데쓰야는 팔짱을 끼고 소파에 기댄 채 아무 대답이 없었다. 사부리는 젊은 두 남자의 얼굴을 번갈아 보고서 히죽거렸다.

"이건 마약이야. 마약이 아니고 뭐겠나. 안 그래?"

"아닙니다."

고이치의 입에서 저도 모르게 말이 튀어나왔다.

"몸에 해를 끼치지는 않으니까요."

사부리는 여전히 히죽거리면서 천천히 담배를 한 모금 빨았다. 그리고 흰 연기를 뿜어내면서 말했다.

"몸에 해가 있는지 없는지, 그런 건 우리와 아무 상관이 없어. 내가 마약이라고 한 건 사업이 성립하는 약이라는 뜻이야."

그리고 사부리는 다시 데쓰야 쪽을 보았다.

"어때, 데쓰야. 이거 마약 맞지?"

그래도 데쓰야는 고개를 숙인 채 움직이지 않았다. 하지만 잠시 후, 자신이 어떤 대답이든 하지 않고는 이 상황에서 벗어날 수 없겠다고 생각했는지 조그만 소리로 중얼거렸다.

"그럴지도 모르겠군요."

"처음부터 그렇게 순순히 말했으면 좋았잖아."

사부리는 만족스러운 듯 고개를 끄덕였다.

"다음에 데리고 와."

네? 하면서 데쓰야가 고개를 들었다.

"저…… 누구 말입니까?"

"광악가라는 소년 말이야. 뻔하잖아."

"말씀은 알겠는데 그건, 그게……, 죄송합니다. 그것만은 헤아려 주십시오. 녀석은 평범한 고등학생입니다."

"헤아려 달라니, 내가 잡아먹기라도 한다는 말인가. 볼일이 있으니 만나고 싶다는 것뿐인데."

"하지만."

"데쓰야."

사부리가 턱을 아래로 당기고 소년의 얼굴을 똑바로 바라보았다.

"지금까지 내가 자네들 뒤를 꽤나 봐줬다고 생각하는데. 내가 자네에게 지시한 건 밤에 배회하는 아이들을 통솔하라는 거였어. 뉴 타입이라는 수법도 알려 주었지. 지금까지 자네가 쌓은 실적에 대해서는 높게 평가하고 있어. 아주 잘해 왔어. 그런 자네가 지금까지의 활동을 그만두고 광악가라는 자를 끼고서 새로운 길을 모색하겠다고 하면 그것도 다 좋아. 오히려 반길 만한 일이지. 게다가 그 광악이라는 게 파괴주의보다 훨씬 큰 효과가 있는 것 같으니까. 그런데 중요한 건 말이지, 그 행위에 나에 대한 배신이 있으면 그건 묵과할 수 없다는 거야."

담담한 말투가 오히려 긴박감을 조성하고 있었다. 데쓰야의 얼굴이 점점 하얗게 질려 갔다.

"전무님, 어떻게 그런…… 배신이라니요."

"나도 자네를 믿고 있어. 그러니 그 소년과 만나게 해 달라는 거야. 알겠나?"

그리고 사부리는 윤곽이 뚜렷한 얼굴을 고이치 쪽으로 향했다.

"자네가 못하겠다고 하면 소마 군에게 부탁하지. 소마 군은 싫다고 하지 않을 거야."

그 말을 듣고서 고이치는 자신도 내키지 않는다는 뜻을 전하려고 했다. 그런데 데쓰야가 먼저 입을 열었다.

"제가 어떻게 해 보겠습니다. 반드시 전무님이 만족하실 수 있도록."

"그래, 그렇게 나올 줄 알았어."

사부리는 테이블 위의 인터폰 스위치를 눌렀다.

"우노 군이 돌아갈 거야."

몇 초 후에 문이 열리고 아까 그 여자가 들어왔다. 데쓰야에 이어 고이치도 일어섰다.

"아, 한 가지를 깜박했군."

여자를 따라 방을 나서려는 두 사람의 뒤에 대고 사부리가 덧붙였다.

"그, 빛의 연주회 말이야, 당분간 중지해. 다음에는 내가 주최할 생각이니까."

"하지만 그건……, 아까도 말씀드렸지만, 그것 없이는 견디지 못하는 사람이 많아서 말이죠."

"그럼 그 광악가라는 소년을 빨리 만나게 해 주든지."

"그리고 방송국에서 특별 프로그램을 편성하겠다는 얘기도 있고 해서……."

"알아, 안다고. 그건 내가 처리할 테니까 자네들은 신경 쓸 거 없어."

그리고 사부리가 손가락을 까딱 움직이자 젊은 여자가 웃는 얼굴로 두 사람에게 밖으로 나가라고 눈짓했다. 둘은 어쩔 수 없이 방에서 나왔다.

"야, 너에게 저렇게 뒷배를 봐 주는 사람이 있는 줄은 몰랐다."

호텔 밖으로 나온 후 고이치가 말하자 데쓰야는 자조적인 웃음을 지었다.

"그럼 내가 쌈짓돈으로 수제 폭탄 비용을 대는 줄 알았냐?"

"하긴 그래. 그런데 대체 뭐하는 사람이냐?"

고이치가 엄지손가락을 세우고 호텔 위를 가리키며 물었다.

"자세한 건 나도 몰라. 이 호텔 최고층에 있는 방을 늘 확보하고 있으면서 한 달에 몇 번 이 도시에 온다는 것 정도만 알아. 그 덩치 큰 보디가드와 여비서는 늘 함께 다니고."

"어떤 업계에 있는 사람일까. 야쿠자인가?"

"야쿠자는 아니지만 관련은 있는 것 같아."

"그런 인간과 어떻게 알게 된 거야?"

고이치가 물었다.

"알게 되었다고 할 수도 없어. 그쪽이 나를 알고 있었으니까. 내가 올드 타입에서 리더 노릇을 하고 있을 때였는데, 어느 날 불쑥 찾아와서 뉴 타입 폭주족을 만들지 않겠냐고 하더라고."

"무엇 때문에?"

"내가 그걸 어떻게 알겠어. 아까도 사부리가 말했지만, 아무튼 밤을 통솔하라고 하더라고. 자금은 자기가 대겠다고 하

146

면서."

"그래서 마스크트 반달리즘을 만들었던 거구나."

"그렇잖아도 올드 타입의 방식에 싫증이 났었어. 그러니 절호의 타이밍이었던 거지. 그런데 그때 사부리가 이렇게 주의를 주더라고. 왜 이런 일을 시키는지, 자신들이 뭘 노리는지, 자신들의 정체는 뭔지, 그런 것들에 대해 일절 파고들지 말라고 말이야."

"정말 수상하군. 그럼 우리가 이용당한 거네. 마스크트 반달리즘이 그렇게 수상한 집단인 줄은 몰랐어."

"수상하지 않은 폭주족이 어디 있다고 그래."

데쓰야가 자조적으로 말했다.

"어, 잠깐. 그러면 우리 말고 다른 뉴 타입은 뭐야? 다른 도시에서도 뉴 타입 폭주족이 속속 생겨나고 있잖아."

"아마 그쪽도 사부리가 만들게 했겠지."

데쓰야는 대수롭지 않다는 듯 말했다.

"같은 시기에 비슷한 뉴 타입이 여기저기서 생겨나고 있는 걸 보면 말이야."

"뉴 타입은 전국적으로 생겨나고 있어."

"전국에 손을 뻗쳤다는 얘기겠지."

그러고서 데쓰야는 고개를 저었다.

"어쩌면 전 세계일지도 모르지."

그 말에 고이치는 저도 모르게 신음을 뱉었다.

"대체 뭐하는 인간이야, 그 사부리라는 자식."

"글쎄, 알려고 하면 안 된다니까."

그리고 데쓰야는 사방을 휘둘러본 후 고이치 쪽으로 얼굴을 바짝 갖다 댔다.

"사실은 다른 구역의 뉴 타입 리더와 얘기한 적이 있는데, 그 녀석 말이 사부리의 배후에 또 다른 인간이 있는 것 같대."

"또 다른 인간?"

"응. 사부리가 '회장'이라고 부르는 인물."

"회장, 그게 대체 누구지?"

"그건 나도 몰라. 하지만 이거 하나는 분명해. 그 '회장'이라는 사람, 일본의 정보 산업계에 있으면서 방송이나 출판업계에 검은손을 휘두르고 있어."

"그런 인간이 폭주족이랑 무슨 관련이 있다는 거지?"

"낸들 알겠어?"

데쓰야가 내뱉듯이 말했다.

헬멧을 쓰려던 고이치는 행동을 멈추고 다시 데쓰야에게 물었다.

"어떻게 할 거야, 미쓰루는? 놈들은 분명히 장사에 써먹을 작정일 텐데. 헤로인이나 대마처럼 말이야. 그렇게 되어도 괜찮은 거야?"

데쓰야는 오토바이에 올라타고 나서 한숨을 쉬었다.

"내가 미쓰루를 여기로 데려오지 않는다 해도 결국은 네가 데려오게 될 거야."

"내가? 난 놈들이 하라는 대로 하지 않을 거야."

"아니, 하게 될 거야."

"안 해. 미쓰루를 팔아넘길 수는 없어."

"결국은 하게 된다니까. 내가 놈들의 명령을 무시하면 바로 그다음 날 네가 여기로 불려올 거야. 그리고 내가 놈들에게 어떤 꼴을 당했는지 네 눈으로 보게 될 거야. 그러면 너는 바짝 졸아서 놈들이 하라는 대로 하게 될 테고."

"설마, 어떻게 그런……."

"너는 아무것도 모르니까 그런 소리를 할 수 있는 거야. 행복한 거지."

데쓰야는 오토바이 시동을 걸었다. 그리고 덧붙였다.

"내가 아까 사부리에 대해서 내게 가르쳐 준 다른 구역 리더 얘기를 했었지? 그 사람이 사부리에 대해 더 조사하려고 뒤를 밟다가 어떻게 됐는지 알아?"

"어떻게 되었는데?"

"무슨 일이 있었는지 자세히는 몰라. 하지만 무슨 일이 있었던 것만은 분명해. 지금 그는 사부리에 대해서라면 털끝 하나 알려 하지 않아. 그리고 충견 노릇을 하지."

고이치는 침을 삼키려 했지만 입안이 바짝 말라 있었다.

데쓰야는 한 마디 더 덧붙였다.

"이 세상에는 우리가 모르는 고문이 얼마든지 있어."

그리고 그는 헬멧을 썼다.

"죽이지야 않겠지만 가만 놔두지도 않겠지."

데쓰야와 고이치의 얘기를 들은 미쓰루는 간단한 얘기라는 듯 그렇게 말했다. 그들은 미쓰루의 집에서 걸어 10분쯤 걸리는 찻집에 있었다.

"데쓰야 말이 맞아. 이 세상에는 우리들이 모르는 고문이 별만큼이나 많이 있지."

마치 내일 날씨를 예측하는 듯한 말투였다.

"그럼 결국 놈들이 하라는 대로 할 수밖에 없다는 건가."

심각한 표정의 데쓰야와 평소와 다름없는 표정의 미쓰루를 번갈아 보면서 고이치가 말했다.

마침내 데쓰야가 고개를 들었다.

"내가 사라질게."

그리고 그는 미쓰루를 보았다.

"이 일이 잠잠해질 때까지 어디론가…… 놈들이 찾아낼 수 없는 먼 곳으로. 그러면 놈들과 미쓰루의 연결이 끊어지겠지."

그 말에 고이치는 놀라서 데쓰야의 옆얼굴을 뚫어져라 바라보았다. 그가 사부리의 지시를 따를 것이라고 예상했기 때문이다.

"그런 표정으로 보지 마. 나도 일말의 양심은 있어."

고이치의 시선을 느꼈는지 데쓰야가 씁쓸하게 웃었다.

"고맙다. 하지만 네가 도망칠 필요는 없어."

미쓰루도 웃으면서 말했다.

"미쓰루, 네 머리가 엄청나게 잘 돌아간다는 건 나도 알아. 하지만 이번에는 달라. 우리가 감당할 수 있는 상대가 아니라고."

"그런 말이 아니야, 데쓰야. 그 정도 상대라면 도망치는 것도 쉽지는 않잖아. 너를 찾아내는 것쯤 그들에게는 식은 죽 먹기라고. 그렇다면 그들이 너를 찾아냈을 때가 더 걱정이란 말이야."

"그건 그렇지만……."

"그럼 어떻게 하자는 거야?"

고이치가 물었다.

"간단해. 내가 사부리를 만나면 되잖아."

"어이, 미쓰루. 뭘 알고나 하는 소리야? 놈들을 만난다는 건 너의 그 예술을 장사에 이용하게 한다는 뜻이라고."

강경하게 말하는 데쓰야의 얼굴을 미쓰루는 이상하다는 눈으로 쳐다보았다.

"예술이 장사에 이용되지 않은 적은 역사상 단 한 번도 없었어. 적어도 예술이라고 인정된 시점에서는 말이야. 너희들도 미술관에 공짜로 들어갈 수 있다고는 생각하지 않잖아."

"하지만 놈들은 정상적인 인간이 아니라고. 그들이 만지는 돈도 깨끗한 돈이 아니고. 그런 돈으로 너의 아름다운 예술을 더럽히고 싶지 않아."

미쓰루는 고개를 저었다.

"괜찮아. 광악은 그렇게 어설픈 예술이 아니야. 훨씬 높은 차원에서 확립돼 가고 있다고. 음악이 차원 높은 지위를 획득한 것처럼."

"네가 전에 우리가 앞으로 많은 고난을 겪게 될 거라고 말했는데 이 일도 그중 하나야?"

고이치가 물었다. 그러자 미쓰루가 사뭇 뜻밖이라는 듯이 눈을 동그랗게 뜨고는 웃으면서 손을 저었다.

"당치 않아. 이 일은 고난이라고 할 수도 없지. 지금까지 정말 순조로웠어. 오히려 이러지 않은 게 이상할 정도로."

"순조로웠다고? 우리가 이렇게 네 발목을 잡고 있는데도?"

그렇게 말하는 데쓰야를 보면서 미쓰루는 빙그레 웃었다.

"내가 아무 생각 없이 너희들, 마스크트 반달리즘을 끌어들였다고 생각해?"

"뭐라고?"

고이치는 엉겁결에 데쓰야와 얼굴을 마주 보았다. 동시에 미쓰루가 의자에서 일어났다.

"자, 그럼 가 볼까."

"가다니…… 어딜?"

데쓰야가 어리둥절한 표정으로 물었다.

"당연히 사부리를 만나러 가는 거지. 마침 데려갈 사람도 와 있는 것 같고."

그렇게 말하면서 미쓰루는 찻집 출입문께를 바라보았다. 고이치가 그 시선을 따라가 보니 호텔에서 만났던 덩치가 천천히 다가오고 있었다.

9

웬일이지. 대체 무슨 일이 있는 거야?

시노 마사시는 침대에서 끙끙거리고 있었다. 10월 들어 두 번이나 잇달아 미쓰루의 콘서트가 취소되었다. 이유는 전혀 모른다. 다만 다음과 같은 통지가 날아왔을 뿐이다.

'당분간 콘서트가 중단됩니다. 일정이 잡히는 대로 다시 연락하겠습니다.'

중단라니 대체 무슨 일일까. 그러나 마사시 쪽에서 미쓰루에게 연락할 방법은 없었다. 그와 연락할 수 있는 사람은 마스크트 반달리즘의 리더와 고이치뿐이어서 마사시와 그 외의 아이들이 미쓰루와 연락하고 싶을 때에는 반드시 그들을 통해야 했다. 그래서 조금 전 고이치에게 전화를 걸었는데 그의 대답은 이랬다.

"충전 기간이야. 아티스트들은 그런 시간이 필요하다고 하잖아."

뭔가를 숨기고 있다는 것을 마사시는 직감했다. 그런데 왜 자신들을 속이면서까지 콘서트를 중단해야 하는지 이해할 수 없었다. 수많은 젊은이에게 일주일에 한 번 열리는 빛의 콘서트는 필요 불가결한 것임을 그들도 알고 있을 것이다.

그놈들 대체……. 마사시는 마스크트 반달리즘에 대한 불만이 날로 커져 갔다. 가장 먼저 미쓰루와 접했다는 이유만으로 소마 고이치와 리더인 우노 데쓰야가 콘서트에 관한 모든 주도권을 쥐고 있는 것이 마음에 들지 않았다. 물론 미쓰루에게는 악기를 운반하는 등 그들의 도움이 필요할 것이다. 그러나 자신들 역시 최초의 팬이다. 미쓰루의 활동에 대해서 같이 의논할 권리가 있다.

미쓰루의 연주를 볼 수 없다는 욕구 불만과 마스크트 반달리즘에 대한 불만이 거의 폭발할 지경이었다. 마사시는 침대에 있는 베개를 내던졌다.

그때 문을 두드리는 소리가 났다.

"열려 있어."

엄마 요리가 문을 열고 얼굴을 들이밀었다.

"마사시, 아빠가 너랑 어디 갈 데가 있대. 그래서 서……
외출할 준비 하고 거실에서 기다리라는데."

요리에는 머뭇거리며 말했다.

"아니, 이런 시간에 어딜 간다는 거야."

"아빠 친구에게 가나 봐. 그러니까 빨리 준비해."

"내가 왜 아빠 친구를 만나야 하는데?"

"그건……"

요리에는 잠시 망설이더니 마침내 마음을 굳혔다는 듯 아
들의 얼굴을 보면서 말했다.

"검사 좀 받으려고. 너 요즘 정상이 아니잖아. 그래서……."

"난 이상한 데 없다고."

"그럴 리 없어. 요즘 들어 만날 짜증만 부리고 이유도 없이
화를 내잖아. 수업도 무단으로 빠졌다는 거 엄마가 다 알아.
게다가 밥도 별로 안 먹고. 오늘 저녁만 해도 그래. 거의 손을
안 댔잖아. 마사시, 요즘 거울 본 적 있니? 살도 빠진 데다 얼
굴색도 형편없어. 이상한 데가 없을 리 없단 말이야."

"없으니까 없다고 하는 거야."

마사시는 이불을 머리에 뒤집어썼다.

"나가. 나 좀 내버려 둬."

"어떻게 내버려 둬. 아, 이럴 줄 알았으면……. 그거 때문이야. 그 이상한 빛으로 최면을 거는……."

"미쓰루 험담하지 마."

마사시는 몸을 일으키며 냅다 고함을 질렀다. 요리에는 움찔 겁먹은 표정을 지으면서도 말을 계속했다. 뭐라고 하는지 마사시는 잘 들리지도 않았다. 하지만 이미 미쓰루의 연주를 부정하고 반론을 내세웠다는 사실에 마사시는 완전히 이성을 잃고 말았다. 그는 지금까지 이토록 심한 혼란을 경험한 적이 없었다. 무의식적으로 고함을 지르고, 생각할 틈도 없이 손발을 마구 버둥거렸다.

"그만해. 가만히 좀 있어!"

어느 틈엔가 아빠가 방 안에 들어와 있었다. 마사시는 아빠가 들어오는 것도 알아채지 못했다.

"여보, 내 가방. 진정제랑 주사기."

그것이 이때 마사시가 들은 마지막 말이었다.

뇌 기능 검사실에서 나온 시노 아키히코는 친구인 고지마 히데카즈와 함께 옆 진료실로 자리를 옮겼다. 밤 11시가 넘은 시간, 도와 의과 대학 부속 병원 뇌신경외과 병동의 복도는 조용했다.

"이상은 없어."

긴 머리와 호리호리한 몸집 덕에 마흔여섯의 나이보다 젊어 보이는 고지마는 움푹 들어간 눈으로 아키히코를 쳐다보면서 말했다.

"뇌파도 정상, 포지트론 단층 촬영 결과도 문제없음. 자네가 가능성의 하나로 꼽은 뇌 내 도파민 과잉 활동에 대해서도 현재는 인정되지 않음."

"일단은 안심이로군."

아키히코는 한숨을 내쉬었다.

"그런데 자네가 아까 우리 아들의 꼴을 봤으면 뭐라고 했을지 모르겠군. 분열증의 징후 있음, 이리고 판단하지 않았을까."

"상당히 심했나 보군. 진정제를 투여한 흔적도 그렇지만 손발에 난 찰과상과 이마의 상처를 보니 아들이 얼마나 난동을 부렸을지 짐작이 가."

"이마에도 상처가 있었나?"

"이마에 상처가 난 쪽은 자네야."

고지마가 아키히코의 얼굴을 가리켰다. 아아, 하면서 아키히코는 밴드를 붙인 이마를 눌렀다.

"아무튼 검사 결과는 아무 이상 없어."

고지마가 진지한 표정으로 다시 말했다.

"그렇다고 이대로 내버려 둘 수는 없는 노릇이겠지."

"당연하지. 무슨 수를 써야 해."

아키히코가 고개를 몇 번이나 내저었다.

"정신이 맑을 때 검사를 다시 해 봐야 하지 않겠나? 뇌 내에 이상 전류가 발생하기 위해서는 어떤 조건이 필요할 수도 있으니까."

"그 빛이 조건일 수도 있을까?"

"그럴 수도 있겠지."

고지마가 고개를 끄덕였다.

"그 빛의 콘서트라는 걸 자네는 본 적이 있나?"

"얼마 전에 텔레비전에서 처음 봤어. 직접 본 적은 없고. 아내는 한 번 본 것 같아."

"부인은 뭐래?"

"아름답다고 했어. 마음이 빨려 들어갈 것 같았다고."

"나도 며칠 전에 텔레비전에서 봤는데 아름답기는 했어. 그런데 거기에 어떤 작용이 있는지까지는 알 수 없었어."

"각성제나 마약의 일종이야. 틀림없어. 일렉트릭 드러그지."

아키히코는 그렇게 단언했다.

"우리 연구회에서는 싱크로 에너자이저의 일종으로 보는 견해가 지배적이야. 기존의 싱크로 에너자이저에서도 유사

환각 효과가 인정되었으니까 말이지. 그러나 이번처럼 의존성을 보인 예는 없어. 특히 신체적 의존성은."

"그래서 말인데, 자네 연구회가 이렇게 빨리 그 광악이란 것에 관심을 보이다니 좀 뜻밖이었어. 멤버 중에 혹시 관계자가 있는 건가?"

"아니, 그렇지는 않아. 아무래도 외부에서 조사 의뢰가 있었던 것 같아. 살짝 냄새가 나는 게, 그 외부라는 게 정부 기관이 아닐까 싶어."

"그렇다면 후생성?"

"그럴지도 모르지. 하지만 그 소 같은 놈들이 이렇게 신속하게 대응했으리라고 보기는 어렵지 않을까."

"그럼 자료는 수집이 좀 되었나?"

시노 아키히코가 묻자 고지마는 아니라며 고개를 저었다.

"이제 막 시작했는데 그런 게 있겠나. 게다가 어떻게 된 일인지 이번 달 들어서부터 콘서트가 통 열리지 않았다는군."

"아들의 나쁜 병을 고칠 좋은 기회이기는 한데."

아키히코는 수염이 비죽비죽 돋은 턱을 오른 손바닥으로 비볐다.

"솔직히 말해서 마사시 군이 광악에 빠졌다는 얘기를 들었을 때는 반갑더라고. 이제 자료를 수집할 수 있겠다 싶어서 말이야."

"그런데 신체적인 이상이 전혀 없으니⋯⋯."

그리고 아키히코는 팔짱을 끼더니 맥없이 웃으며 덧붙였다.

"심경이 복잡하군. 이상이 없으면 좋아해야 하는데 말이야."

"역시 그 빛을 보고 있을 때의 마사시 군을 검사해 봐야 알수 있겠군. 아마 정상은 아닐 거야."

비정상이라고 표현하지 않았다는 것에서 고지마의 우정을 느낄 수 있었다.

"문제는 과연 검사에 응해 줄까 하는 건데."

"어렵겠지. 아들은 광악에 푹 빠져 있어. 절대적이라고 생각하고 있지. 그 광악가를 자처하는 소년에게도 마찬가지로 심취해 있고."

"광악가라⋯⋯."

고지마는 혼잣말을 하듯 중얼거렸다.

"아무튼 우리의 최종 타깃이 되겠지. 그 소년이 말이야."

10

이날 고즈카 테루미네 반 미술 시간에 주어진 과제는 포스터 그리기였다. 그것도 화재 예방이나 문화제 포스터가 아니라 관광 명소를 소개하는 포스터다. 그 준비로 집에서 관광지의 사진이나 그림엽서를 가져오라는 선생의 지시가 있었다.

"깜박 잊고 안 가져온 친구는 여분이 있는 친구에게 빌리도록."

수업을 시작하면서 중년의 여선생이 말했다. 테루미는 옆에 앉은 친구에게 부탁했다.

"그래, 알았어. 나 잔뜩 가져왔거든."

그 친구는 기꺼이 그림엽서 뭉치를 내밀었다.

정말 양이 상당히 많고 장소도 다양했다. 국내 관광 명소가 대부분이지만 간혹 외국 엽서도 있었다.

"우리 엄마가 여행할 때마다 사들인 거야. 기껏 사기만 했지 보낼 데는 없으니까 이렇게 쌓였지, 뭐."

친구는 어이가 없다는 듯이 말할 뿐 자랑하는 투는 아니었다. 그런데도 테루미는 주눅이 들지 않을 수 없었다. 그림엽서를 가져오지 않은 것은 깜박 잊어서가 아니라 집에 없었기 때문이다. 어젯밤 잠들기 전에 온 집 안을 샅샅이 뒤져 보았지만 단 한 장도 나오지 않았다. 지쳐서 침대에 들어갔을 때는 당연하다는 생각이 들었다. 지난 몇 년 동안 여행 따위는 한 번도 가지 않았다. 여행은커녕 가족끼리 외출한 적도 없었다.

앞으로도 아마…… 없겠지.

친구에게 빌린 엽서 뭉치를 보며 테루미는 체념의 한숨을 쉬었다.

그러잖아도 요즘 기분이 영 우울했다. 미쓰루의 콘서트가 또 중단 상태이기 때문이다. 백조 공원에서 마지막 연주를 본 후로 한 달 가까이나 지났다. 그 때문인지 요새는 잠도 잘 오지 않았다. 도무지 어떻게 할 수 없는 무력감에 시달리기도 한다. 그런가 하면 별다른 이유 없이 짜증이 나기도 했다.

엽서를 들춰 보던 테루미가 갑자기 움직임을 멈췄다. 엽서에 찍힌 풍경, 아니 색채가 그녀의 눈에 날아들었던 것이다. 그것은 오키나와의 하늘을 찍은 사진이었다. 야자나무 두 그루가 검은 그림자처럼 찍혀 있을 뿐 나머지는 전부 파란 하늘이었다. 그 하늘의 색감이 그녀의 마음을 건드렸다. 미쓰루의 빛을 처음 접했을 때의 감각과 비슷했다.

"이걸로 할게."

그 엽서를 친구에게 들어 보이면서 테루미가 말했다.

"에이, 되게 썰렁하네."

친구가 그렇게 말하더니 새삼스럽게 사진을 들여다보며 중얼거렸다.

"그래도 색깔은 좋은데."

"나도 색깔이 마음에 들었어."

테루미는 물감 박스 뚜껑을 열었다. 그 순간 머릿속으로 찌릿찌릿 전류가 흐르는 듯한 감각이 느껴졌다. 신경이 예민해지고, 잠들어 있던 무언가가 깨어난 느낌이었다.

그녀는 파란색 물감을 집어 팔레트에 짰다. 그 색을 보는 순간, 이 색은 전체의 30퍼센트면 될 거야. 나머지는 초록과 노랑과 하양……, 그런 식으로 섞어야 할 색이 줄줄이 떠올랐다. 그녀는 그 색들을 팔레트에 짜 놓고 붓을 깨끗이 씻은 후에 섞기 시작했다.

"어머나."

테루미가 열심히 색을 칠하고 있는데, 미술 선생이 옆에 서서 말했다.

"색을 참 잘 만들었네. 사진이랑 똑같잖아."

선생은 엽서 사진과 그녀의 그림을 견주어 보았다. 뒤에 앉은 남학생이 고개를 쑥 내밀고 들여다보면서 중얼거렸다.

"와, 진짜네."

"무슨 색을 섞었니?"

선생이 물었다.

테루미는 말없이 팔레트를 보여 주었다. 팔레트에는 꼭 열 종류의 물감이 짜여 있었다.

"그렇구나. 여러 가지를 섞어 봤나 보네."

우연히 그런 색감이 나온 거라고 생각했는지 여선생은 그 이상의 관심을 보이지 않고 테루미 옆을 떠났다. 테루미에게 그림의 재능 따위 없다는 것을 그 선생은 잘 알고 있었다.

그런데 테루미 자신은 우연이거나 어쩌다 그런 색이 나왔다고는 생각지 않았다. 웬일인지 어떤 색을 어느 정도 비율로 섞으면 되는지 저절로 떠올랐다. 잠시나마 시행착오가 있었기 때문에 열 종류를 사용했지만, 여섯 종류만 있으면 이 색을 낼 수 있다는 것을 지금은 안다.

여선생은 다른 학생들의 그림을 살피면서 교실 안을 이리저리 걷고 있었다. 황매화색 옷을 입은 그 뒷모습을 보고 있자니 하늘의 색을 봤을 때처럼 순간적으로 섞어야 할 색깔들이 떠올랐다.

'노란색, 오렌지색, 초록색, 보라색 조금, 그리고……'

테루미는 해당 색깔의 물감을 팔레트에 짜서 섞어 보았다. 완성된 색상은 그야말로 여선생의 투피스 색상이었다.

'내가 어떻게 된 거지.'

붓 끝을 멍하니 바라보던 테루미는 붓을 물에 흔들어 씻었다.

이날 방과 후 친구 둘과 교문을 나서 보도를 걷고 있는데 바로 옆 차도에 오토바이 한 대가 와서 섰다. 그 요란한 소리에 셋은 그만 걸음을 멈추고 말았다.

"테루미."

라이더가 헬멧 속에서 그녀를 불렀다. 소마 고이치 목소리였다. 그럴 거라고 생각했기 때문에 테루미 자신은 놀라지 않았지만, 평범한 중학교 1학년짜리 여학생인 친구들은 당황한 듯했다.

고이치는 타라는 듯이 엄지손가락으로 뒷자리를 가리켰다. 이처럼 하굣길에 불쑥 나타나서 가자고 한 적은 없었기 때문에 테루미는 미쓰루와 관련해서 급한 일이 있나 보다고 직감했다.

"미안해, 볼일이 생겨서 먼저 갈게."

테루미가 그렇게 말하는데도 친구들은 어리둥절해할 뿐이었다. 친구들의 대답을 기다리지 않고 그녀는 오토바이 뒤에 걸터앉아 고이치의 등을 꽉 안았다.

고이치는 엔진 소리를 붕붕 내면서 곧바로 내달렸다. 친구들이 입을 쩍 벌리고 있는 모습이 우스꽝스러워서 테루미는 속으로 키드득 웃었다. 아주 오랜만에 웃은 기분이었다.

그리고 백조 공원에 도착한 순간, 테루미는 기뻐서 어쩔 줄을 몰랐다. 미쓰루의 콘서트가 열리는 줄 알았기 때문이다. 그런데 고이치는 오토바이를 세우고 헬멧을 벗자 재빨리 말했다.

"여기서는 이제 콘서트 안 해."

"뭐야, 쳇."

테루미는 자신도 모르게 입술을 쑥 내밀고 고개를 숙였다.

"그렇게 실망하지 마. 좋은 소식이 있으니까."

"좋은 소식, 정말?"

"안 그러면 집에 가는 너를 붙잡지 않지."

고이치는 눈부시다는 듯 세일러복을 보더니 턱으로 공원을 가리켰다.

"좀 걷자."

"응."

마침 벤치가 있어서 둘은 나란히 앉았다. 초등학생인 듯한 남자애 몇 명이 공놀이를 하고 있을 뿐 다른 사람은 없었다.

데이트하는 기분이라고 테루미는 생각했다. 그러자 가슴이 두근거렸다. 중학교 1학년인 그녀는 아직 남자 친구와 사귄 적이 없다. 남학생을 좋아한 적은 있었지만, 그저 그뿐이었다.

테루미는 고이치가 좋았다. 그녀가 좋아하는 록 싱어를 닮아서이기도 하지만, 누구보다 그녀한테 친절하게 대해 주었기 때문이다. 그러나 한편으로 고이치가 자기 같은 어린애를 상대할 리 없다고 생각하고 있었다. 중학교 1학년인 그녀에게 열여덟 살은 어엿한 어른이다.

"이걸 전해 주려고."

고이치가 라이더 재킷 안에서 하얀 봉투를 꺼냈다. 테루미는 봉투를 받아 들자마자 열어 보았다. 예쁘게 인쇄된 티켓이 네 장 들어 있었다.

"이게 뭔데? 무슨 티켓……."

그렇게 묻던 테루미는 도중에 입을 다물고 말았다. 거기에 다음과 같은 글자가 찍혀 있었기 때문이다.

'세계 최초의 광악 콘서트, 시라카와 미쓰루의 환상 세계'

"이게 뭐야?"

테루미가 재차 물었다.

"이런 티켓까지 다 만들고……, 그리고 연주회장도 이렇게 멋진 곳. 아……."

VIP석 1만 5천 엔, S석 1만 2천 엔, A석 9천 엔, 그런 글자가 테루미의 눈에 날아들었다.

"돈을 받는구나……."

상상도 못한 일이라 테루미는 어떻게 반응해야 좋을지 망설여졌다.

"기획사가 붙었어."

"미쓰루는 그런 말 전혀 안 했잖아."

"갑자기 결정된 거야. 텔레비전과 잡지에서 다룬 후로 여러 가지 일이 많았어. 이제 우리들이 관객을 관리할 수 있는 수준이 아니라서 그 분야 전문가에게 부탁한 거야."

고이치는 마치 변명하듯 말했다.

"미쓰루는 광악을 장사 도구로 이용하지 않을 줄 알았는데……."

"녀석은 이걸로 돈을 벌 마음이 없어. 최대한 많은 사람이

광악을 알아줬으면 할 뿐이지. 하지만 한계가 있잖아, 무료
로 콘서트를 계속하기에는. 한 군데에서만 하면 좀처럼 널리
퍼지지도 않고."

"그렇긴 하겠지만……."

테루미는 다시 티켓으로 눈길을 떨어뜨렸다. 맨 처음 미쓰
루를 만났을 때가 떠올랐다. 신기한 빛의 깜박임을 좇아 집
을 빠져나와, 얼마 전까지만 해도 자신이 다녔던 초등학교로
갔다. 그는 건물 옥상에서 연주하고 있었다. 그런 그를 둘러
싼 십여 명의 관객은 무릎을 끌어안고 앉아 빛의 변화에 심
취한 모습이었다.

이런, 어린 손님이 왔군. 이리 와.

테루미를 보더니 미쓰루가 그렇게 말했다. 그러자 둥그렇
게 모여 앉은 소년 소녀들이 그녀를 위해 자리를 만들어 주
었다. 아무도 그녀가 거기 온 이유를 따지지 않았다. 아니, 모
두들 이미 알고 있는 듯했다.

그대로도 좋았는데, 하고 테루미는 생각했다. 관객이 늘어
나고 규모가 커지면서 미쓰루의 연주도 더 강력해졌다. 테루
미는 연주를 볼 때마다 더욱더 큰 감동에 젖을 수 있었다. 그
러나 초기의 훈훈한 분위기가 테루미는 더 좋았다.

"왠지 좀 그러네. 미쓰루가 멀어진 느낌이야."

"그렇지 않아. 미쓰루는 우리를 잊지 않았어. 처음부터 함

께한 우리를. 이 티켓이 그 증거잖아. 앞으로도 마찬가지야. 우리에게 돈을 받을 생각은 조금도 없다고."

'그런 얘기가 아닌데.' 하고 생각했지만 테루미는 그 말을 입 밖으로 내지 않았다. 무슨 말을 해도 이 기분이 제대로 전해질 것 같지 않아서였다.

"아무튼 미쓰루의 콘서트가 다시 열리게 되었잖아. 그럼 되는 거지. 너무 오랫동안 열리지 않아서 욕구 불만으로 이상해진 사람도 있다던데. 갑자기 고함을 지르거나 난동을 부리기도 하고, 반대로 심하게 우울해하기도 하고 말이야."

"고이치 오빠는 그런 일 없어?"

"왜 없겠어. 요즘 몸도 무겁고 기분도 우울할 때가 많아. 딱히 이유 없이 짜증이 나는 일도 꽤 있고. 하지만 다른 사람들에 비하면 그나마 나은 편이야. 개인차가 있는 거겠지, 뭐."

그러고서 고이치는 테루미의 얼굴을 보았다.

"그러는 너는 어떤데?"

"나도 요즘 좀 우울했는데……."

말을 할까 말까 잠시 망설이다가 테루미는 오늘 미술 시간에 있었던 일을 얘기했다. 그러고 나서 왠지 기분이 개운해졌다는 것도.

"거참, 이상하네. 그것도 광악의 영향일까……."

"나는 그럴 거라고 생각하는데."

"미쓰루는 혹시 알지도 모르겠다. 다음에 물어보자. 그래 봐야 콘서트 날에나 만날 수 있겠지만."

고이치는 테루미가 손에 쥐고 있는 티켓을 가리키며 말했다. 티켓에는 11월 20일 금요일이라고 인쇄되어 있었다. 앞으로 이십 일이나 남았다.

그 이십 일 동안 테루미가 예상치 못한 일들이 잇달아 일어났다.

우선 길거리 여기저기에 포스터가 나붙었다. 중심에서 주변을 향해 다양한 색의 가느다란 빛줄기가 뻗어 있는 일러스트를 배경으로 티켓에 찍혀 있던 '세계 최초의 광악 콘서트'라느니 '환상의 세계'라느니 하는 글귀가 박혀 있었다.

그다음으로 주로 젊은이들이 보는 정보지에 광악에 관한 기사가 실렸다. 각 잡지는 이미 일부 젊은이들 사이에서 화제몰이를 하고 있는 광악 콘서트가 본격적으로 열리게 되었다는 점을 강조했다. 무심히 FM 라디오를 듣고 있는데 콘서트 정보 중에 소개되는 일도 있었다.

하지만 테루미를 가장 놀라게 한 것은 입소문의 위력이었다. 그녀가 고이치에게 티켓을 받은 다음 날, 학교에는 벌써 광악 콘서트가 화제에 올랐다. 그다음 날에는 티켓 정보를 얻기 위해 이 교실 저 교실 정신없이 돌아다니는 동급생들의 모습이 눈에 띄었다. 입소문의 주역은 미쓰루의 콘서트를 몇 번 본 적 있는 사람들이었다. 그들은 광악의 매력에 빠져 있지만 테루미처럼 초대권을 받을 수 있는 처지가 아니어서 콘서트장에 들어갈 수단을 필사적으로 찾고 있었다. 그리고 그들의 부추김에 광악을 본 적도 들은 적도 없는 사람들까지 티켓을 구하기 위해 동분서주했다.

테루미는 고이치에게 받은 티켓 가운데 세 장을 친한 친구들에게 주었다. 세 친구는 광악 콘서트를 본 적이 없는데도, 귀한 것을 얻었다며 좋아서 법석을 떨었다. 그 소문을 들었는지 테루미에게 티켓을 청하는 학생들이 몰려들었다. 동급생뿐만 아니라 2학년과 3학년들까지 찾아왔다. 남은 티켓이 없다고 하자 테루미의 티켓을 팔라고까지 했다. 2만 엔을 주더라도 사겠다는 여학생도 있었다.

어쩌다 일이 이렇게 되었는지 테루미는 도무지 이해할 수 없었다. 고이치가 다음 콘서트에는 기획사가 붙는다고 하더니 그 기획사가 조작하는 것 아닌가 하고 막연하게 생각했을 뿐이었다.

그러는 사이 이십 일이 지나고 콘서트 당일이 되었다.

테루미는 티켓을 준 세 친구와 역에서 만나 전철을 타고 콘서트장으로 향했다. 이 지역에서 다섯 손가락 안에 꼽히는 그 콘서트장은 유명한 아티스트들의 콘서트가 자주 열리는 곳이었다. 그런데 광악이라는 정체 모를 연주회를 기획하면서 느닷없이 그런 장소를 선택한 점에도 테루미는 뒤에서 조종하는 인간의 의도가 숨겨져 있는 것을 느꼈다.

역에 도착해 밖으로 나오니 비슷한 또래의 소년 소녀들이 테루미가 가려는 방향으로 걸어가고 있었다. 옆에서 친구 한 명이 "다들 그 콘서트에 가나 보다."라고 말했다. 테루미와 친구들은 그들을 따라가는 모양새가 되었다.

콘서트장 앞에는 수많은 젊은이가 줄 서서 기다리고 있었다. 콘서트가 시작되려면 아직 시간이 좀 남아 있다.

"빨리 열어!"

청바지 차림의 젊은이가 입구 근처에서 고함을 질러 댔다. 그런 그를 친구인 듯한 두 사람이 만류했지만 젊은이는 계속해서 악을 썼다.

"저 사람 뭐니. 술 취한 거 아냐?"

친구 한 명이 얼굴을 찡그리며 말했다. 테루미는 뭐라 대답할 수는 없었지만 사실 그 젊은이의 상태를 충분히 이해할 수 있었다. 그녀 역시 바로 얼마 전까지만 해도 광악을 즐길 수 없는 불만 때문에 그야말로 고함을 지르고 싶은 때가 종종 있었기 때문이다.

하지만 신기하게도 지금은 그런 일이 거의 없어졌다. 예의 미술 시간 이후부터 그랬다. 그 후로 색채를 보는 감각은 더 예민해졌고, 덕분에 세상에 넘치는 다양한 색을 나름대로 즐길 수 있게 되었다. 그리고 그것은 미쓰루의 연주와 본질적으로 통하는 부분인 듯했다. 물론 비교할 수 있는 수준은 아니지만, 광악 금단 증상을 해소하는 정도의 효과는 충분했다.

"아, 두근거린다. 어떨까, 광악이란 거."

"그랬다가 정작 별거 아니면?"

"그렇다면 이렇게 많이 모여들지 않았겠지."

세 친구는 저마다 생각나는 대로 조잘거렸다. 그녀들이 콘서트장을 나설 때의 모습을 상상하자 테루미는 자못 즐거운 기분이 들었다.

이윽고 콘서트장의 문이 열렸다. 시계를 보니 예정된 개장 시간보다 2분 일렀다.

11

기즈 레이코는 저녁 7시 정각에 약속한 레스토랑에 도착했다. 호텔 지하층에 있는 프랑스 레스토랑이었다. 레이코는 프랑스 요리를 좋아하지 않는다. 서양식 중에서 입에 맞는 음식은 이탈리아 요리나 스페인 요리다. 그런데 만나기로 한 남자가 여자와 밀담을 나누는 데는 프랑스 요리가 최고라 믿고 있으니 어쩔 수 없었다.

웨이터가 다가오자 그녀는 아이즈 씨의 동행이라고 말했다. 웨이터는 가볍게 고개를 숙이고서 레이코를 안내했다. 입구에 커튼이 드리워진 독실에서 남자는 맥주를 마시며 기다리고 있었다.

"조금 이따 부르지."

남자가 말하자 웨이터가 고개를 숙이고는 나갔다. 웨이터가 돌아 나가는 모습을 확인한 후 남자는 레이코의 얼굴을 이리저리 바라보고는 입가를 비틀었다.

"여전히 미인이로군."

"고맙네."

레이코는 마음에 없는 미소를 지었다. 이 남자 앞에서는 반사적으로 이렇게 된다. 자신의 진짜 웃음이 어떤 것인지 잊어버릴 정도였다.

남자는 맥주를 잔에 따라 절반쯤 들이켜고는 음흉한 눈빛으로 말했다.

"그건 알아봤어?"

"일단은."

그녀가 대답했다.

"어떤 상황이지?"

"미쓰루는 역시 집에 잘 가지 않는 것 같아. 아마 어딘가에

방을 빌렸겠지."

"그리고 친위대만 그 장소를 안다?"

"친위대 중에서도 몇몇 멤버만 그런 것 같아."

"이름은?"

"일단 조사는 했는데."

레이코는 핸드백에서 수첩을 꺼내 그중 한 페이지를 뜯어 남자에게 주었다. 거기에는 우노 데쓰야와 소마 고이치, 두 사람의 이름이 적혀 있었다.

그 이름을 본 남자의 눈이 순간적으로 휘둥그레졌다. 두 볼마저 약간 굳은 듯했다.

"왜, 아는 이름이야?"

레이코가 물었다.

"아니."

남자는 메모를 테이블에 내려놓았다.

"두 사람의 신원은?"

"거기까지 조사하는 건 내게 무리지."

레이코가 고개를 저었다.

남자는 맥주를 벌컥벌컥 들이켜고는 레이코 뒤에 있는 벽으로 시선을 향한 채 아무 말이 없었다. 두 사람 사이에는 이런 침묵이 종종 생겨난다. 그래서 레이코도 굳이 말을 걸려하지 않았다. 말하지 않고도 되는 일이면 그것으로 족하다고 생각하고 있다.

레이코가 미쓰루의 연주를 처음 본 것은 짓다 만 시민 회관 홀에서 마지막 콘서트가 열렸던 밤이었다. 그런 곳에서 그런 연주회가 있다는 사실을 가르쳐 준 사람은 스포츠 센터에서 가끔 함께 운동하는 여고생이었다.

"스트레스도 해소되고 기분도 좋아지고, 아무튼 최고예요. 한번 가 보세요."

그 여고생은 얼마 전까지 나도 이랬겠지 싶을 만큼 어린애 같은 표정으로 말했다. 그런데 레이코는 그 얘기를 들었을 때 마음에 걸리는 것이 있었다.

언제였던가. 새벽 2시쯤만 되면 반짝이는 신기한 빛이 창문으로 보인 적이 있었다. 초등학교 건물 옥상에서 비추는 게 아닐까 싶은 그 빛은 레이코에게 묘한 감각을 불러일으켰다. 처음 록 콘서트에 갔을 때와 같은 흥분감과, 그리운 장소에 다시 갔을 때와 같은 편안함이 가슴속에 번지는 느낌이었다.

그 빛이 나오는 곳에 가 보고 싶다고 생각한 적도 있었다. 하지만 결국 그렇게까지는 하지 않았다. 빛 따위에 별스레 신경을 쓰는 자신이 왠지 불길하게 느껴졌던 것이다.

여고생에게 빛의 콘서트 얘기를 들었을 때 그 생각이 났다. 뭔가 관계가 있을 것이라고 직감했다. 그래서 그날 밤 그녀는 거의 충동적으로 시민 회관을 찾았다.

당장이라도 무너질 듯한 시민 회관에는 레이코가 상상했던 것보다 훨씬 많은 아이들이 몰려와 모두들 눈을 반짝이며 자신들의 슈퍼스타를 기다리고 있었다.

그리고 잠시 후, 무대에 미쓰루가 나타나 빛의 연주를 시작했다. 그 연주는 레이코의 기대를 서버리지 않았다. 여고생의 얘기는 과장이 아니었다.

하지만 레이코를 가장 놀라게 한 것은 주위에 있는 아이들의 반응이었다. 어떤 아이는 돌처럼 굳은 채 연주에 몰입해 있고, 어떤 아이는 꿈을 꾸는 듯한 눈빛으로 심취해 있었다. 어떻게 하면 이렇게 몰입할 수 있을까 의문스러울 정도였다.

시민 회관에서의 콘서트는 그날이 마지막이었지만, 잠시 소강기를 두었다가 백조 공원에서 다시 시작되었다. 레이코는 백조 공원에도 몇 번 걸음을 했다. 정신을 정화하는 작용이 분명히 있었기 때문이다. 그런데 젊은이들의 과도한 반응에는 역시 놀라지 않을 수 없었다. 레이코는 과거에 그들과 똑같은 표정을 한 사람들을 본 적이 있었다. 디스코텍 안쪽에 있는 비밀의 방에서 LSD를 하고 있는 자들이었다.

백조 공원에서 열리는 콘서트를 세 번 본 후 레이코는 남자에게 그 얘기를 했다. 섹스를 끝낸 후 침대에서였다. 가볍게 꺼낸 얘기였고, 남자가 흥미를 느끼리라는 기대도 없었다. 애당초 젊은이들에게는 전혀 관심이 없는 남자였다. 남자가 원하는 것은 젊은 여자의 몸뿐이라고 생각했다.

그런데 광악이라는 말을 듣자 남자의 안색이 싹 바뀌었다. 그리고 좀 더 자세하게 얘기해 보라고 다그쳤다. 자세한 얘기라고 해 봐야 그녀는 콘서트에서 느낀 감상밖에 말할 수 없었지만 남자에게는 그것도 중요한 정보인 듯했다.

"그렇다면 상당히 초기부터 그자들을 알고 있었다는 얘기군."

"안다고 할 정도는 아니야."

"어쨌든 시라카와 미쓰루 주변 인물의 얼굴 정도는 알겠지."

"그야 그렇지."

그러자 남자는 고개를 끄덕이더니 다시 연락하겠다면서 서둘러 돌아갔다.

그리고 일주일쯤 지나 남자는 레이코를 불러내더니 봉투를 건넸다. 안에는 지폐가 두둑하게 들어 있었다. 매달 남자에게서 받는 아르바이트 대금과는 비교도 되지 않는 금액이었다.

남자는 광악가 시라카와 미쓰루에 대해서 조사해 달라고 했다. 주변에 어떤 인물들이 있는지, 그들이 앞으로 뭘 하려고 하는지 등등을.

그런 일은 전문가에게 맡기는 게 좋잖아, 하고 레이코는 말했다. 아이즈 씨 정도면 그 분야 전문가들에게도 얼굴이 통

할 텐데, 라며.

"애들 일은 애들에게 맡기는 편이 낫지."

남자는 무표정한 얼굴로 그렇게 말했다.

"해 줄 거지?"

"크세 기대하지는 마."

레이코는 봉투를 집어 들었다.

이렇게 해서 레이코의 조사가 시작되었다. 하지만 작업은
순조롭지 않았다. 폭주족을 중심으로 한 친위대의 경호가 물
샐틈없어 미쓰루에게 접근하기가 쉽지 않은 데다 백조 공원
에서 열리던 콘서트마저 갑자기 중단되었기 때문이었다. 그
러고 나서 미쓰루가 모습을 보인 곳은 짓다 만 시민 회관 홀
도 야외무대도 아닌, 이 부근에서는 굴지의 콘서트홀이었다.
그의 배후에 기획사가 붙었던 것이다. 그 기획사의 정체에
대해서 남자는 이미 알고 있는 듯했다.

본격적인 광악 콘서트는 첫날부터 엄청난 화제를 낳았다.
각 신문은 콘서트를 기사로 다루면서 '금세기 최후의 예술'
이라느니 '궁극의 아트'라는 등의 찬사를 아끼지 않았다. 또
콘서트에 초대된 문화인과 연예인은 앞 다투어 그 감동을 전
했다. 특히 젊은 연예인들이 열광했다. 예능 프로그램에서
미쓰루라는 이름을 남발하는 바람에 미처 광악을 접해 보지
못한 시청자들에게 항의 전화가 걸려 오기도 했다.

텔레비전에서도 특별 프로그램이 방영되었다. 정작 콘서트 장면은 하나도 없고 사람들이 상투적인 말로 오로지 그 감동만 전한 탓에 프로그램이 급조됐다는 인상이 짙었지만, 그래도 시청률은 엄청나게 높았다. 그런데 흥미로운 것은 미쓰루의 얼굴이 화면에 단 한 번도 비치지 않았다는 점이다. 그 역시 기획사의 계산에 따른 전략인 듯했다.

새해가 밝은 후에도 그 열기는 식지 않았다. 전국 투어를 시작한다는 소문도 나돌았다.

남자가 입을 열었다.

"어떻게든 시라카와 미쓰루와 접촉할 수 없을까?"

"접촉? 접근하라는 뜻이야?"

레이코는 한숨을 쉬었다.

"분명히 말하지만 어려울 거야. 초기라면 가능했을지 몰라도 지금은 어디 가면 만날 수 있는지조차 몰라. 고등학생이라지만 요즘은 학교에도 안 가는 것 같고."

"학교는 휴학을 했다는군."

남자가 말했다.

"휴학? 그렇구나."

고개를 끄덕이면서 레이코는 '이 남자도 나름으로 미쓰루에 대해 조사하고 있군.' 하고 생각했다.

"그렇다면 방법은 하나야."

남자는 한참을 생각한 후, 테이블에 놓인 메모를 집게손가락으로 톡톡 치면서 말했다.

"이 두 사람 중 한쪽에 접근하는 거야. 그래서 친해지는 거지."

"내가?"

레이코가 물었다.

"그래, 네가."

"친해진다는 건 어느 선까지를 말하는 거야?"

"그건 네 판단에 맡기지."

"흠."

그녀는 메모에 쓰여 있는 두 이름을 들여다보고 나서 다시 물었다.

"어느 쪽을 선택할지는 내 마음대로 해도 되는 거야?"

그러자 남자는 메모를 보고 손가락 끝으로 한쪽 이름을 더듬었다. 그의 눈이 탁하게 빛났다.

"이쪽으로 해."

남자가 가리킨 이름은 소마 고이치였다.

레이코와 헤어진 후 남자는 전화를 걸었다.

"여보세요, 나다."

"아, 지금 연락하려던 참인데요."

전화를 받은 상대의 목소리가 약간 흥분해 있는 것처럼 들렸다.

"계획은 어떻게, 가능성이 보이나?"

"네, 딱 맞는 사람을 찾아냈습니다."

"어떤 사람인데?"

"여자입니다. 광악에 빠져 있는 아들이 노이로제가 아닐까 전전긍긍하고 있습니다. 남편은 의사고, 지인인 뇌신경외과 의사에게 진찰을 부탁했는데 그 의사가 공교롭게 예의 연구회 멤버였어요."

"움직일 수 있겠나."

"방법을 생각 중입니다. 그보다 시라카와 미쓰루의 내부 정보 말인데요."

"그건 내게 맡겨. 다 손을 써 놨으니까."

남자는 전화를 끊고서 담배를 꺼냈다.

12

점심시간. 다카유키가 사무실 창문 앞에 서서 멍하니 바깥을 바라보고 있는데 누가 뒤에서 어깨를 툭 쳤다. 돌아보니 동료가 입가에 복잡한 미소를 띠고 있었다.

"어째 기분이 별로 안 좋아 보이는군. 아들 때문이야?"

다소 조심스러운 말투였다. 다카유키는 쓴웃음을 지었다.

"골치 아픈 일이 많아서."

"자식이 너무 잘난 것도 힘든 일이군. 난 이제야 알았어. 우리 딸은 중3이나 됐으면서 총리 이름도 모르는데 말이야."

"귀여운데 뭘 그래."

"다른 사람이 말하면 그저 위로로 들리는데 시라카와 자네가 말하니 설득력 있게 들리는군."

동료는 고개를 한 번 끄덕이더니 "전에 본 그 기계 말이야, 그런 목적으로 만든 것이었더군. 그때는 전혀 몰랐어. 자네 아들 정말 대단해."라며 감탄 어린 목소리로 말했다.

전에 나가유키는 미쓰루가 자기 방에서 만지작거리는 기계를 이 동료에게 보여 준 적이 있었다. 대체 뭘 만드는 것인지 알아보기 위해서였다. 그때 동료는 복잡한 전원이라는 것밖에 모르겠다고 했다. 지금 돌이켜 보면 당연한 일이다. 그때는 광악이라는 말조차 존재하지 않았으니까.

"미쓰루 군이 휴학했다면서? 그럼 집에 있는 거야?"

"아니."

다카유키는 고개를 저었다.

"집에는 일주일에 한 번 정도나 올까. 다른 곳에 방을 빌렸어."

"그럼 혼자 생활하는 거야?"

"표면적으로는 그렇지. 하지만 실제로는 몇 명이 지키고 있어. 공연에 관련된 사람들이지만."

"아하, 매니저란 말이군. 인기가 많아지니 과연 다르네."

동료는 양복 안주머니에서 담뱃갑을 꺼내 몇 번 흔든 다음한 개비를 뽑아 입에 물었다. 그런데 불을 붙이지 않고 주변을 두리번거리며 살피더니 다카유키에게 얼굴을 바짝 들이밀었다.

"간부급에서 미쓰루 군에 대해 무슨 얘기 없었어?"

"간부급? 아니, 아무 얘기도 없었는데. 왜, 무슨 얘기 들었어?"

"아직 확실한 건 잘 모르겠지만,"

동료는 입에 물었던 담배를 빼서 다시 손에 들고 목소리를 더 낮춰 말했다.

"회사 홍보에 미쓰루 군을 이용하려고 궁리하고 있나 봐. 조만간 얘기가 있을 거야."

"회사 홍보? 거참……."

세상을 들썩이게 한 광악가가 다카유키의 아들이라는 사실을 알았을 때 윗사람들은 다카유키에게 냉담한 태도를 보였다. 그런 태도의 밑바닥에는 자신들이 이해할 수 없는데 별거 있겠냐는 노인들 특유의 편협한 사고와, 수입이 어마어마

할 자식을 둔 부하에 대한 질투심이 내재된 듯했다.

그런데 요즘 들어 다카유키를 대하는 그들의 태도가 백팔십도 달라졌다. 간부들이 비굴하리만치 저자세를 보이는 것이었다. 다카유키는 그러한 변화가 당황스럽고 의아했는데, 동료의 얘기를 듣고 보니 수긍이 갔다.

"만약 그런 얘기가 들어오면 어쩔 건데? 매정하게 딱 잘라 거절할 수는 없을 거 아냐."

"하지만 내 판단으로 어떻게 할 수 있는 일이 아니야. 광악을 연주하는 사람은 미쓰루고, 공연에 대한 모든 관리는 기획사에서 하고 있으니까. 아버지라고 해서 무슨 권한이 있는 건 아니라고."

다소 자조적인 투로 그렇게 말하며 다카유키는 어깨를 움츠렸다.

실제로 그나 아내인 유미코나, 미쓰루가 앞으로 일을 어떻게 추진해 나갈지 전혀 모르고 있었다. 아니, 지금까지도 미쓰루는 부모에게 자신의 일을 의논한 적이 거의 없다.

어느 날 기획사 사람이 불쑥 찾아와 보호자의 승낙이 필요하다면서 테이블에 서류를 좌르륵 펼쳐 놓았다. 다카유키 부부가 뭐가 뭔지 몰라 어리둥절해하자 그 자리에 같이 있던 미쓰루가 광악을 상품화하는 데 필요한 절차라고 설명했다. 그러고 나서는 아무것도 모르는 채 미쓰루가 하라는 대로 서

류에 사인을 했다. 부당하게 이익을 착취하는 계약이 아니라는 것을 확인하는 데만도 진땀을 빼야 했다.

그 후 상상도 못한 변화가 찾아왔다. 다카유키와 유미코는 나룻배를 타고 급류를 떠내려가는 기분이었다. 미쓰루의 이름이 전국에 알려졌고 집에도 매스컴 관계자들이 몰려들었다. 부부는 수도 없이 인터뷰를 당하고 사진을 찍히고, 인터뷰한 기억도 없는 잡지에 실렸다. 장난 전화도 쉴 새 없이 걸려 왔다. 그 바람에 유미코는 심신이 지쳐 누워서 지내는 일이 잦아졌다.

그나마 미쓰루가 일찌감치 집을 떠난 덕분에 시간이 어느 정도 흐르자 생활이 다시 평온을 되찾았다. 물론 미쓰루는 그런 혼란을 미리 예상한 것 같았다. 언제나 그랬지만 다카유키는 아들의 선견지명에 혀를 내둘렀다. 그래서 미쓰루가 휴학을 하겠다고 했을 때도 다카유키 부부는 굳이 반대하지 않았다. 미쓰루가 그러겠다고 했으니 그게 최선책일 것이라고 생각했다.

평온한 생활로 돌아오기는 했지만, 다카유키 부부가 시라카와 미쓰루의 부모인 이상 성가신 일은 늘 존재했다. 팬이라는 젊은 남녀들이 집 앞에 진을 치는 정도는 얼마든지 참을 수 있었지만 정체를 알 수 없는 사람들이 미쓰루에게 연주를 부탁하고 싶다면서 들이닥치는 데는 두 손 두 발 다 들고 말았다. 미쓰루는 자기를 떳떳하게 드러낼 수 있는 사람은 정식으로 접촉을 꾀할 것이라며, 그런 식으로 들이닥치는 사람들은 적당히 돌려보내면 된다고 했다.

이날도 다카유키가 집에 돌아오니 낯선 남자 두 명이 거실에서 기다리고 있었다. 자원 봉사 단체에서 왔다는 그들은 모 시의원의 소개장을 갖고 있었다. 그 시의원은 다카유키가 다니는 회사와 관련이 있는 인물이어서 다카유키도 두어 번 만난 일이 있었는데 용케도 이런 연줄까지 찾아냈다며 감탄스러워했다.

"며칠 전에 아드님의 광악을 관람했습니다. 정말 감탄 그 자체더군요. 그래서 저희들에게 그 힘을 꼭 빌려 주십사 하는 뜻에서 갑작스럽시만 이렇게 찾아뵙게 됐습니다."

나이가 좀 들어 보이는 땅딸막한 남자가 혀를 날름거리며 말을 쏟아 냈다. 호리호리한 젊은 남자는 옆에서 기분 나쁘게 히죽거리기만 하고 있었다.

"그게 무슨 말씀이신지요?"

다카유키는 약간 긴장하며 물었다.

"그러니까 말씀입니다."

남자가 소파에서 엉덩이를 움직이면서 몸을 앞으로 내밀었다.

"저희가 이번에 전국 대회를 엽니다. 그 자리에서 아드님이 광악을 연주해 준다면 말이죠. 평소 봉사 활동에 지친 회원들에게 큰 힘이 되지 않을까 하는데요."

"아, 그렇군요."

"우리 단체의 활동에 대해서 설명드리자면……."

남자가 거기까지 말한 다음 눈짓을 하자 젊은 남자는 옆에 놓인 가방에서 재빨리 팸플릿 같은 것을 꺼냈다. 거기에는 그들이 소속되어 있는 단체의 최근 활동 상황이 기록되어 있었다. 운신을 못하는 노인들 간병, 신체장애자 시설에 인력 파견, 독거노인 위문 등이 그 내용이었다.

"이와 같이 우리는 일본이 다른 선진국에 비해 뒤처진 부분을 열심히 보완하고 있습니다. 그런데 일손이 늘 부족한 상황이죠. 특히 젊은이들의 참여가 아쉽습니다. 그래서 사람들의 관심을 모을 수 있다는 점에서도 아드님이 협력해 준다면 큰 힘이 될 겁니다. 물론 나름의 사례는 하겠습니다."

"알겠습니다. 그런 뜻이라면 일단 아들에게 말씀을 전하죠."

다카유키의 대답에 두 남자는 얼굴을 마주 보며 반색했다.

"감사합니다."

그들은 몇 번이나 머리를 숙였다.

"하지만 희망하시는 대로 될지 어떨지는 잘 모르겠습니다. 자세한 것은 미쓰루 본인에게 물어봐야 하겠지만, 콘서트 일정이 빡빡한 데다 이런 종류의 얘기가 이미 몇 군데서 들어와 있는 상태라……."

남자들의 머리를 내려다보며 다카유키가 말했다. 나이 많은 남자의 머리가 움직임을 멈췄다.

"이런 종류의 얘기라는 건……."

"와서 연주해 달라는 얘기 말입니다. 두 분과는 다른 단체에서요."

다카유키는 아무것도 아니라는 표정으로 종교 단체 이름을 세 개 정도 읊었다. 그걸 들은 남자들의 얼굴에서 웃음기가 사라졌다.

"그 부탁을 전부 받아들였다는 말씀인가요?"

"네, 일단은요. 어느 쪽은 받아들이고 어느 쪽은 안 받아들일 수 없으니까요. 하시만 콘서트 일정이 우선이고, 또 스케줄은 기획사에 일임해 놓았으니 어떻게 될지는 알 수 없습니다."

자원 봉사 단체임을 내세운 두 남자는 벌레 씹은 표정으로 서로를 마주 본 후, 테이블에 펼쳐 놓은 팸플릿을 서둘러 정리하기 시작했다. 그것이 젊은 남자의 가방으로 다 들어가고 나자 나이 많은 남자는 "그럼 잘 부탁드리겠습니다. 저희 쪽에서 다시 연락드리죠."라고 말하며 고개를 숙였다. 다카유키는 "저야말로요."라고 답했다.

두 사람을 보내고 난 후 다카유키는 거실로 갔다. 유미코가 텔레비전 앞에 앉아 뉴스를 보고 있었다.

"금방 갔네."

"응, 미쓰루가 하라는 대로 대응했더니."

종교 단체가 이런저런 구실을 대며 접근할 것이라고 미쓰루는 이미 오래전에 예언한 바 있었다. 사람의 마음을 강하게 빨아들이는 광악은 그들에게 강력한 무기가 될 터였다. 방금 왔던 사람들 역시 일단은 자원 봉사 활동에 협력해 줄 것을 부탁하는 형태로 미쓰루를 끌어들인 다음 서서히 종교 단체로서의 본색을 드러내겠다는 속셈일 것이다.

미쓰루는 그런 상대에게는 굳이 거부의 뜻을 나타내지 말라고 했다. 대신 여러 종교 단체의 초대를 받았다는 점을 암시하면서 두루 참가할 것이라고 하면 저들이 생각하는 광악의 이용 가치는 자연히 떨어지는 반면, 광악이 특정 종교에 구속되지 않는다는 점을 어필할 수 있다는 얘기였다.

"게다가 종교 단체 사람들도 광악을 접하면 좋잖아요. 그 또한 광고 활동의 일환이에요. 종교에 이용당하는 게 아니라 이쪽에서 오히려 이용하는 거죠."

참 대단한 녀석이라고 다카유키는 새삼스럽게 생각했다. 자신이라면 그런 단체와 엮이는 것만으로도 공포에 가까운 거부 반응을 보였을 것이다.

"지금 뉴스 특집 코너에서 광악에 대해 다루고 있어."

다카유키가 소파에 앉기를 기다렸다가 유미코가 말했다.

"마약과 유사한 효과가 있는 것 같다는데? 그래서 인체에 해롭지 않겠느냐는 뉘앙스였어."

"그러잖아도 그 점에 대해서는 나도 신경이 좀 쓰여. 미쓰루는 그 문제에 대해 아무 얘기가 없고……."

그러면서 다카유키는 테이블에 놓여 있는 편지 뭉치에 눈길을 보냈다.

"이게 다 오늘 온 거야? 여전하군."

"그것도 팬레터류는 걸러 낸 게 이 정도야."

"흐음……."

다카유키는 잠시 편지 뭉치를 바라보다가 한 통 한 통 체크하기 시작했다. 편지는 크게 두 종류로 나뉘었다. 하나는 자신들이 있는 곳으로 와서 광악 연주를 해 달라는 의뢰, 다른 하나는 자신들과 손잡고 돈을 벌어 보지 않겠냐는 거래 이야기. 광고 등 비용이 많이 들기 때문에 따지고 보면 그렇게 막대한 수익을 올리는 것도 아닌데 사람들은 그렇게 생각하지 않는 듯하다.

"여보, 미쓰루는 앞으로도 이 일을 계속할 건가 모르겠네. 그런 걸로 평생 먹고살 수 있을까?"

불안한 표정으로 유미코가 물었다.

"글쎄……. 그 녀석 나름으로 생각이 있겠지. 미쓰루를 믿는 수밖에."

"그건 알지만……."

"어, 이건 뭐지?"

다카유키가 손에 든 봉투에는 발신자 난에 도와 의과 대학 고지마 히데카즈라고 쓰여 있었다. 전혀 모르는 이름이었다. 수신인은 시라카와 미쓰루로 되어 있다. 미쓰루는 자기 앞으로 온 편지를 뜯어 봐도 좋다고 했다. 다카유키는 주저하지 않고 봉투를 뜯었다. 안에는 편지지 석 장이 들어 있고 거기에 검은색 잉크로 쓴 달필의 문장이 적혀 있었다.

"뭐라고 적혀 있어?"

유미코가 옆에서 물었다.

다카유키는 편지를 두 번 연거푸 읽은 후 유미코에게 건넸다.

편지의 내용은 미쓰루의 능력을 포함해 광악의 구조를 뇌의학적 입장에서 검증하고 싶다는 것이었다. 미쓰루는 부모에게 이미 이렇게 말한 바 있었다. 의학 관계자가 접근해 오면 안이하게 대응하지 말고 곧바로 연락해 달라고.

"미쓰루에게 전화를 해야겠군."

다카유키는 소파에서 일어났다.

13

소마 고이치는 여드레 만에 집에 들어왔다. 미쓰루의 콘서트 준비 때문에 요즘은 잠잘 시간조차 없을 정도였다. 그래도 일을 하고 있다고 생각하면, 그것도 사람들을 열광하게 만드는 일을 돕고 있다고 생각하면 피로감 따위는 느껴지지 않았다.

그는 지금 자신이 하고 있는 일을 부모에게는 말하지 않았다. 무슨 일을 하느냐고 물어 오는 일도 없었다. 고등학교를 중퇴한 후 빈둥거리며 지낼 때조차 그의 부모는 아무 말도 하지 않았다. 아버지와 마지막으로 대화를 나눈 게 언제였는지 기억도 나지 않는다. 그는 아버지를 싫어했다. 아버지가 밖에서 무슨 일을 하는지, 어떻게 돈을 버는지 알게 된 후부터 그랬다. 어린 마음에 그는 아버지가 더러운 일을 한다고 생각했다. 고이치의 친엄마가 병으로 죽은 날 밤에도 아버지는 그 경멸스러운 일을 하느라 집에 없었다. 그 사실이 그의 증오심을 부추겼다. 고이치의 인생이 레일을 벗어나기 시작한 것은 그 무렵부터다. 그가 중학교 1학년 때였다.

지금 엄마는 고이치가 중학교 3학년 때 어디선가 불쑥 나타났다. 화려하고 사치를 좋아하는 여자였다. 여자는 곧바로 임신했고 사내아이를 낳았다. 그녀는 마치 소중한 인형을 다루듯 갓난아기를 애지중지했다. 그리고 그 태도는 지금도 변함없다. 그녀에게 자식은 그 사내아이 하나고 고이치 같은 건 걸림돌에 지나지 않는다.

집안에서 자신의 위치가 그랬기 때문에 고이치가 무슨 일에 열중하든 아버지나 엄마에게는 전혀 상관없는 일이었다. 그저 밖에 나가 큰 문제만 일으키지 않았으면 하는 정도였다. 그리고 그런 점에서 그는 요즘 부모의 기대에 부응하고 있는 셈이었다.

차고 앞에 오토바이를 세웠다. 밤 11시가 지난 시간이라 주위에는 인기척 하나 없었다.

차고에 오토바이를 넣으려고 입구로 들어서는데 부스럭 소리가 들렸다. 아버지의 차 뒤에서 나는 것 같았다.

고이치는 오토바이에서 내려 조심조심 다가갔다. 그때 차 옆에서 무언가가 휙 움직였다.

"누구야!"

고이치는 낮지만 날카로운 목소리로 외쳤다. 잠시 아무 움직임이 없더니 이윽고 희미한 숨소리가 들려왔다.

고이치는 과감하게 한 걸음 앞으로 나아갔다. 차와 벽 사이에 웅크리고 있는 사람이 보였다. 긴 머리와 날씬한 체형으로 젊은 여자라는 것을 알았다.

"누구야?"

이번에는 조금 부드럽게 물었다. 여자가 그를 올려다보았다.

"미안해요······. 바로 나갈게요."

"뭐하는 겁니까, 이런 데서?"

그러나 여자는 대답하지 않은 채 눈을 내리깔더니 물었다.

"저······ 그 앞에 혹시 차가 있지 않아요?"

"차?"

"하얀색······ 벤츠일 텐데."

"하얀색 벤츠? 아니, 그런 차는 없는데."

"그래요······."

여자는 안도한 듯 한숨을 내쉬었다.

"미안해요, 나갈게요."

그녀가 일어서려고 했다. 그런데 오른발을 디디려던 그녀는 얼굴을 찡그리면서 균형을 잃고 고이치 쪽으로 쓰러질 듯 휘청했다. 고이치는 순간적으로 두 손을 내밀어 그녀의 몸을 잡았다.

"왜 그래요?"

"아무 일도······ 괜찮아요."

그녀는 아픈 표정으로 입술을 꼭 깨물고 오른발을 끌며 고이치 옆을 지나가려 했다. 하지만 이내 다시 비틀거렸다.

"다리를 다친 거 아닙니까?"

"약간 삔 것 같아요. 하지만 괜찮아요."

그렇게 말하면서 그녀가 고개를 들고 고이치를 바라보자

달빛에 그녀의 얼굴이 드러났다. 고양이처럼 생긴 아몬드형의 또렷한 눈매가 그를 쳐다보고 있었다. 커다랗고 검은 눈망울에서 반짝거리는 눈빛 하나로도 위험한 분위기가 풍기는 듯했다. 턱은 가녀리지만 뾰족하지는 않고, 뺨으로 미묘한 곡선이 이어졌다. 고이치는 순간적으로 그녀의 아름다움에 매료되었다.

"그런데 얼굴에 흙이……."

고이치가 그녀의 오른쪽 뺨을 가리켰다. 도자기처럼 매끄럽고 하얀 피부에 검은 흙이 묻어 있었다.

아, 하면서 그녀가 손으로 뺨을 문질렀다. 그러자 긴 머리가 그녀의 어깨에서 목으로 스르르 흘러내렸다.

"아까 넘어질 때……."

"넘어졌다고요, 어디서?"

"아니에요."

그녀가 고개를 저었다.

"미안해요. 그만 가 볼게요."

"잠깐만요. 집이 이 근처입니까?"

그러자 그녀가 난감한 표정으로 주위를 둘러보았다.

"잘 모르겠는데, 어떻게든 갈게요."

"어떻게든, 이라니. 여기까지는 어떻게 온 거죠?"

"그게, 누가 데려다……."

뒷말은 들리지 않았다.

하얀 벤츠와 무슨 관계가 있나 보다고 고이치는 생각했다. 그러나 왠지 그 말을 해서는 안 될 것 같았다.

"주소는요?"

그가 물었다. 그녀는 잠시 머뭇거리더니 가는 목소리로 자신의 주소를 말했다. 여기서 멀지는 않지만, 그래도 걸어가려면 한 시간은 걸릴 것 같았다.

고이치가 오토바이로 다가갔다.

"데려다 줄게요. 이런 시간에 걸어가는 건 위험하기도 하고, 다리가 그래서야 무리죠."

"하지만……."

그녀는 망설이는 모습이었다. 낯선 남자의 집에 가기가 불안하겠지만 다른 방법이 없을 것이다. 혼자 사나 보군, 하고 고이치는 짐작했다. 같이 사는 사람이 있다면 전화를 걸어 데리러 오라고 하면 되는 일이다.

"타요."

오토바이를 밖으로 끌고 나와 시동을 걸고서 뒷자리를 가리켰다.

"지금 시간에는 교통경찰도 없으니까 헬멧을 안 써도 안 걸려요."

꽤나 오래도록 그녀는 망설이며 서 있었다. 그래 봐야 실제로는 10초 정도였겠지만, 내심 그녀가 타기를 바라던 고이치에게는 1분 이상으로 느껴졌다.

"그럼 부탁할게요."

그리고 그녀는 조심스럽게 뒷자리에 걸터앉더니 두 팔로 고이치의 허리를 안았다. 최근에 이렇게 오토바이 뒤에 태운 사람은 고즈카 테루미 정도였다. 그녀가 등에 몸을 밀착하자 테루미에게는 없는 탄력이 전해졌다.

어른이로군. 그런 생각을 하면서 액셀을 밟았다.

그녀의 아파트는 좁은 골목길이 복잡하게 얽힌 주택가에 있었다. 주위의 집들은 다들 낡았는데 2층짜리 그 아파트만 신축 건물인 듯, 얼룩 하나 없는 하얀 벽이 눈에 띄었다.

다리가 점점 아파 오는지 그녀는 오토바이에서 내리는 것도 힘들어했다. 집이 2층에 있다고 해서 계단을 올라갈 때도 고이치가 어깨를 빌려 주었다.

그녀가 통증을 참느라 미간을 찡그린 채 열쇠를 돌렸다. 그리고 한쪽 다리를 끌면서 안으로 들어가더니 10센티미터 정도 틈을 남기고 문을 닫았다. 그 틈 너머에서 그녀가 고이치를 향해 살짝 고개를 숙였다.

"미안해요. 보답은 다음에 꼭 할게요."

"아니, 괜찮습니다."

고이치가 그렇게 말하자 그녀는 다시 한 번 고개를 살짝 숙이고는 문을 꼭 닫았다. 그는 혹시 안으로 들어오라고 하지 않을까 기대했던 자신을 어이없어하면서 문 옆에 붙어 있는 조그만 명패를 보았다. '오쓰 세이코'라고 쓰여 있었다.

이름도 물어보지 않고서 다음에 꼭 보답하겠다니. 다음 만날 날을 기대하면서, 또는 다시 만날 일은 없을지도 모른다고 포기하면서 고이치는 아파트를 뒤로했다.

그런데 만날 기회가 의외로 금방 찾아왔다. 다음 날 아침 그가 오토바이를 꺼내려고 차고에 들어갔을 때 바닥에서 뭔가 반짝이는 것이 눈에 들어왔다. 어젯밤 그녀가 앉아 있던 부근이었다.

주워 보니 금색 브로치였다. 그녀를 만나러 갈 핑계가 생긴 셈이었다.

그날 밤, 고이치는 일을 일찍 끝낸 뒤 오토바이를 타고 직접 그녀의 아파트를 찾아갔다. 명패의 이름을 확인하고 벨을 눌렀다. 혹시 없으면 어쩌나 노심초사하는데 안에서 소리가 나더니 현관 렌즈가 순간적으로 어두워졌다.

잠시 후 문이 열리고 그녀가 얼굴을 내밀었다.

"아, 어제……."

"다행히 기억하고 있네요."

"미안해요. 어제는 제가 정신이 없어서……."

"괜찮습니다. 다리는 어때요?"

"많이 좋아졌어요. 덕분에."

"그래요? 다행이군요."

밤사이 잠을 자서 그런지 어제보다 안색이 훨씬 좋았다. 눈도 한결 빛났다.

"아, 그런데 이게 떨어져 있더라고요."

고이치는 브로치를 내밀었다. 그녀의 얼굴이 더욱 밝아졌다.

"제 것 맞아요. 아, 다행이다. 어디서 잃어버렸는지 몰라서 포기하고 있었는데."

"차고에 떨어져 있었어요."

"그랬구나."

브로치를 손에 들고 기쁜 듯 만지작거리더니 그녀는 눈부신 것이라도 올려다보는 얼굴로 고이치를 보았다.

"저, 잠깐 들어올래요? 좀 어수선하지만."

기대한 말이었지만 고이치는 잠시 망설였다. 거절하는 것이 예의라고 생각했다. 하지만 그녀와 친해질 수 있는 기회를 놓치고 싶지 않았다.

"들어오세요. 그렇게 서 있으면 제가 미안하니까."

그러고서 그녀는 문을 활짝 열었다. 고이치는 마음을 굳혔다. 그럼 잠깐만, 하면서 발을 들여놓았다.

실내는 바닥이 마루인 세 평 정도의 원룸이었다. 창가에 침대가 있고 그 옆에 텔레비전과 오디오 기기가 놓여 있었다.

그 앞에는 조그만 매트가 깔려 있고, 그 위에 유리 테이블이 놓여 있다. 어수선하다는 말과는 달리 그 외에는 아무것도 없는 횅한 방이었다. 옷가지는 벽장 안에 있나 보다고 생각하면서 고이치는 매트 위에 앉았다.

"이사 온 지 며칠 안 됐어요."

마치 그의 생각을 읽은 듯, 커피를 타면서 그녀가 변명하듯 말했다.

"그래서 아직 없는 게 많아요. 세탁기도 없고 전자레인지도 없고."

"무슨 일을 하는데요? 아니면 학생?"

고이치가 물었다.

커피를 손에 든 그녀가 대답을 하지 않은 채 고이치 옆으로 왔다. 잘 마실게요, 하고 고이치가 커피를 한 모금 마셨다. 그리 맛있지는 않았지만 그래도 그는 맛있네요, 라고 말했다.

"아직 이름을 묻지 않았네."

그녀가 중요한 것을 잊었다는 듯이 눈을 동그랗게 떴다.

"난 오쓰 세이코."

"소마 고이치."

일부러 퉁명스럽게 대답하고서 고이치는 테이블 위에 손가락으로 한자를 썼다. 좋은 이름이네, 하고 세이코가 말했다.

"어젯밤에 그냥 보내고 나서 속이 많이 상했어요. 그렇게 친절하게 대해 주었는데 쫓아내는 것처럼 돌려보내서……."

"괜찮아요. 신경 안 써도 됩니다. 그보다, 무슨 일이 있었던 거죠? 얘기하고 싶지 않다면야 어쩔 수 없지만, 나로서는 오히려 그게 더 신경 쓰이는데요."

고이치는 진지한 눈빛으로 그녀를 보면서 말했다.

"그래요, 이상하겠죠. 자기 집 차고에 낯선 여자가 숨어 있었으니까."

세이코는 커피 잔을 두 손으로 감싸 쥐고 그 안으로 눈길을 떨어뜨렸다.

"내가 어젯밤에 아르바이트를 한다고 말했죠? 그런데 데려다 주겠다고 고집을 부리는 손님이 있어서요."

물장수로군, 하고 고이치는 금방 알아차렸다.

"어제 온 손님은 특히 심해서, 내가 가게에서 나올 때까지 차 안에서 기다리고 있었어요. 다른 날에는 이리저리 둘러대고 잘 피했는데 어제는 그만……."

"그럼 그 사람이 음주 운전을 한 건가요?"

"아니, 그 사람은 술을 안 마셔요. 접대 때문에 손님을 데려올 뿐이지."

"그렇군요. 그 차가 하얀 벤츠였어요?"

어젯밤에 세이코가 한 말이 생각나 고이치가 그렇게 말하자 그녀는 고개를 끄덕였다.

"사는 곳을 알려 주고 싶지 않아서 근처에서 내려 달라고 했는데, 그 사람이 집까지 데려다 주겠다면서 말을 안 들었어요. 그래서 내가 강경하게 거부했더니 엉뚱한 쪽으로 방향을 트는 바람에 그쪽 집 앞까지 가게 된 거예요."

"그쪽 길에는 사람이 많이 다니지 않거든요."

남자의 속셈을 간파한 고이치가 말했다.

"내가 차를 세우라고 하는데도 말을 안 듣고 계속 깊숙이 들어가잖아요. 그러다 조그만 숲 같은 데에 차를 세우더니 갑자기 그……."

"덮친 거로군요."

"무서워서 정신없이 도망쳤어요. 그러다 넘어졌는데, 거기서 가만있으면 안 될 것 같더라고요. 그 남자가 차를 타고 쫓아왔거든요. 도와 달라고 소리치고 싶었지만 오가는 사람 하나 없고……. 그래서 순간적으로 근처에 있는 차고에 뛰어들어가 숨었던 거예요."

"그랬군요. 그래도 무사해서 천만다행입니다."

듣고 보니 이해가 갔다. 겁을 먹을 만했군, 하고 고이치는 생각했다.

그녀가 희미하게 웃으면서 한숨을 쉬었다.

"이제 또 일자리를 찾아야 해요. 그 가게에는 다시 나갈 수 없으니까. 중요한 손님인 것 같았는데."

"다음에는 그런 아르바이트 안 하면 안 되나요?"

"글쎄, 생각해 볼게요."

조금 침울한 표정으로 대답하는 것으로 보아 술집에 나가지 않을 수 없는 사정이 있는지도 몰랐다. 부모에게 돈을 보내고 있는 건가, 하고 고이치는 생각했다.

"그쪽에 대해서는 아무것도 묻질 않았네."

갑자기 명랑한 얼굴로 그녀가 말했다.

"학생? 아니면……."

"일하고 있습니다. 콘서트 기획을 돕고 있어요."

"와!"

세이코의 눈에 부러움과 선망의 빛이 어렸다. 그녀를 좀 더 놀라게 하고 싶어 고이치는 윗도리 주머니에서 티켓을 한 장 꺼내 테이블에 올려놓았다. 아니나 다를까, 그녀는 고이치가 기대했던 반응을 보였다. 눈이 휘둥그레지면서 순간적으로 숨을 멈춘 것이다.

"그 유명한 시라카와 미쓰루의?"

"네. 매니저는 아니지만, 아무튼 그를 돕고 있어요."

"와, 굉장하네."

세이코는 몇 번이나 티켓과 고이치의 얼굴을 번갈아 보았다.

"관심 있으면 그거 줄게요. 이번 일요일이에요."

"정말? 그래도 되는 거예요? 와, 고마워라."

그때부터 고이치는 콘서트와 광악에 대해 얘기를 늘어놓았다. 순식간에 시간이 흘러 버렸다.

"어, 시간이 벌써 이렇게 됐네. 그만 가 봐야겠어요."

손목시계를 보며 고이치가 일어섰다. 그리고 현관에서 신발을 신으며 돌아보았다.

"오늘, 즐거웠습니다."

"저도."

세이코가 대답했다.

"또 만날 수 있을까요?"

고이치가 묻자 그녀가 미소를 머금더니 "그래요."라고 대답했다.

그 후 이삼 일에 한 번꼴로 두 사람은 만났다. 세이코는 낮에 집에 없을 때가 많았지만 고이치가 집 전화에 메시지를 남겨 놓으면 몇 시간 내로 반드시 연락이 왔다. 그리고 그들은 만날 약속을 했다.

여섯 번째 데이트를 한 날, 고이치는 세이코의 집에 가서 그녀의 가녀린 몸을 안았다. 행위를 하는 내내 그녀는 눈을 꼭 감고 있었다.

고이치는 하루하루가 꿈만 같았다. 세이코와 잠시도 떨어져 있고 싶지 않았다.

"정말이야? 정말 그럴 수 있는 거야?"

좁은 침대 안에서 세이코가 눈을 반짝이며 몇 번이나 확인했다.

"그럼. 미쓰루는 내가 하는 말이라면 거의 다 들어 줘. 아주 무모한 일이 아니면 말이야. 그리고 여자가 필요한 것도 사실이거든. 같은 데서 일하면 항상 같이 있을 수 있잖아."

"와, 멋지다. 최고야."

세이코가 고이치의 품에 와락 안겼다. 고이치는 그녀의 어깨에 입맞춤을 하면서 미쓰루에게 어떤 식으로 소개하면 좋을지 궁리하고 있었다.

14

국어 수업 시간이었다. 남자 선생의 목 뒤로 회색빛이 보였다. 아주 희미하게 깜박거리는 그 빛을 보던 테루미는 '또 마작을 하느라 밤을 새웠나 보네.' 하고 생각했다. 어깨가 뭉쳐 있는 걸로 봐서는 일을 너무 많이 해서 그런가 보다고 생각할 수도 있지만, 이 선생은 마작을 좋아하기로 유명하다. 수업 중에도 학생들에게 마작 얘기를 태연하게 하는 사람이다. 그래서 학부모들의 평판은 그리 좋지 않지만 학생들 사이에서는 인기가 있었다.

경례를 하고 나자 선생이 입을 쩍 벌리고 하품을 했다. 학생들이 키들키들 웃었다.

"아, 미안, 미안. 실은 어제 잠을 못 잤거든."

선생은 피식피식 웃으면서 변명을 했다.

"마작."

앞줄에 앉은 남학생이 핀잔을 주듯 재빨리 말했다. 선생이 몸을 뒤로 젖히며 놀라는 시늉을 한다.

"와, 들켰네. 고백하자면 그렇다. 운이 좀 안 좋아서 정신없이 하다 보니까 날이 밝았더라고."

그렇게 말하고는 눈을 껌벅거렸다. 그 눈에서도 희미하지만 회색빛이 흘러나오고 있었다. 흐음, 꽤나 피곤한 모양이네. 테루미는 고개를 끄덕였다.

선생은 마작 얘기로 학생들을 한참이나 웃긴 후 자연스럽게 수업으로 들어갔다. 그때쯤에는 목과 눈에서 비치던 그 음산한 빛도 엷어졌다. 일을 시작하면 피곤함도 잊나 보다.

'회색빛'은 테루미가 최근 들어 쓰기 시작한 일기에 사용하는 편의상의 말이다. 엄밀하게 따지면 그런 색이 아니라 '그 부분만 빛이 적다'는 뜻일 것이다. 그 외의 부분에서는 균일하게 빛이 나기 때문에 그곳만 회색으로 보이는 것이다. 빛이 없는 상태를 '검다'고 표현하는 것과 마찬가지다. 그러고서 주변을 돌아보니 친구들 대부분의 몸에서도 회색빛이 보였다. 그 빛은 주로 머리에 집중되어 있다. 다들 머리가 피곤한가 보군, 하고 테루미는 생각했다. 공부를 지나치게 하는 모양이다.

"자, 그럼 이 부분을 누가 읽어 주었으면 좋겠는데."

학생들을 죽 둘러보던 선생의 눈이 얼굴을 들고 있던 테루미와 마주쳤다. 다음 순간, 선생의 온몸에서 갑자기 빛이 세게 뿜어져 나왔다.

나를 지적하겠군.

"좋아, 고즈카. 네가 읽어 봐."

예상한 일이라 당황하지는 않았다. "네." 하고 대답하고서 테루미는 교과서를 들고 일어섰다.

자신의 몸에 변화가 생겼다는 것을 테루미는 아직 아무에게도 말하지 않았다. 색채를 보는 감각이 남다르게 예민해지기 시작했을 때 소마 고이치에게 얘기한 적은 있지만, 그 후의 일에 대해서는 그에게도 알리지 않았다. 아니, 알릴 수 없었다는 편이 정확할 것이다.

얘기는 삼 주 전으로 거슬러 올라간다.

신학기가 되어 테루미가 2학년에 올라갔을 때였다.

웬일인지 한동안 소마 고이치에게서 전혀 연락이 없어 신경이 쓰였다. 전에는 오토바이 뒤에도 곧잘 태워 주곤 했는데 그즈음에는 모습조차 통 보이지 않았다. 그럴 정도로 미쓰루의 콘서트 일이 바쁘다는 뜻일까. 아니면 풋내 나는 여중생 따위에게는 애당초 관심이 없었다는 뜻일까.

그러던 어느 날, 근처에서 미쓰루의 콘서트가 있었다. 그녀에게도 티켓이 왔으므로 친구와 둘이서 보러 갔다.

콘서트는 여전히 멋졌다. 회를 거듭할 때마다 관객의 열광도 한층 더해 갔다. 미쓰루의 연주를 녹화한 레이저 디스크와 비디오테이프는 말 그대로 날개 돋친 듯 팔려 나갔다. 그리고 다른 공연에서와 마찬가지로 콘서트가 끝나면 팬들이 대기실 입구에서 연주자인 미쓰루가 나오기를 기다렸다.

같이 간 친구 역시 미쓰루를 보자고 테루미에게 떼를 썼다. 테루미는 미쓰루가 사람들 앞에 잘 나타나지 않는다는 것을 알고 있었기 때문에 내키지 않았지만, 자신과 미쓰루의 관계를 설명하기도 귀찮아 함께 행동하기로 했다.

예상했던 대로 대기실에서 나온 사람들은 미쓰루의 주변 인물들뿐이었다. 아마도 그는 이미 다른 출구로 몰래 빠져나가 지금쯤 고급 승용차 뒷좌석에 누워 있을 터였다.

이제 가자, 친구에게 그렇게 말하려고 했을 때 대기실에서 소마 고이치가 나타났다.

"어."

테루미는 사람들을 헤치고 앞으로 나아가려 했다. 고이치에게 한마디라도 건네고 싶었다. 그럴 수 없다면 자신이 여기 있다는 것을 알리기라도 하고 싶었다. 고이치라면 틀림없이 그 환한 미소를 보여 줄 것이라고 생각했다.

그런데 이제 한 발짝만 더 나가면 사람들 무리의 맨 앞에 설 수 있다고 생각했을 때 그녀는 동작을 멈췄다. 고이치 뒤에서 낯선 여자가 나왔기 때문이다. 아니, 나왔다는 것 자체는 문제가 아니었다. 테루미에게 충격을 준 것은 그 여자가 친근감을 한가득 드러낸 표정으로 고이치에게 뛰어갔다는 사실이다. 그리고 고이치도 기쁜 듯이 그녀를 돌아보았다. 테루미는 고이치의 눈을 보았다. 그 눈은 주위의 어느 것도 보고 있지 않았다. 다만 그 여자만을 바라볼 뿐이었다.

누구지, 저 여자는?

테루미는 그 자리에 우뚝 선 채 눈으로 고이치와 여자를 좇았다. 낯선 여자. 아주 예쁜 여자. 어른이고, 고이치가 저렇게 행복한 표정을 지어 보이는 상대.

가르쳐 줘, 누구야? 마음속으로 그렇게 외쳤을 때 묘한 일이 생겼다.

주위가 갑자기 어두워졌다. 아무것도 보이지 않고 아무 소리도 들리지 않았다. 시간의 흐름이 멈춘 것 같았다.

그 어둠 속에서 고이치의 몸이 보얗게 빛난 것이다.

그것은 정말 신비한 빛이었다. 하얀색과 금색의 중간색이 그의 온몸을 감싸고 있었다. 그 빛의 세기가 일정하지 않고 수시로 변해 더욱 묘했다.

뭐지, 저 빛은. 어안이 벙벙한 채로 테루미는 고이치를 보고 있었다. 빛의 정체는 알 수 없었지만, 테루미는 마침내 무언가를 깨달았다. 고이치가 그 여자를 볼 때, 그 여자와 얘기할 때, 그리고 그 여자를 만질 때 그의 몸에서 비치는 빛이 강해졌다.

좋아하는구나. 테루미는 순간적으로 모든 것을 파악했다. 동시에 그 수수께끼의 빛을 받아들였다. 그 현상을 뭐라 설명할 수는 없지만 아무튼 빛은 진실을 말하고 있었다.

"테루미, 왜 그래? 앞으로 가는 줄 알았는데 왜 그렇게 멍하니 서 있는 거야?"

친구가 옆에 와서 물었다.

"아니야, 아무것도. 시리카와 미쓰루는 역시 안 나오나 봐."

인파 속에서 몸을 돌려 테루미는 다시 걷기 시작했다. 도중에 딱 한 번 뒤돌아 고이치를 보았다. 안녕, 하고 마음속으로 작별을 고했다.

어설픈 실연과 함께 찾아온 기묘한 현상은 그 후로도 계속되었다. 선생이 시험지를 채점해서 돌려줄 때 어느 남학생에게서 예의 빛을 보았다. 그리고 시험 점수를 물어보니 100점이라고 했다. 본인은 자신이 없었다고 했지만 테루미는 거짓말이라고 생각했다. 자신이 있었기 때문에 결과를 알기 전부터 그렇게 빛났던 것이다.

어느 날 수업이 끝난 후 체조부 친구가 연습하는 것을 보러 간 적이 있었다. 그녀는 수업 중에는 내내 졸린 얼굴이더니 체육관에서는 온몸이 눈부시게 빛났다. 우유처럼 뽀얀 빛에 싸여 연기하는 친구의 모습은 마치 요정 같았다.

처음에는 생명력이 넘치는 사람들이 빛을 발한다고 생각했다. 그런데 사람은 누구나 빛을 발한다는 것을 알게 되었다. 사람만이 아니다. 개나 고양이도 그렇고 식물도 그랬다.

단, 빛의 세기는 달랐다. 같은 사람이라도 몸과 마음의 상태에 따라 강해지기도 하고 약해지기도 했다. 병을 앓고 있는 사람은 앓는 부위에서 나오는 빛이 약했다. 반대로 몸 어느 한 곳에 의식을 집중하면 그곳의 빛이 세졌다. 테루미는 서예 선생의 손끝이 번쩍번쩍 빛나는 것을 본 적도 있다. 식물의 경우는 싹트기 직전에 빛이 강해진다.

어떻게, 왜 자신에게 그런 빛이 보이는 건지 테루미는 도무지 오리무중이었다. 누구에게 의논할 수 있는 내용도 아니었다. 다만 미쓰루의 광악과 무관하지 않다는 것만은 알 수 있었다. 그리고 미쓰루가 인도해 준 일이니 두려워할 필요가 없다고 스스로에게 말하곤 했다. 또 테루미는 이런 생각도 했다. 미쓰루에게는 아주 오래전부터 그런 빛이 보이지 않았을까, 그래서 그토록 정확하게 젊은 사람들의 마음을 파악할 수 있지 않았을까.

미쓰루를 만나고 싶었다. 만나서 지금 자신에게 벌어지고 있는 일을 얘기하고 싶었다. 하지만 이제 미쓰루는 다른 세상에 있는 사람. 예전처럼 편하게 만나 얘기할 수 없었다.

그러던 어느 날 친구가 좀 이상한 얘기를 했다. 오늘 밤 백조 공원에서 광악 콘서트가 있다는 것이었다.

"뭐? 그럴 리가 없는데."

테루미는 단박에 그렇게 말했다.

"백조 공원에서는 이제 콘서트 안 한다고 들었어."

"그런데 한대. 가 보지 않을래?"

"물론 가야지."

테루미의 목소리에 힘이 담겨 있었다. 미쓰루가 돌아와 준다면……. 꿈같은 일이었다. 하지만 과연 그런 일이 있을까.

소문을 들었는지, 그날 밤 백조 공원에는 수많이 젊은이가 모여들었다. 이곳이 이렇듯 북적거리는 게 몇 달 만일까. 그리움을 느끼면서 그녀는 야외무대로 향했다.

"어, 뭐야. 역시 돈을 받네."

입구에 임시 티켓 판매소가 마련되어 있고 거기서 입장권을 사야 했다. 미쓰루 콘서트의 현재 입장권 가격을 생각하면 훨씬 저렴지만, 테루미는 전에는 이렇게 돈을 받지 않았다는 사실을 떠올렸다.

"어, 아니야."

티켓 판매소 앞에 줄을 서 있는데 친구가 놀란 목소리로 말했다.

"뭐가 아니라는 거야?"

"시라카와 미쓰루가 아니야. 저기 저 간판을 봐."

친구가 가리킨 간판을 보았다. 거기에는 '광악'이라는 커다란 글자 옆에 전혀 모르는 이름이 적혀 있었다. 미쓰루라는 이름은 선전 문구 안에 있었다. '시라카와 미쓰루에 도전하는 신예 광악가'.

"쳇, 새로운 사람인가 보네. 어떻게 할래, 테루미?"

"여기까지 왔는데 일단 보지, 뭐."

어쩌면 미쓰루와 비슷한 능력을 지닌 사람일지도 몰랐다. 만약 그렇다면 자신에 대해 의논할 수 있을지도 모른다고 테루미는 생각했다. 지금의 미쓰루처럼 멀어지기 전에.

야외 관람석에 앉아 연주를 기다리면서 미쓰루가 처음 여기서 연주했을 때를 떠올렸다. 그때 테루미 옆에는 고이치가 있었다. 그는 지금 뭘 하고 있을까. 그 예쁜 여자와 함께 있을까.

그런 생각을 하고 있는데 사방이 어두워지면서 무대 위로 기계와 연주자가 나타났다. 기계는 미쓰루가 사용하던 것과 겉모습이 똑같았다. 램프도 열두 개가 달려 있다. 다른 점은 기계 뒤에 거대한 거울이 몇 장 서 있다는 것이었다.

연주자는 테루미가 전혀 모르는 얼굴이었다. 차림새가 영화 〈아마데우스〉에 등장하는 모차르트처럼 호들갑스러웠다.

잠시 정적이 이어지다가 연주가 시작되었다. 곡은 '자라투스트라는 이렇게 말했다'. 유명한 SF 영화의 테마 음악으로 잘 알려진 곡이다.

곡이 흐르는 동시에 램프가 빛나기 시작했다. 소리에 맞춰 다양한 색으로 변화한다. 그뿐이었다. 거기에는 그 어떤 조화도 정합성도 없었다.

그런데도 연주자는 연주에 심취해 있었다. 음악 전문가일 테니 신시사이저에는 익숙할 것이다. 하지만 광악에 관한 능력은 털끝만큼도 없었다. 곡의 힘과 거울의 속임수로 아무것도 모르는 관객을 현혹하고 있을 뿐이었다.

무질서한 빛을 보면 머리가 아파진다. 테루미는 눈을 감았다. 친구는 좋아하는 것 같으니 아무튼 끝날 때까지 이러고 있자고 생각했다. 그런데 친구가 테루미의 무릎을 치면서 중얼거렸다.

"왠지 좀 지루하다."

"그럼 갈까? 이거, 가짜야."

둘은 자리에서 일어났다. 그런데 놀랍게도 사람들이 여기저기서 주섬주섬 일어나고 있었다. 사기! 가짜! 원숭이 흉내! 그런 소리가 여기저기서 들렸다.

공원에서 나오다가 앞에서 낯익은 얼굴을 발견했다. 소마 고이치가 속한 폭주족의 리더인 우노 데쓰야였다. 테루미는 사방을 둘러보고 고이치가 없다는 것을 확인한 후 그에게 다가갔다. 그도 테루미를 알아본 듯 어라, 하는 표정을 지었다.

"이렇게 시시한 걸 보려고 테루 짱도 온 거야?"

"리더도 보러 왔으면서."

"난 정찰하러 온 거야. 사업의 적수가 될지도 모르잖아. 하기야 미쓰루는 무시하라고 했지만."

"미쓰루도 알고 있구나, 가짜라는 거."

"응, 그런가 봐. 녀석이 그러는데 앞으로도 비슷한 가짜가 속속 등장할 거래."

"그럼 전부 가짜라는 거네."

"아니, 그게, 전부가 그런 건 아닌가 봐. 이러다가 진짜도 나타날 거라던데. 그러려면 시간이 좀 걸릴 거라고는 했지만. 그러니까 가짜든 뭐든 지금은 광악을 자신의 손으로 만들어 내려는 움직임 자체를 반가워하면 된다고 그랬어."

"광악을 자신의 손으로?"

테루미는 퍼뜩 놀라 물었다.

"응. 그래 봐야 녀석이 무슨 생각을 하는지 나는 잘 모르지만."

테루미의 머리에 한 가지 아이디어가 떠올랐다. 그러나 말은 하지 않았다.

"그럼 또 보자."

그렇게 말하고서 리더는 오토바이에 올라탔다. 그리고 시동을 거는가 싶더니 순식간에 사라져 버렸다.

"누구야, 저 사람? 멋지다."

"어, 그냥 좀 아는 사람."

친구가 넋 나간 목소리로 물었지만 테루미는 애매하게 대답했다.

조금 전에 떠오른 아이디어가 점점 부풀어 갔다.

그런 엄청난 일을……. 주제넘은 일이다. 절대 남에게는 말할 수 없다. 내가 광악을 연주하다니.

15

기요세 유카가 친구 둘과 함께 걸어오는 모습이 보였다. 시노 마사시는 책상에 턱을 괴고 머리 한 부분에 정신을 집중했다. 그녀들의 온몸에서 새어 나오는 엷은 빛이 보이기 시작했다.

"마사시, 부탁이 있는데."

유카가 마사시의 얼굴 앞에 대고 두 손을 모으며 코맹맹이 소리로 말했다. 그 순간 그녀 몸에서 빛나던 빛이 눈에 띄게 약해졌다.

"뭔데?"

마사시는 그녀들의 속내를 모르는 척 물었다.

"미쓰루 콘서트 티켓 말이야, 어떻게 안 될까? 다음 달에는 우리 동네에서 하잖아. 응? 부탁이야. 세 장만."

그녀 옆에 있는 두 여학생도 애교를 부리며 고개를 비스듬히 기울였다. 그러는 것이 어지간히도 못마땅한 모양이다. 빛은 거의 보이지 않을 정도로 희미해졌다.

"미안하지만 남은 티켓이 없어."

마사시가 그렇게 말하자 그녀들 셋은 고개를 똑바로 들더니 대놓고 불만스러운 표정을 지었다.

"쳇, 정말? 전에는 곧잘 주더니. 미쓰루와 개인적으로 친분도 있다면서?"

유카가 아쉽다는 듯이 말했다.

"그건 맞지만 그때와는 상황이 달라졌잖아. 지금 인기가 그렇게 엄청난데 나한테까지 티켓이 오겠어?"

"흠, 그렇구나."

"미안하다."

"아니야. 할 수 없지, 뭐. 다음에는 꼭 부탁할게."

유카가 두 친구를 데리고 마사시 앞에서 사라졌다. 그는 그 뒷모습을 가만히 바라보고 있었다. 세 사람의 빛이 원래의 강도를 되찾았다. 그렇구나, 너희들. 나와 말하는 걸 그 정도로 싫어하는구나. 지금쯤 셋이서 내 험담을 하고 있겠지. 그러고 있을 때가 가장 즐거운 모양이다. 저렇게 환하게 빛나고 있으니.

마사시에게 어느 날 갑자기 특별한 능력이 생겨났다. 그리고 지금은 그 능력을 자유자재로 다룰 수 있다. 그 능력의 정체는 모른다. 다만 미쓰루의 광악으로 인한 영향일 것이라고 짐작할 뿐이다. 그에게만 보이는 빛의 의미는 그럭저럭 이해할 수 있다. 한마디로 그 사람의 몸과 정신의 상태를 보여 주는 것이다.

정신 상태에는 감정도 포함된다. 마사시는 자신에게 다가오는 사람의 감정이 어떻게 움직이는지를 빛으로 판단하는 기술을 완전히 터득했다. 하지만 그 결과는 그를 몹시 침울하게 만들었다.

사람들은 대부분 그에게 어떤 감정도 품고 있지 않았다. '그'라는 존재를 공기처럼 여긴다는 뜻이다. 친구라고 여겼던 아이도 관심사는 마사시의 학력과 재력뿐이라는 것을 알게 되었다.

그러나 무엇보다 큰 충격은 기요세 유카의 본심을 안 것이었다. 그녀는 마사시 앞에서는 그야말로 가면을 쓰고 있었다. 친한 척 다가올 때도 유카의 감정의 빛은 그녀가 우울하다는 것을 나타내고 있었다. 지금까지 마사시에게 보였던 웃는 얼굴과 애교는 모두 미쓰루의 콘서트 티켓을 얻기 위한 연극에 지나지 않았던 것이다.

진실을 알고서 그는 큰 상처를 받았지만, 그 상처의 아픔을 어루만져 준 사람 역시 아이러니하게도 유카였다. 그녀의 마음은 알았지만 여전히 그녀에게 눈길이 가는 것을 어쩔 수 없었다. 한편 참 묘한 사실을 알게 되었다. 유카를 에워싸고 있는 친구들 대부분이 그녀에게 좋지 않은 감정을 품고 있다는 사실이었다. 그런데도 유카를 치켜세우고 따르면서 그녀를 우쭐하게 만든다. 그러한 상황이 정말 우습기 짝이 없었다.

모두 똑같군. 다들 추악해.

찬찬히 관찰해 보니 주위가 온통 가면과 연극과 기만으로 가득했다. 어디에도 진정한 우정 따위는 존재하지 않았고 타산이 없는 인간이란 없었다.

선생도 마찬가지였다. 선생들은 대부분 타성으로 수업을 계속하고 있을 뿐이었다. 수업하는 목소리가 크다고 열정적인 것도 아니다. 수업을 끝내고 교실에서 나가려는데 학생이 질문을 하자 속으로 넌더리를 내는 선생도 있었다. 한편 어떤 남자 선생은 복도에서 한 여학생에게 뭔가를 지시하는데, 그 온몸에서 비치는 빛이 나타내는 격한 감정은 어느 모로 보나 선생이기보다 좋아하는 여자 앞에 선 남자의 것이었다.

마사시의 관찰 대상은 교내로 국한되지 않았다. 아니, 그는 집 안에 있을 때가 가장 괴로웠다.

아빠는 엄마를 무시했다. 표면적으로는 자상하고 배려할 줄 아는 남편을 연기하고 있었지만 아빠의 마음은 병원에 있는 젊은 간호사에게 쏠려 있었다.

그 사실을 이미 알고 있는지, 엄마도 아빠를 싫어했다. 엄마의 감정이 고조되는 때는 아들과 금전에 관계된 경우뿐이었다. 그리고 실은 이 두 가지도 한 단어로 집약할 수 있다는 것을 마사시는 간파하고 있었다. 요컨대 엄마는 자신만이 중요한 것이다. 자신의 생활, 자신의 여유로운 생활, 그리고 자신의 노후.

"하고 싶은 말이 있으면 탁 까놓고 하지그래?"

젓가락을 내려놓고 마사시는 엄마 요리에를 다그쳤다. 요리에는 허를 찔린 표정이었다.

"아니, 하고 싶은 말 별로 없는데."

"딴청은. 계속 내 눈치만 보고 있었잖아."

요리에의 몸에서 마사시에게 가까운 쪽이 한층 빛나고 있었다. 그것은 그녀가 그쪽, 그러니까 마사시에게 신경을 집중하고 있다는 뜻이다.

요리에는 약간 껄끄럽다는 표정을 짓더니 굳은 얼굴로 말했다.

"요즘 몸 상태는 어떤가 하고 생각했을 뿐이야."

"아무렇지도 않아."

"정말이니? 그래도 안색이 영 좋지 않은데. 엄마는 걱정돼서 그래."

"거참, 성가시게 구네. 엄마가 무슨 상관이야. 다음에 또 멋대로 병원에 데려가려면 가만히 안 있을 거니까 그런 줄 알아."

"엄마한테 그게 무슨 말버릇이니. 다 널 생각해서 그러는 건데."

"내버려 뒀다가 나한테 문제가 생겨서 병원을 물려받지 못하면 자기네들 노후가 걱정되니까 그러는 거잖아. 무슨 생각을 하는지 다 안다고."

"그렇지 않아."

"그럼 내가 병원을 물려받지 않아도 되겠네."

그렇게 다그치자 요리에의 빛이 순식간에 엷어졌다. 그러면서도 요리에는 이렇게 대답했다.

"그래, 괜찮아. 네가 싫으면 어쩔 수 없지."

"거짓말 마."

테이블을 두 손으로 쾅 치면서 마사시는 일어났다. 그리고 뒤에다 대고 뭐라고 하는 요리에의 말을 무시한 채 그대로 자기 방으로 돌아갔다. 심한 두통이 밀려와 그 후로 한 시간

이상이나 침대에서 끙끙거렸다. 엄마가 문을 두드렸지만 마사시는 가라고 소리쳤다.

　오늘 아침에는 밥도 먹지 않은 채 몰래 집을 빠져나왔다. 아빠 엄마의 얼굴을 보고 싶지 않아서였다.

　나는 앞으로 어떻게 되는 걸까. 회색빛 불안이 마사시를 넢쳤다.

16

　마사시는 어떻게 되는 걸까. 내 아들이 어쩌다 저렇게 되고만 걸까.

　시노 요리에의 고뇌는 깊어 갔다. 마사시의 상태가 전보다 훨씬 심각해졌기 때문이다. 특히 엄마를 쳐다보는 눈빛이 마음에 걸렸다. 그 의심에 찬 눈빛. 모든 것을 꿰뚫어 보고 있다는 표정. 요즘은 마사시가 쳐다만 봐도 몸이 오그라드는 심정이었다.

　이 모든 것의 발단은 그거였어, 라며 요리에는 광악을 떠올렸다. 아, 그때 가지 못하게 했어야 하는데. 짓다 만 시민 회관에 다니던 때에는 그나마 가지 못하게 할 수 있었는데 성적이 떨어질까 봐 그러지 못했다. 아아, 아아, 이 일을 어쩐

담. 이제 늦은 것일까.

남편인 아키히코는 전혀 도움이 되지 않았다. 한번은 완력을 써서 마사시를 지인의 뇌신경외과로 데려갔지만, 결국 아무 성과도 얻지 못한 채 돌아왔다. 그리고 그 때문에 마사시는 점점 더 부모를 믿지 않게 되었다.

"지금 그쪽에서 조사하는 중이야. 그렇게 간단한 일이 아니라고. 광악에 대해서는 아직 과학적으로 증명된 게 하나도 없어."

아키히코는 변명처럼 그렇게 말했다. 아니, 변명일 뿐이라고 요리에는 해석했다. 정상이 아닌 아들을 의사인 자신이 어쩌지 못하고 있는 것에 대한 변명.

내가 어떻게든 해야 하는데. 하지만 어떤 해결책이 있을까.

요리에 앞으로 편지 한 통이 날아든 것은 그녀가 아들 때문에 그렇게 전전긍긍하고 있을 때였다. 보내는 사람은 '광학 피해 대책 연구회'로 되어 있었다. 그녀는 '광학 피해'라는 말에 부랴부랴 봉투를 열어 보았다.

워드 프로세서로 작성한 편지는 그 글귀에서는 지성이 느껴졌다. 연구회는 요즘 화제몰이를 하고 있는 광악이 청소년들에게 어떤 나쁜 영향을 끼치는지 조사하는, 주부들을 중심으로 한 모임이라고 했다. 그러니 관련된 일로 고민하는 사람이 있으면 꼭 상담하러 오기 바란다는 내용이었다. 편지

외에 복사물도 한 장 들어 있었다. 거기에는 광악 피해로 여겨지는 사례가 몇 가지 실려 있었다. 그것을 읽어 보니 마사시와 공통되는 점이 많았다.

그다음 일요일, 요리에는 연구회 사무실을 찾아갔다. 사무실이라고는 하지만 실상은 원룸 아파트였다. 인터폰에 이름을 대자 문이 열리면서 안경 낀 여자가 얼굴을 내밀었다. 화장기가 전혀 없었다.

"시노 씨죠?"

상대가 물었다. 미리 전화를 걸어 찾아가겠다는 연락을 해 놓은 것이다.

"네, 맞아요."

"들어오시죠. 아, 신발은 벗지 않아도 괜찮아요."

방 안에는 책상이 하나 있고 그 주위에 서류 선반이 쭉 놓여 있었다. 다른 여자도 한 명 있었는데 요리에가 들어가자 의자에서 일어났다. 뒤로 묶은 머리에 역시 화장기가 없었다. 셔츠 소매를 걷어 올린 모습이 정열적으로 일한다는 인상을 주었다.

그들은 간단히 자기소개를 했다. 소매를 걷어 올린 여자가 회장이고 안경 낀 여자가 부회장이며 둘 다 주부라고 한다. 아들이 중학생이라는 소리를 듣고서 요리에는 내심 놀랐다. 서른이 갓 넘어 보였기 때문이다.

"그럼 어떤 상황인지 말씀을 들어 볼까요."

회장이 요리에에게 의자를 권하면서 말했다.

요리에의 얘기를 들으며 두 여자는 때로 얼굴을 마주 보거나 고개를 끄덕거리며 간간이 질문을 하기도 했다. 하지만 둘 다 조금도 놀라는 기색은 없었다. 마치 이런 얘기를 너무 많이 들어 신물이 난다는 표정이었다.

"잘 알겠어요."

요리에의 얘기가 끝나자 회장이라는 여자가 고개를 끄덕이며 말했다.

"광약의 피해가 틀림없군요. 게다가 아주 전형적인 패턴입니다."

"유사 마약 중독증이라고 하죠."

부회장이 거들었다.

"마약……."

"마약 중독 환자가 비슷한 증상을 보이기 때문이에요. 의심이 많아지고, 모두가 자신에게 적의를 품고 있다고 느끼죠."

맞는 말이다, 하고 요리에는 생각했다.

"그럼 이제 어떻게 해야 하죠?"

요리에가 묻자 두 여자는 거북한 표정으로 입을 다물고는 잠깐 서로를 마주 보았다. 잠시 후 회장이 입을 열었다.

"안타까운 일이지만 현재는 치료법이 없어요."

"어떻게 그럴……."

"하지만 이 말씀은 드릴 수 있어요. 마약 중독 환자도 마약을 끊으면 회복되잖아요. 그런 것처럼 일단 광악을 끊게 해야죠. 방법은 그것밖에 없어요. 다만 마약과 달리 현시점에서 위법이 아니기 때문에 완벽하게 끊는 것은 불가능하겠죠. 그러려면 시라카와 미쓰루가 활동할 수 없게 만들어야 할 테니까요. 그래서 우리들은 시라카와 미쓰루의 활동 자체를 저지하는 것을 목표로 운동을 펼치고 있는 거예요."

"만약 그게 가능하지 않다면 우리 아이는 어떻게 될까요?"

"증상이 악화되겠죠."

그렇게 말하면서 회장이 부회장에게 눈짓을 했다. 그러자 부회장이 방구석에 놓인 비디오와 모니터를 켰다.

"말기적 증상을 보이고 있는 아이들의 영상을 보여 드릴게요. 그 아이들의 부모가 협력해 주셔서 어렵게 찍은 영상이에요."

회장의 말이 끝나는 것과 동시에 화면에 영상이 떴다. 거기 비친 것은 홀쭉하게 야윈 데다 얼굴이 창백하고 초점 없는 눈으로 허공을 바라보고 있는 남자였다. 무릎을 감싸 안고 뭐라고 중얼거리고 있었다.

"노인 같은 모양새지만 중학생입니다."

회장의 설명에 요리에는 할 말을 잃었다. 화면에는 비슷한 상태인 아이들의 모습이 비쳤다. 모두들 마치 폐인 같았다.

"이 아이들은 현재 각자의 가정에서 보호하고 있습니다. 하지만 치료법이 개발될 전망은 아직 없어요. 병원에 데려가서 온갖 검사를 해 봤자 이 아이들의 몸에서 아무런 이상이 발견되지 않기 때문이죠. 의사들은 이상은 있지만 치료할 수 없다는 소견을 보입니다. 그들은 그것이 광악의 악영향이라는 우리의 주장을 무시하고 있어요. 과도한 학업 부담에서 오는 노이로제일 것이다, 가정에 문제가 있을 것이다, 그런 방향으로 얘기를 끌고 가려 합니다."

"그럼 우리 아들도 언젠가는……."

"이 비디오에 나오는 아이들처럼 되겠죠. 시간문제 아닐까요."

회장은 그렇게 단언했다. 요리에는 생명줄이 끊긴 듯한 기분이었다.

"그러니까 시노 씨."

부회장이 옆에서 끼어들었다.

"앞으로 비슷한 피해자가 더 생기지 않도록 우리가 뜻을 모아 궐기해야 해요. 우리 함께 분발합시다. 그래서 광악을 이 세상에서 몰아내는 거예요."

요리에는 안경 낀 여자를 노려보았다. 앞으로, 라고? 비슷한 피해자가 생기지 않게? 그렇게 해서 광악을 없애자고?

어이가 없었다. 중요한 것은 앞으로가 아니라 지금이다. 지금 당장 마사시를 어떻게 해야 한다.

사무실에서 나온 후에도 요리에는 넋이 빠진 사람처럼 정신을 차리지 못했다. 무슨 수를 써야 해. 하루빨리.

시라카와 미쓰루가 활동하지 못하도록 저지하는 수밖에 없다고 했던 회장의 말이 요리에의 뇌리를 스쳤다.

17

택시에서 내린 소마 고이치는 건물을 올려다보았다. 마치 미래 세계의 요새를 연상케 하는 은새 건물이다.

"몇 번을 봐도 정말 굉장한 건물이네."

고이치 옆에서 오쓰 세이코가 말했다.

"며칠이라도 좋으니 나도 이런 데서 살아 보고 싶다."

"그렇게 말하면 미쓰루가 화낼걸. 자신은 살고 있는 게 아니라 감금당해 있다고 생각할 테니까."

"난 감금이라도 상관없어."

그렇게 말하고서 세이코가 혀를 쪽 내밀었다.

건물 입구에 시큐리티 시스템이 있었다. 현금 인출기를 축소해 놓은 것처럼 생긴 그 기기에 고이치는 자신의 ID 카드를 집어넣고 비밀 번호를 눌렀다. 그러자 옆에 있는 유리문이 스르륵 열렸다. ID 카드는 이 맨션의 주민이 아니면 신청할 수도 취득할 수도 없다. 또 이 카드 없이는 당연히 건물에 들어갈 수도 없다. 미쓰루 그룹에 얼마 전에 들어온 세이코는 아직 ID 카드를 받지 못했다.

엘리베이터를 타고 10층에서 내린 둘은 긴 복도를 걸었다. 미쓰루의 방은 이 복도 맨 끝에 있다. 인터폰을 누르자 우노 데쓰야의 목소리가 들렸다. 고이치가 이름을 말하자 즉시 문이 열렸다.

"수고했다. 어땠어?"

데쓰야가 물었다.

"어떻고 말고 할 게 없었어."

"그럼 또 가짜?"

"아쉽게도."

그는 오늘 낮에 세이코를 데리고 어떤 콘서트에 다녀왔다. 자신들도 빛을 연주하는 예술가라고 주장하는 젊은 삼인조가 디스코텍을 빌려 콘서트를 연 것이다.

그런데 고이치는 겨우 10분쯤 앉아 있다가 세이코에게 나가자고 했다. 가짜라는 것을 이내 알 수 있었던 것이다.

데쓰야는 아랫입술을 내밀고 턱을 흔들더니 고이치에게 안으로 들어가라고 했다. 입구 로비를 지나면 배구 경기라도 할 수 있을 만큼 거대한 방이 나온다. 그 방 한구석에 놓인 책상 앞에서 미쓰루가 뭔가를 쓰고 있었다. 고이치는 새 곡을 만드나 보다고 짐작했다.

"고이치가 왔어."

데쓰야갸 미쓰루에게 말을 건넸다.

"또 헛걸음을 했나 봐."

그러자 미쓰루가 의자를 돌려 고이치 쪽을 향했다.

"그래? 아쉽군. 하지만 실망하는 일도 이제 얼마 안 남았을 거야."

"언젠가는 진짜 광악가가 출현할 거라는 얘기지? 하지만 정말 그럴까 싶어. 역시 광악은 미쓰루만의 특수한 재능이 아닐까?"

고이치는 오늘 그 사기 콘서트를 보면서 생각했던 것을 말했다.

"그렇지 않아."

미쓰루가 나직이 대답했다.

"지금으로서는 특수한 재능이라고 할 수 있겠지만, 누구나 잠재적으로 지니고 있는 능력이야. 한번 눈을 뜨면 연쇄적으로 표면화할 거야. 지금은 댐이 무너지기를 기다리는 상태라고 할 수 있지. 개미들이 댐에 열심히 구멍을 뚫고 있는 단계랄까. 마침내 그 구멍에서 물이 졸졸 새어 나오고, 그러다 침식이 시작되면 보다 큰 흐름을 유발하겠지. 그럼 댐이 무너지고 대량의 물이 한꺼번에 쏟아져 나올 거야. 그렇게 되면 누구도 그 흐름을 막을 수 없어. 제아무리 큰 힘을 가진 사람이라도."

"그렇게 되면 어떻게 변한다는 건데? 다들 광악을 연주할 수 있게 된다는 말이야?"

데쓰야가 물었다.

"연주하고자 하면 할 수 있겠지. 마음만 먹으면 누구든 악기를 연주할 수 있는 것처럼 말이야. 하지만 악기 연주를 직업으로 하는 사람, 즉 음악가라 불리는 사람은 기껏해야 소수에 불과하지. 광악 역시 비슷한 수준에서 정착될 거야."

"그럼 나머지 사람들은 뭔데? 광악에 재능이 있다는 걸 깨닫고도 그걸 살리지 못한다는 거야?"

"아니, 그런 뜻이 아니라, 연주보다는 더욱 중요한 일에 그걸 살리는 거지. 머지않아 그렇게 될 거야."

"머지 않아가 언젠데?"

"그러니까…… 머지않아."

그리고 미쓰루는 씩 웃더니 고이치 옆에 서 있는 세이코에게 눈길을 주었다.

"세이코 씨는 이제 일에 좀 익숙해졌나요?"

갑작스러운 질문에 그녀는 당황한 표정을 지었다. 고이치를 보면서 잠시 우물쭈물하더니 "응, 그럭저럭. 아직 모르는 것도 많지만."이라고 대답했다.

"고이치가 하라는 대로 하면 될 거예요."

미쓰루는 웃으면서 그녀와 고이치를 번갈아 보았다. 미쓰루의 그런 시선을 받으니 고이치는 왠지 모르게 마음속까지 들킨 듯한 기분이 들었다.

그때 로비에서 무슨 소리가 났다. 누가 들어온 것이다. 하기야 이 방을 마음대로 드나들 수 있는 사람은 한 명밖에 없다.

"다들 모여 있군."

짙은 파란색 양복을 입은 사부리가 한 손을 주머니에 넣은 모습으로 들어왔다. 그 뒤에는 화장이 짙어 마치 서양 사람처럼 보이는 여비서가 뒤따르고 있었다. 오늘은 뒷자락이 좍 갈라진 타이트스커트를 입었다.

"신곡은 완성되었나?"

사부리가 미쓰루에게 물었다.

"이틀은 더 있어야겠는데요. 80퍼센트는 완성됐지만."

"이틀까지 못 기다려."

사부리는 주머니에 한 손을 넣은 채 방 안을 둘러보았다. 고이치는 자세한 것은 잘 모르지만 아마도 이 맨션 역시 사부리 회사의 건물인 듯했다. 그래서 온 김에 상품을 점검하고 있는지도 모르겠다.

"좋아, 하루는 기다리지. 내일 밤부터 촬영이야. 스튜디오 도 다 준비되어 있고. 데쓰야, 내일 저녁 6시에 미쓰루를 데 리고 스튜디오로 와. 알겠나?"

알겠습니다, 하고 데쓰야가 대답했다.

사부리는 바로 옆에 있는 소파에 앉았다.

"이번 목표는 비디오테이프 백만 개인데 어떤가, 가능하겠 어?"

"가능할지도 모르죠."

미쓰루가 태연한 표정으로 대답했다.

"하지만 이번이 피크라고 생각하는 편이 좋을 겁니다. 그 후에는 아마 숫자가 점점 떨어지겠죠."

"해적판 때문인가?"

사부리가 지겹다는 표정으로 물었다.

"꽤 나도는 것 같더군. 곧 비디오 대여점을 불시에 점검할 예정이야. 오늘 아침에 대책 회의를 했어."

"광악을 저작물로 인정하느냐 마느냐 하는 얘기는 어떻게 됐습니까?"

데쓰야가 물었다.

"변호사가 현재 절차를 밟고 있어. 두고 보면 알겠지. 다만 광악기 특허 건은 쉽지가 않군."

"그럴 만도 하죠."

미쓰루는 당연하다는 듯 말했다.

"컬러 램프든 신시사이저든 이미 존재하는 것들이잖아요. 그것들을 끼워 맞췄다고 해서 개발품이 되는 건 아니니까요. 특허를 얻을 수 있는 부분은 아마 회로 정도일 겁니다."

"그래. 그래서 회로를 중심으로 추진하고 있어."

"잘됐군요. 그런데 아까 하던 얘기로 돌아가서, 비디오 매출이 떨어지는 이유는 해적판 때문만은 아닙니다. 좀 더 본질적인 이유가 있어요."

미쓰루의 말에 사부리의 미간이 피뜩 움직였다.

"무슨 뜻이지?"

"안목이 높아진 팬들은 비디오 화면에 비치는 정도로는 만족하지 못할 거예요. 그 원인은 브라운관의 구조에 있습니다. 브라운관은 빨간빛, 초록빛, 파란빛을 혼합해서 임의의 색을 내도록 되어 있는데 검은빛은 내지 못하죠. 텔레비전의 경우 광원을 차단해도 화면은 검은색이 아니라 브라운관 색이 될 뿐입니다. 그래서는 진정한 광악이라 할 수 없어요. 광악에는 검정이라는 색이 반드시 필요합니다."

"아, 그렇구나."

고이치가 손뼉을 쳤다.

"어째 좀 이상하더라니까. 요즘은 광악 비디오를 봐도 전처럼 기분이 고조되지 않더라고."

"그건 당연해. 광악을 처음 알았을 때는 그 정도로도 만족할 수 있지만 한참 보다 보면 미진하게 느껴질 수밖에 없어."

"그럼 어떻게 하라는 건가. 브라운관이 문제라면 레이저 디스크로 만들어도 의미가 없다는 뜻이잖아."

사부리가 답답하다는 표정으로 말했다.

"광악의 하드웨어로 브라운관을 사용하는 데에는 한계가 있어요. 다른 하드웨어를 개발할 필요가 있지 않을까요?"

"보아하니 이미 무슨 생각이 있는 것 같군."

그리고 사부리는 입가를 비틀며 희미하게 웃었다. 미쓰루 역시 웃는 얼굴로 고개를 끄덕였다.

"콤팩트한 광악기를 만드는 겁니다. 조그만 컴퓨터를 내장해서 CD에 기록된 신호를 읽도록 하는 거죠. 즉 자동적으로 연주하게 하는 겁니다. 그러면 집에서도 콘서트 기분을 만끽할 수 있겠죠. 디지털 피아노의 자동 연주 장치와 같은 발상입니다."

"호오, 그럼 CD를 소프트웨어로 팔 수 있다는 말이군."

"또는 카드로 충분할 수도 있죠."

"좋아, 알았어."

사부리가 딱, 하고 손가락을 튕겼다.

"흥미롭군. 잘하면 제2의 스테레오가 될 수도 있겠어. 실은 오디오 기기 메이커에서 광악기에 관한 문의가 있었거든. 세

군데쯤에서. 그들과 얘기를 해 봐야겠군."

사부리는 여비서에게 몇 가지 지시를 내렸다.

"그럼 내일 스튜디오에서 만나기로 하지. 좋은 신곡을 기대하겠어. 비디오를 다 찍으면 내주부터는 콘서트 준비야. 이번에는 상당히 화려하게 할 생각이니까 힘내라고."

그리고 사부리는 소파에서 일어났다.

그들이 나간 후 데쓰야는 후, 하고 숨을 내쉬었다.

"폭풍 같은 사람이군. 여전히 박력이 넘쳐."

"하지만 신사지. 그리고 믿을 수도 있어. 억지스러운 면이 있지만 말이야."

미쓰루가 말했다.

고이치는 고개를 끄덕였다.

사부리가 운영하는 회사의 정체에 대해서 사실 고이치는 아무것도 몰랐다. 어쩌면 그것은 '회사'가 아니라 '조직'이라고 해야 할지도 몰랐다.

그러나 그 막강한 힘에 대해서는 지난 몇 달 동안의 사건을 돌아보면 충분히 짐작할 수 있었다. 광악은 사부리의 힘으로 전국에 알려졌다.

'조직'의 맨 꼭대기가 사부리가 아니라는 것도 고이치는 어렴풋이 눈치채고 있었다. 언젠가 데쓰야가 '회장'이라고 말했던 사람이 배후에 있는지도 모른다. 하지만 그 부분에 대해서 언급하는 일은 절대 없었다. 적어도 사부리 앞에서는 입이 찢어지는 한이 있어도 그런 말을 할 수 없다. 그런 말을 하는 것이 지극히 위험한 일이라는 것을 고이치도 직감적으로 알고 있었다.

"그런데 괜찮겠어? 내일까지 신곡을 완성할 수 있어?"

고이치가 물었다.

"완성하고말고. 아니, 사실은 벌써 완성돼 있어."

미쓰루는 그렇게 말하면서 한쪽 눈을 찡긋 감았다.

그의 말에 모두의 표정이 누그러졌을 때 전화벨이 울렸다. 데쓰야가 받더니 수화기를 미쓰루에게 건넸다. 미쓰루의 집에서 온 전화인 듯했다.

두세 마디 얘기하고 난 미쓰루의 얼굴에 약간 긴장감이 어렸다.

"테루미가? 응…… 알았어요. 그녀에게 다 줘요. 나는 이제 필요 없으니까."

그러고서 약간의 근황을 보고하고 그는 전화를 끊었다.

"테루미가 뭐?"

데쓰야가 물었다.

"아……."

미쓰루가 잠시 주저하더니 웃으면서 말했다.

"별일 아니야. 전에 그녀에게 책을 빌려 주겠다고 약속한 적이 있거든. 그걸 기억하고 있었는지 우리 집에 찾아온 모양이야. 그래서 무슨 책이든 주라고 했어."

"흐음, 테루미가 독서를 좋아했나."

감탄했다는 듯 데쓰야가 말했다.

그러나 고이치는 좀 이상하다고 생각했다. 가령 그런 약속을 했다 해도, 왜 굳이 지금 테루미가 미쓰루의 집을 찾아간 것일까. 미쓰루가 집에 없다는 것은 그녀도 알고 있다.

그 후 한 시간쯤 지나 고이치와 세이코는 맨션에서 나왔다. 그때는 해가 완전히 기울어 있었다. 데려다 줄게, 하고 고이치가 말했다. 그런데 세이코는 고개를 저었다.

"오늘은 약속이 있어. 친구를 만나기로 했거든, 고등학교 때 친구."

"그래? 그럼 여기서 헤어져야겠군. 난 오토바이가 여기 있으니까."

"응. 내일 또 봐."

세이코는 손을 흔들고는 역 쪽으로 걸어갔다. 고이치는 그 뒷모습을 잠시 바라보다가 주차장으로 향했다.

저녁 8시 28분에 기즈 레이코는 약속한 호텔에 도착했다. 남자가 방에서 담배를 피우면서 기다리고 있었다. 재떨이 속에 꽁초가 수북했다.

"왜 이렇게 늦은 거야."

꽁초 더미에 담뱃불을 비벼 끄면서 남자가 말했다.

"옷 갈아입느라고 늦었지. 그 촌스러운 옷을 입고 이런 데오고 싶지 않으니까."

레이코가 의자에 앉았다.

"그 촌스러운 옷을 입고 소마 고이치와 데이트를 했겠지."

남자는 잔 두 개에 브랜디를 따라 그중 하나를 레이코 앞에 놓았다.

"그래서, 그 후에 뭐 달라진 거 있나?"

레이코는 우선 브랜디 한 모금으로 목을 축였다.

"미쓰루의 제안으로 사부리가 광악기 제품화를 검토하기 시작했어. 악기가 아니라 광악 감상용 오디오 기기로서의 기능을 전면에 내세울 건가 봐."

남자의 눈이 빛났다.

"그래서 메이커는 응할 생각인가?"

"그건 앞으로 얘기해 봐야 하나 봐. 세 군데 정도 문의가 있었다던데."

"이거 안 되겠군."

남자가 떨떠름한 표정을 짓더니 브랜디를 마셨다.

"광악을 꽤나 눈엣가시처럼 여기네. '선생님' 지시야?"

레이코가 묻자 남자는 눈을 가늘게 뜨고 그녀를 쏘아보았다. 그녀는 얼굴을 돌렸다.

"남의 일이라고 생각하는 모양인데, 광악을 내버려 두면 레이코도 언젠가는 된통 당하게 될 거야."

"무슨 뜻이지?"

"사회 구조 자체가 완전히 뒤집힐 우려가 있다는 뜻이야."

"설마."

"지금은,"

그렇게 말하고는 남자는 브랜디 잔을 들어 올려 허공에다 커다란 삼각형을 그렸다.

"세상이 이런 식으로 피라미드 꼴을 하고 있지. 그게 위아래가 뒤바뀔지도 모른다고."

"어떻게 그럴 수 있어, 고작 광악 같은 게?"

"고작 그런 것에 철모르는 아이들이 모여들고 있잖아. 모여들기만 하나? 무언가를 작당하고 있어. 그걸 어떻게든 막아야 해."

"무슨 소린지 나는 잘 모르겠네. 피라미드가 뒤집힌다고 내게 손해가 될지 득이 될지도 잘 모르겠고."

"레이코 네게 득이 될 리 없지."

남자는 거칠게 말을 뱉었다.

"우리는 지금 피라미드의 꼭대기에 있다고. 그러니 뒤집히면 무조건 손해야."

"흐음……"

레이코는 애매하게 대꾸하고서 브랜디를 한 모금 머금었다. 자신이 피라미드의 꼭대기에 있다는 자각은 전혀 없었다. 물론 갖고 싶은 것은 무엇이든 가질 수 있다. 하지만 그러기 위해서 희생하는 것도 많다.

"그건 그렇고,"

남자가 침대로 올라가면서 말했다.

"놈들이 이번에는 무슨 수작을 꾸미고 있지? 시라카와 미쓰루가 이번에는 뭘 하려는 꿍꿍이야?"

"그러고 보니 오늘 그가 좀 이상한 말을 하던데."

"뭐라고 했는데?"

"댐의 붕괴."

레이코는 미쓰루가 했던 말을 옮겼다. 지금은 개미들이 열심히 구멍을 뚫고 있는 단계지만 물이 흐르기 시작하면 그 어떤 힘도 막을 수 없다고 했던.

"그 사람도 그런 의미의 말을 하더군."

남자가 씁쓸하게 말했다. 그 사람이란 물론 '선생님'을 뜻할 것이다.

"그러니까 앞으로 그런 놈들이 늘어난다는 말이지? 그래서 어쨌다는 거냐 말이야."

"나야 모르지."

레이코는 고개를 저었다.

"아무튼 놈들이 멋대로 굴 수 있는 시간도 이제 얼마 남지 않았으니까."

"그건 또 무슨 말이야?"

"계획이 착착 진행되고 있다는 뜻이지. 시라카와 미쓰루의 콘서트가 다음 달이었나?"

"응, 국제 음악당에서. 사부리가 여태까지 했던 것들보다 훨씬 공을 들이고 있어."

"흥, 놈들이 그렇게 날뛸 수 있는 것도 그날이 마지막이야."

"왜, 그날 무슨 일이 있어?"

"좀 기다리면 레이코에게도 지시를 내릴 거야. 기대하라고. 그런데,"

남자가 침대에서 팔을 뻗어 레이코의 몸을 끌어당겼다.

"소마 고이치와는 잘 지내고 있겠지."

"들키지는 않았어."

"벌써 갖다 바친 거야, 이 몸을?"

천박한 말투에 레이코는 눈살을 찌푸리고서 남자의 얼굴을 다시 보았다.

남자는 의미심장하게 웃었다.

"그렇군. 녀석에게 안겼단 말이지. 호오, 그것참."

그리고 그녀의 허벅지를 애무했다.

레이코는 남자가 눈치채지 못하게 한숨을 쉬었다. 또 끔찍한 시간이 시작된다.

18

종이 상자 속을 보고서 테루미는 절망감을 느꼈다. 수많은 코드, 복잡한 기계……. 어디서 어떻게 시작하면 좋을지 감이 잡히지 않았다. 자신이 해낼 수 있을 것이란 생각이 들지 않았다.

이런 걸 왜 내가 다룰 수 있다고 생각한 것일까. 바라보고 있자니 부아가 났다. 어처구니없는 발상을 멋진 아이디어라도 되는 양 착각했다. 게다가 실행까지 하려 하다니. 어이가 없었다.

종이 상자 속에 든 것은 광악기였다. 현재 미쓰루가 사용하는 기계처럼 복잡한 것은 아니고 처음에 테루미 등의 청소년들을 불러 모으기 위해 사용했던 간단한 것이다.

그것이 지금도 미쓰루 집에 있지 않을까 싶어, 지금은 사용하지 않을 테니 부탁하면 빌리는 정도는 가능하지 않을까 생각하고 테루미는 어제 용기를 내어 시라카와 댁을 찾아갔다. 위치는 알고 있었지만 실제로 가는 것은 처음이었다. 미쓰루의 엄마를 만났다. 우아하고 친절하고 지성이 느껴지는 여자였다. 과연 미쓰루의 엄마라고 생각했다.

악기를 빌려 달라고 하자 그녀는 미쓰루에게 전화를 걸어 물어봤다. 하지만 정말 그가 그렇게 대답할 줄은 몰랐다. 악기를 주겠다는 것이었다.

악기는 분해되어 종이 상자에 담겨 있었다.

"어떻게든 조립할 수 있을 거예요."

테루미는 미쓰루의 엄마에게 그렇게 말했다. 그때까지도 테루미는 자기 능력을 모른 채 우쭐해 있었던 것이다.

그러나 집에 돌아와 조금 마음이 진정되자 자신이 얼마나 무모한 짓을 저질렀는지 후회스럽기만 했다. 기계와 전기에 대해서 아무런 지식도 없는 자신이 이런 걸 어떻게 조립한다는 말인가. 가령 조립한다 해도 연주하는 방법을 전혀 몰랐다. 일단 조립하지 않고서는 연주도 할 수 없으니 보물단지는 그저 잡동사니에 지나지 않았다.

내가 바보지. 차라리 죽는 편이 나을 거야, 이 멍청이. 상자 속을 보면서 테루미는 자책했다.

그런데 그다음 날, 예기치 않게 상황이 호전되었다. 미쓰루에게서 편지가 온 것이다.

오랜만이다, 하고 시작되는 편지는 다음과 같은 내용이었다.

오랜만이다. 잘 지내고 있는 것 같아 안심이야. 네가 악기 사용 방법을 몰라 당황하고 있을 것 같아서 이 편지를 쓰는 거야. 별지에 조립 방법과 사용 방법을 설명해 놓았으니까 참고해.

언젠가 그 악기를 가지러 오는 사람이 있을 거라고 예감하고 있었어. 아니, 찾아오기를 기대했다고 해도 좋아. 그 사람이 테루미라는 게 나로서는 정말 기쁘다.

광악에는 규칙이 없어. 마음이 이끄는 대로 메시지를 빛으로 전환하면 되는 거야. 그리고 언젠가는 그 메시지를 누군가가 받아 줄 거야. 그때 새로운 세계도 시작되지.

열심히 해 주길 바란다.

나의 동지에게.

미쓰루로부터

나의 동지에게…….

그 말이 마음을 울렸다. 미쓰루가 동지라고 생각하고 있다. 그가 그렇게 인정해 주었다.

테루미는 별지를 보았다. 거기에는 악기의 조립 방법에서 사용 방법까지 알기 쉽게 설명되어 있었다. 이게 있으면 어떻게든 해 볼 수 있을 것 같았다.

"그래, 힘내서 해 볼게."

창밖을 향해 중얼거렸다. 그가 말한 새로운 세계가 마치 그 앞에 있는 기분이었다.

19

저녁 설거지를 하고 난 시노 요리에는 거실에서 텔레비전을 켰다. 요즘은 이렇게 혼자 지내는 시간이 많다. 마사시는 자기 방에 틀어박혀 있고, 남편인 아키히코는 집에 없다. 아키히코가 피해 다닌다는 것을 요리에는 꿰고 있었다. 마사시의 눈을 피하는 것이다. 아들이 쳐다보면 마음속까지 들여다보이는 듯한 기분이 들기 때문이겠지. 아마도 수많은 비밀을 품고 있을 아키히코는 그 시선을 견뎌 내기 어려울 것이다.

텔레비전에서는 예능 프로그램이 방영되고 있었다. 온몸에 전구를 붙인 남자가 피아노를 치는 개그였다. 도중에 시라카와 미쓰루를 패러디했다는 사실을 깨닫고 요리에는 텔레비전을 껐다.

시끌시끌한 소리가 사라지자 묵직한 정적만 남았다. 공기가 끈끈하게 느껴져 숨쉬기마저 힘들었다.

요리에는 거의 무의식적으로 일어나 휘청휘청 계단을 올라갔다. 자신이 뭘 하고 있는지 깨달았을 때에는 마사시의 방문에 귀를 대고 있었다.

안에서 희미한 소리가 들렸다. 그녀는 귀를 쫑긋 세웠다. 음악 소리였다. 전자 음악, 그것도 언젠가 들었던 '볼레로'였다. 시라카와 미쓰루가 연주했던 곡이다.

그녀는 문을 열었다. 잠겨 있지 않았던 것이다. 방 안은 캄캄하고 텔레비전 화면만 빛났다. 그 화면을 채우고 있는 것은 바로 광악이었다. 마사시는 침대에서 허무한 표정으로 화면을 들여다보고 있었다.

요리에는 방의 불을 켰다. 그리고 바로 가까이에서 콘센트를 발견하자 거기 꽂혀 있는 플러그를 빼 버렸다. 음악이 사라지고, 동시에 텔레비전 화면도 사라졌다.

"뭐하는 거야!"

마사시가 침대에서 벌떡 일어났다.

"광악을 보면 안 된다고 했잖아. 테이프도 다 처분했는데 어디서 또 생긴 거니?"

"어디서 생기든 무슨 상관이야. 왜 내 걸 마음대로 버리느냐고!"

"이건 말이지, 마약이야. 네 몸을 좀먹는 거라고. 엄마가 그런 얘기를 듣고 왔어."

"그런 건 다 엉터리야."

"엉터리가 아니야. 정말이라고. 그러니까 마사시, 제발 부

248

탁이야. 광악은 이제 잊어."

"싫어. 난 이제 이것 없이는 살 수 없어."

"마사시……."

요리에는 숨을 삼키고서 아들의 야윈 얼굴을 바라보았다.

"나가! 다음에 또 멋대로 버리면 가만 안 있을 거야."

마사시는 요리에를 방 밖으로 밀어내고 문을 쾅 닫았다. 이어서 문이 잠기는 소리가 났다.

"마사시, 마사시."

문을 두드렸지만 반응이 없었다. 요리에는 그 자리에 털퍼덕 주저앉아 오열했다. 흐르는 눈물이 멈추지 않았다.

'광악 피해 대책 연구회'에서 본 비디오가 그녀의 뇌리에 되살아났다. 노인처럼 생기를 잃은 소년, 폐인이 다 된 소녀. 언젠가는 마사시도 그렇게 되고 마는 건가.

다음 날, 연구회에서 연락이 왔다. 전화를 건 사람은 부회장인 오스미 도모코였다. 할 얘기가 있으니 만나고 싶다고 했다. 요리에는 집 근처 커피숍으로 장소를 정했다.

"바쁜데 이렇게 나오시라고 해서 미안합니다."

오스미 도모코가 머리를 숙이며 말했다.

"그 후로 아드님 상태는 좀 어떤지요?"

요리에는 고개를 저었다. 기운이 하나도 없어 보이겠지, 하고 그녀는 생각했다.

"그렇군요. 다들 그래요. 무슨 수를 써서라도 광악을 끊게
하고 싶지만 그게 마음처럼 안 되는 거겠죠. 반대로 아이들
은 어떻게든 계속하려고 하고 말이죠."

"좋은 방법이 없을까요?"

지푸라기라도 잡는 심정으로 요리에가 물었다. 그러나 오
스미 도모코는 고개를 저을 뿐이었다.

"우리도 열심히 연구를 하고 있습니다만, 그게 담배를 끊게
하는 것과는 차원이 달라서요……. 솔직히 말씀드려서 몹시
힘듭니다."

"그래요……."

그런 대답을 듣느니 차라리 묻지 않는 편이 좋았겠다는 생
각으로 요리에는 고개를 숙였다.

"저, 실은 말이죠, 시노 씨. 오늘 이렇게 만나 뵙자고 한 것
은 부탁드릴 게 있어서였어요."

다소 정중하게 오스미 도모코가 입을 열었다.

"네?"

요리에가 고개를 들었다.

"뭐죠?"

"다음 달에 국제 음악당에서 시라카와 미쓰루의 콘서트가
있어요. 규모가 전보다 훨씬 크다고 하네요. 들리는 소문에
각계 명사들도 초대했다고 하고요."

"그래요?"

마사시도 보나 마나 가고 싶어 하겠지. 요리에는 벌써부터 걱정이 앞섰다. 어떻게든 막아야 한다.

"그래서 말인데요, 시노 씨도 그 콘서트에 와 주셨으면 해요."

"네, 제가요? 제가 왜요?"

요리에는 상대의 얼굴을 다시 보았다.

"물론 항의하기 위해서죠."

오스미 도모코는 딱 잘라 말했다.

"시라카와 미쓰루를 고발하는 동시에, 광악이 우리 아이들에게 얼마나 심각한 피해를 주고 있는지, 소년 소녀들을 얼마나 고통에 몸부림치게 하고 있는지 세상 사람들에게 알리려고 해요."

"하지만 제가 뭘 어떻게 항의할 수 있을지……."

요리에가 걱정스럽다는 듯 말하자 오스미 도모코는 걱정할 필요 없다는 듯이 고개를 살래살래 흔들었다.

"실제 항의는 저희들이 할 거예요. 시노 씨는 그 계기만 만들어 주시면 됩니다."

"계기요?"

"시라카와 미쓰루의 연주를 중단시키는 거죠. 저희는 다른 장소에서 대기하고 있어야 하니까 그 역할을 맡아 주실 분이 필요해요."

"중단이라니, 구체적으로……."

"어려운 일은 아니에요. 연주 중에 항의문을 들고 무대로
올라가기만 하면 되니까요. 보나 마나 경호원이 즉시 뛰어나
오겠지만, 그러기 전에 우리가 앞으로 밀고 나갈 거예요. 그
때 시노 씨는 우리와 합류해 주세요. 항의문은 우리 쪽에서
준비해서 콘서트가 시작되기 전에 전해 드릴게요."

요리에는 그 상황을 머리에 그려 보았다. 몇천 명이나 되는
관객의 시선이 집중된 가운데 혼자 무대로 올라간다……,
도저히 그럴 용기가 없었다.

"전 도저히……."

"시노 씨."

지금까지와는 전혀 다른, 냉랭함이 느껴지는 말투로 오스
미 도모코가 말했다.

"이 기회를 놓치면 언제 다시 실행할 수 있을지 알 수 없습
니다. 시라카와 미쓰루는 광악을 계속 연주하겠죠. 그렇게
되면 피해자도 점점 늘어납니다. 시노 씨의 아드님도 영원히
마약의 덫에서 빠져나올 수 없고요. 그러다 결국 폐인이 되
겠죠. 그래도 괜찮은가요?"

그녀의 말이 요리에의 가슴을 찔렀다. 마사시만큼은 무슨
수를 써서든 구해야 한다.

"항의를 한다고 해서 뭐가 달라지나요?"

"그건 알 수 없죠. 하지만 이대로 가만히 있으면 사태가 점점 나빠질 게 분명해요."

요리에는 입술을 깨물면서 고개를 떨어뜨렸다. 무릎 위에 마주 잡은 두 손바닥에는 땀이 흥건하게 배어 있었다.

"협조해 주실 거죠?"

딴소리하지 말라는 듯 오스미 도모코가 다그쳐 물었다.

한참을 생각한 후 요리에는 고개를 희미하게 위아래로 끄덕거렸다.

20

수업이 끝난 후 테루미는 친구인 요코와 가오루에게 오늘 자기 집에 놀러 오라고 말했다. 친구들은 웬일이냐는 표정을 지었다.

"테루미가 웬일로 자기 집에를 다 가자고 해?"

요코가 물었다.

"응, 사실은 너희 둘에게 보여 주고 싶은 게 있어."

"뭔데?"

가오루가 물었다.

"그건 나중에 알게 될 거야. 힌트는 광악과 관련이 있다는 거."

이 한마디에 둘의 관심이 단박에 높아지는 것을 테루미는 느꼈다. 둘 다 미쓰루의 광팬이라서 그 둘을 골라 집에 가자고 한 것이다.

"뭔지 궁금한데."

요코가 눈을 반짝이며 말했다.

"좋아, 갈게."

"나도."

"그럼 4시쯤 와. 그때까지 준비해 놓을게."

"준비가 필요한 거니?"

가오루가 의아하다는 표정을 지었다.

"음, 조금."

콘서트를 할 거니까, 하는 말을 테루미는 속으로 삼켰다. 지금 여기서 그런 말을 해 봐야 믿을 리 없다.

집에 돌아오자마자 테루미는 자기 방으로 들어갔다. 요즘은 밥 먹을 때 말고는 거의 방에서 나오지 않는다.

벽장문을 열고 램프 세 개로 구성된 광악기를 꺼냈다. 전원과 조작용 키보드는 책상 밑에 있다. 키보드를 광악기에 연결하고 플러그를 콘센트에 꽂았다. 창문의 커튼도 닫았다. 그리고 용돈을 아껴서 산 검고 두꺼운 천을 커튼 위에 빨래집게로 고정했다. 이렇게 하면 외부의 빛이 완전히 차단된다.

방의 불도 끄고 어둠 속에서 잠시 명상에 잠겼다. 즐거운 일, 짜증 나는 일, 슬픈 일, 온갖 일이 머릿속에 떠올랐다가 사라졌다. 처음에는 아무 맥락 없이 불쑥불쑥 떠오르던 생각들이 시간이 조금 흐르자 하나의 명확한 의식이 되어 마음속에 핵을 형성했다. 그런 다음 테루미는 키보드에 손가락을 올려놓았다.

어둠 속에 동그란 공 세 개가 보얗게 떠올랐다. 그녀가 손가락을 움직이면 그 움직임을 따라 빛도 변화했다. 생각하면서 연주하는 것이 아니라 본능적으로 빛을 조정하고 있는 것이다. 이 악기의 사용 방법은 미쓰루의 편지로 익혔다. 거기에는 이렇게 쓰여 있있다.

'마음이 이끄는 대로 메시지를 빛으로 바꿔 간다.'

한동안은 그게 힘들었는데, 최근에야 겨우 그렇게 할 수 있게 되었다.

이게 광악이로구나. 자신이 만들어 낸 빛의 멜로디를 보면서 테루미는 생각했다. 예쁜 빛을 늘어놓고 깜박이게 하는 것은 아무 의미가 없다. 자신의 내면을 표현해야 하는 것이다. 가짜 광악가들이 거창한 장비와 악기를 늘어놓고서도 털끝만큼의 감동도 주지 못하는 것은 당연한 일이다.

그러나 지금의 자신은 조금이나마 감동을 줄 수 있으리라는 확신이 있었다. 미쓰루의 재능에 미치려면 아직 한참 멀었지만, 자신이 연주하는 광악이 적어도 가짜는 아니라고 생각했다.

그 자신감이 과신이 아니었다는 것은 약속 시간에 찾아온 요코와 가오루가 증명해 주었다. 처음에는 거의 장난하는 기분으로 흥미로워하던 친구들은 테루미의 연주를 보면서 점차 표정이 꿈을 꾸는 것처럼 바뀌어 갔다. 그녀들의 모습은 과거 미쓰루가 보내는 빛에 이끌려 초등학교 옥상으로 모여들었던 소년 소녀들의 그것과 똑같았다.

연주가 끝난 후에도 둘은 잠시 정신을 차리지 못했다.

"굉장하다. 정말 굉장해, 테루미."

테루미가 방의 불을 켜자 그제야 정신을 차린 요코가 조잘거렸다.

"정말 똑같아. 아니, 이건 진짜 그 자체야."

가오루도 감동이었다고 말했다.

"뭐가 뭔지는 모르겠지만 아무튼 무지 감동했어."

"테루미, 우리 이거 다른 친구들에게도 보여 주자."

요코의 제안에 테루미는 얼른 고개를 저었다.

"안 돼. 웃음거리만 될 텐데, 뭐."

"웃음거리는. 다들 깜짝 놀랄 거야. 하자, 응? 교실에 다 같이 모여서 미니 콘서트를 하는 거야."

"이왕 하는 거, 과학실에서 하자."

가오루까지 열을 올렸다.

"과학실 창문에는 암막 커튼도 있잖아."

"그래, 과학실이 좋겠네."

요코가 고개를 힘차게 끄덕이며 테루미의 어깨에 누 손을 올려놓았다.

"하자, 테루미. 네 연주, 정말 멋졌어."

그렇게 흥분하는 친구들을 테루미는 묘한 기분으로 바라보았다. 그녀들이 이런 제안을 하는 것은 광악을 감상하고서 흥분했기 때문일 것이다. 그렇다면 자신의 광악에 그럴 만한 힘이 있다는 뜻이다.

테루미는 생각해 보겠다고 대답했다.

그녀들이 돌아간 후 테루미는 앞으로 자신이 해야 할 일을 생각했다. 아직까지 광악을 아무나 연주할 수 없다는 것은 잘 알고 있다. 미니 콘서트, 그것도 괜찮은 생각이다. 그런데 좀 더 널리 메시지를 발신할 수 있는 방법은 없을까.

밤이 되자 아빠와 엄마, 그리고 할머니까지 돌아왔다. 그들은 여전히 얼굴을 최대한 마주하지 않은 채 생활하려 하고 있었다. 그런데 요즘에야 테루미는 깨달았다. 왜 그들이 그렇게 서로를 증오하는지. 그들의 몸에서 비치는 빛을 보면서 그들이 서로를 두려워한다는 것을 알았다. 겉으로는 무시하는 것처럼 보이지만 그 의식은 화살처럼 상대를 향해 있다. 상대가 무슨 생각을 하는지, 뭘 하려고 하는지 모르는 탓에 두려워서 절대 틈을 보이지 않으려고 마음을 닫고 있는 것이다.

'나를 두려워하지 않아도 돼.'

만약 그런 말을 전할 수 있다면 그들도 서로를 받아들일 것이다. 그러나 그 말을 전하는 것 자체가 정신적인 접근을 필요로 한다.

말에는 한계가 있다. 부모의 모습을 보면서 테루미는 그렇게 생각했다.

그 순간, 계시가 내려왔다. 침대에 들어가려던 그녀는 자신도 모르게 벌떡 일어났다.

자신이 해야 할 일이 무엇인지 알 것 같은 기분이었다.

테루미는 침대에서 나와 창문을 열었다. 밖에는 고요한 밤의 세계가 펼쳐져 있었다.

이 세상 온갖 곳에 언어를 초월한 무언가를 추구하는 소년 소녀들이 있을 것이다.

그 무렵의 나처럼, 하고 테루미는 생각했다.

21

아니야, 뭔가가 달라. 하지만 뭐가 다른지 알 수 없었다.

시노 마사시는 답답하고 괴로웠다. 자신 안의 무언가가 강렬한 빛을 원하고 있었다. 물론 이런 일은 지금까지도 자주 있었다. 그럴 때 미쓰루의 연주를 한 시간 정도만 감상하면 이내 개운해졌다. 그런데 요즘의 이 강렬한 욕구는 딱히 미쓰루의 연주에 대한 갈증 때문이 아닌 다른 무언가이다. 그런데 그게 뭔지를 모르겠다.

요즘 들어 사람의 내부에서 비치는 빛을 보는 능력은 더 예민해졌다. 이제 마사시는 딱 한 번만 보아도 상대의 심리 상태를 아주 자세하게 파악할 수 있다. 그러나 그것은 대체로 그를 불쾌하게 만들 뿐이었다. 따라서 그는 사람들 앞에 나서기를 거부하게 되었다. 학교에도 거의 가지 않았다.

엄마인 요리에가 광악을 혐오하는 것은 분명히 그가 그런 태도를 보이기 때문이다. 그는 엄마의 경박함을 내심 한탄했다. 자신은 광악 때문에 사람을 싫어하게 된 것이 아니라 광악을 통해 인간의 본질을 알았기 때문에 절망하고 있는 것인데.

미쓰루와 의논해 볼까 하는 생각이 들었다. 곧 미쓰루의 콘서트가 있다. 국제 음악당에서 열리는 이번 콘서트는 미쓰루로서는 최대 규모의 콘서트가 될 것이다. 그때 얘기할 기회를 만들어 볼까.

그러고 보니 요리에가 얼마 전에 그 콘서트 얘기를 한 기억이 났다. 엄마는 마사시에게 콘서트에 갈 거냐고 물었다.

"갈 거야."

마사시는 그렇게 대답하고 나서 엄마의 반응을 살폈다.

요리에는 슬픈 표정을 지었지만 반대하지는 않았다. 그녀의 온몸에서 새어 나오는 빛을 읽어 보니 그녀는 마사시가 콘서트에 간다는 사실 말고 다른 것을 염려하고 있는 듯했다. 대체 무엇이 그녀 마음을 차지하고 있는지, 거기까지는 마사시도 알 수 없었다.

그렇게 전전긍긍하며 지내던 어느 밤, 무심히 창문 밖을 바라보던 마사시는 밤하늘 저편에서 믿을 수 없는 것을 발견했다.

언젠가 보았던 빛이 거기에 있었던 것이다.

아니, 언젠가라고 표현하는 것은 적절치 않다. 그때 일을 마사시는 지금도 선명하게 기억하고 있다. 도저히 잊을 수 없었다. 미쓰루가 보내는 빛을 처음 인식했던 그 밤의 일을.

빛은 가물가물하고 색의 변화도 단조로웠다. 하지만 그것은 분명히 멜로디를 연주하고 있었다. 미쓰루만이 만들어 낼 수 있는 빛의 멜로디.

미쓰루가 있는 건가? 그럴 리 없다고 생각하면서 마사시는 눈을 찡그렸다. 여기서 빛까지의 거리와 위치로 추측하건대 연주자가 있을 만한 곳은 한 군데밖에 없었다.

제3초등학교 옥상, 미쓰루가 처음 연주했던 장소다.

마사시는 서둘러 옷을 갈아입고 몰래 집을 빠져나왔다. 이렇게 밤늦게 집을 빠져나가기는 실로 오랜만이었다. 마사시에게는 밤이면 이렇게 집을 빠져나가던 그 무렵이 가장 즐거웠던 때로 기억됐다.

요즘 체력이 떨어져서 그런지 조금 뛰었을 뿐인데도 숨이 찼다. 그런데도 그는 정신없이 뛰었다. 처음 빛을 찾아 뛰었을 때와는 다른 흥분감이 있었다. 저 빛을 보내는 사람이 과연 미쓰루일까? 아니라면 대체 누가…….

드디어 초등학교에 도착했다. 안으로 들어간 그는 곧장 계단을 뛰어 올라가서 옥상으로 통하는 문을 밀어 열었다. 그리고 그 순간, 마사시는 숨을 삼켰다.

그때와 똑같다. 눈앞의 광경을 보고 그는 그렇게 생각했다.

십여 명의 아이들이 무릎을 감싸 안고 빙 둘러앉아 있고 그들 한가운데에서 세 개의 빛나는 공이 미묘한 리듬에 따라 색을 바꿔 가며 깜박거리고 있었다.

연주하는 사람은…….

마사시는 자신의 눈을 의심했다. 광악기를 연주하는 사람이 그가 잘 아는 고즈카 테루미였던 것이다. 그녀는 1년 전 바로 이 자리에서 마사시와 함께 미쓰루의 광악에 매료되었던 동지였다.

저 아이가 광악을 연주할 수 있다니.

그 사실은 일단 마사시의 질투심을 자극했다. 그러나 그는 그 이상으로 큰 무언가가 자신의 내면에서 끓어오르는 것을 느꼈다.

마사시가 왔다는 것을 테루미도 안 듯했다. 그녀는 연주를 중단하더니 말없이 그를 쳐다보았다.

그 순간 마사시는 광악기가 아니라 테루미의 몸에서 나오는 빛을 보았다. 그녀의 빛에는 지금까지 그가 봐 온 누구의 빛과도 근본적으로 다른 점이 있었다. 그녀의 빛은 완벽한 메시지 그 자체였다. 마사시는 순간적으로 그 내용을 이해했다. 테루미를 이해했다고도 할 수 있다. 동시에 그녀 역시 자신을 이해했을 것이라고 확신했다. 자신의 몸에서 비치는 빛도 그녀에게 안 보일 리 없으니까.

마사시는 한 걸음 한 걸음 테루미에게 다가갔다. 아주 오랜만에 마음이 평온해지는 것을 느꼈다. 이거였다. 자신이 원했던 것이 여기 있다.

테루미가 일어나더니 광악기에서 몇 걸음 뒤로 물러났다. 그리고 이리 와서 앉으라는 듯 손으로 악기를 가리켰다.

마사시는 고개를 끄덕이고는 광악기 앞에 앉았다. 심호흡을 하고서, 우선 키보드의 키를 하나 눌렀다. 파란빛이 주위를 비췄다. 그가 세계를 향해 발신한 첫 빛이었다.

22

미쓰루의 콘서트가 이틀 후로 다가온 날 밤.

기즈 레이코의 아파트에 온 소마 고이치는 평소보다 한층 적극적이었다. 정열적이었다고 표현하는 것이 타당할 듯했다. 큰일을 앞두고 하루하루가 긴장의 연속이었다. 그 정신적인 피로를 레이코를 안는 것으로 풀려는 것이리라. 레이코는 그의 두 번째 사정이 끝나자 '우리가 정말 연인이었다면 좋았을 것을.' 하고 문득 생각했다. 그러나 부질없는 생각이었다. 지금 고이치가 안은 여자는 오쓰 세이코라는 소탈하고 착한 여자다.

"이번 콘서트가 끝나면 우리 같이 살까?"

침대에서 레이코의 어깨를 안은 채 고이치가 머뭇거리며 말을 꺼냈다.

레이코는 오쓰 세이코의 표정으로 그를 올려다보았다.

"여기서?"

"아니, 여기는 좁잖아. 사실은 나도 이제 집에서 나오려고.

방이 두 개쯤 있는 집을 빌리려고 하는데 그럼 이사 올래?"

레이코는 그의 겨드랑이 밑에 얼굴을 묻었다. 대답할 말을 생각하기 위해서였다.

"싫어?"

대답을 재촉하듯이 고이치가 물었다.

"그런 게 아니라."

레이코가 얼굴을 들었다.

"뭐랄까…… 왠지 자연스럽지 않은 것 같아서. 사람들 눈을 의식하는 건 아니고."

요즘 여자 같지 않게 보수적인 생각에 고이치는 약간 당황하는 듯했다.

"그건 그렇지만…… 그럼 결혼하면 되겠어?"

"결혼이라니……너무 이르잖아. 그렇게 생각지 않아?"

"나는,"

고이치는 살짝 토라진 표정으로 천장을 노려보았다.

"언제나 세이코와 함께 있고 싶어서 그러는 거야. 세이코는 안 그래?"

"그야 나도 그렇지."

"그럼……."

"잠깐만. 그렇게 몰아붙이지 마. 내게도 사정이라는 게 있잖아. 집에서 엄마가 불쑥 찾아오는 일도 있고. 그럴 때 어떻게 하라고."

그 말에 고이치는 아무 대꾸도 하지 않았다. 그녀의 말도 타당하다는 것을 인정하는 듯했다.

"그러면,"

그가 말했다.

"역시 결혼하는 수밖에 없겠군."

"결혼은 너무 이르다니까."

"그럼 앞으로 몇 년을 기다리면 되는 거야?"

고이치가 진지한 눈빛으로 물었다. 레이코는 그 눈길을 피하며 고개를 저었다.

"몰라. 너는 어떻게 생각하는데?"

"사실은 나도 모르겠어."

그렇게 대답한 그는 침대에서 나와 옷을 입기 시작했다.

"화났어?"

레이코가 침대에서 물었다. 고이치는 그녀를 돌아보며 싱긋 웃었다.

"아니. 천천히 생각해 볼게. 얼마나 기다리면 이르지 않을지."

"미안해."

"사과할 거 없어."

고이치가 신발을 신기 시작했다. 레이코는 목욕 타월을 몸에 둘둘 감고 그에게 다가갔다. 고이치는 그런 그녀를 부드럽게 안고는 가볍게 키스했다.

"내일 아침에 데리러 올게."

"응, 기다리고 있을게."

고이치는 오른손을 살짝 들어 보인 후 문을 열고 나갔다. 그가 계단을 내려가는 발소리를 들으면서 레이코는 자신의 내면에 알 수 없는 감정이 싹트는 것을 느꼈다. 그 이유는 그녀 자신도 알고 있었다. 그가 결혼이라는 말을 꺼냈기 때문이다. 결혼을 동경한 적도 없고 자신과 연관 지어 생각한 적도 없었다. 하지만 그러하기에 더욱 그 말에 면역성이 없었다고도 할 수 있다.

레이코는 다시 침대에 누워 고이치가 한 말을 한 마디 한 마디 곱씹어 보았다. 결혼이라는 말을 생각하면 왠지 마음이 술렁거렸다. 결혼 자체가 아니라 결혼에 대해서 생각하는 상황이 그녀의 가슴을 두근거리게 하는 것이다. 지금까지 그녀는 그런 생각을 할 기회조차 없었다.

어두운 기억이 그녀의 뇌리에 되살아났다.

고향에 엄마가 있다는 말은 사실이었다. 레이코의 고향은 드넓은 바다를 품에 안은 조그만 어촌이다. 아버지는 그녀가 어렸을 때 바다에 나갔다가 사고로 죽었다. 그때 받은 보험금으로 당장은 모녀가 생활할 수 있었지만 앞날은 막막하기만 했다. 그런 그녀들에게 다가온 사람이 그 동네에서 지주라는 작자였다. 그는 파충류 같은 얼굴에 언제나 혀를 날름거렸다. 남자는 그때부터 수시로 레이코의 집을 드나들었다. 그러다 레이코의 엄마를 이름으로 부르게 되고, 자고 가는일도 많아졌다.

"나, 그 아저씨 싫어. 우리 집에 오지 말라고 해."

레이코가 그렇게 엄마에게 말한 적이 있다.

"그런 말 하면 못써. 우리가 누구 덕분에 먹고사는데."

엄마는 난감한 표정으로 대답했다.

지주와 엄마의 관계는 몇 년이나 지속되었다. 그리고 그동안 당연히 레이코는 성장했다. 그런 그녀를 보는 지주의 눈빛이 달라진 것도 어쩌면 당연한 일이었다.

고등학교 2학년이었던 어느 날 밤, 레이코가 혼자 자고 있는데 갑자기 이불 속으로 누가 들어오더니 소리를 내지 못하게 손바닥으로 입을 막았다. 박하향의 담배 냄새 때문에 그녀는 그가 지주라는 것을 알았다. 남자의 다른 한 손이 그녀의 잠옷을 헤치고 들어왔다.

레이코는 막무가내로 발버둥 치면서 입을 막은 그의 손을 깨물었다. 남자가 꽥 소리를 지르면서 손에서 힘을 뺐다. 그 틈에 그녀는 이불을 걷어차고 방에서 뛰쳐나가며 엄마를 찾았다.

그런데 그보다 더한 충격은 따로 있었다. 엄마가 욕실에서 남자의 목욕을 준비하고 있었던 것이다.

"엄마는 딸을 팔아먹은 거야."

분노의 말이 레이코의 입에서 터져 나왔다. 뒤로 물러나다 엉덩방아를 찧은 엄마는 무슨 말인가 하고 싶은 표정이었지만 딸의 서슬에 움찍도 못했다.

그다음의 행동은 비록 충동적이긴 했지만 나중에 생각해봐도 그 상황에 맞는 일이었다. 그녀는 몸을 돌려 거실로 가서는 서랍장 서랍을 열어 생활비가 든 주머니를 집어 들었다. 그리고 다시 부엌으로 가서 부엌칼을 들고 자기 방으로 갔다. 지주는 깨물린 손을 비비면서 부아가 난 얼굴로 앉아 있었지만 부엌칼을 보더니 그만 허둥지둥 방에서 나갔다. 레이코는 부엌칼을 다다미에 꽂고서 서랍장에서 집히는 대로 옷을 꺼내 스포츠 가방에 쑤셔 담았다. 그 가방과 부엌칼을 들고 잠옷 차림 그대로 방에서 나오니 남자와 엄마가 거실에서 기다리고 있었다.

"어디 가는 거니?"

엄마가 겁에 질린 눈으로 물었다.

"시끄러워."

레이코는 부엌칼을 두 사람에게 들이댔다. 두 사람은 뒤로 나자빠졌다.

"쫓아오면 가만 안 둘 거야."

그길로 그녀는 집을 나왔다. 그리고 무작정 거리를 달렸다.

그 후 레이코는 도쿄로 올라와 갖가지 아르바이트를 하면서 밥벌이를 했다. 고등학교를 중퇴한 핸디캡을 커버해 준 것은 그녀의 뛰어난 미모였다. 운이 조금만 더 좋았더라면 연예계나 패션계 같은 화려한 무대에 오르는 것도 가능했을지 모른다. 그러나 운은 그녀의 편이 아니었다. 레이코는 그 미모를 밤의 세계에서 살리는 수밖에 없었다. 그래도 언젠가는 낮의 세계로 나가고자 하는 마음에 틈틈이 디자인 학교에 다녔다. 마지막 저항이라고 그녀는 생각하고 있었다.

아이즈라는 남자를 만난 것은 그 무렵이었다. 그녀가 학교에서 나와 걸어가고 있는데 고급 외제 차가 옆에 다가와 섰다. 그리고 창문이 열리더니 남자가 얼굴을 내밀었다.

"타. 할 얘기가 있어."

왜 그때 무시하지 못했는지, 지금도 레이코 자신은 잘 모른다. 남자의 목소리에 뭔가 저항할 수 없는 힘이 있어서였을까. 물론 그렇기도 했다. 하지만 그게 전부는 아니었다. 그 무렵 그녀는 지칠 대로 지쳐 있었던 것이다. 온갖 것에서 한계를 느꼈다.

레이코는 남자의 차를 탔다. 그때가 모든 것의 시작이었다. 동시에 끝이었는지도 모른다.

열쇠가 돌아가는 소리가 나더니 문이 벌컥 열렸다. 그제야 레이코는 정신을 차렸다.

"겨우 돌아간 모양이군."

남자가 들어와 침대 위에 앉았다.

"젊어서 그런지 꽤나 힘이 넘치는 모양이야."

레이코는 잠자코 가운을 걸쳤다. 오늘 밤은 이 남자에게 몸을 보이고 싶지 않다.

"콘서트가 내일 모레야. 준비는 어떻게 돼 가고 있어?"

"순조로워. 티켓도 다 팔린 것 같고."

"부탁한 티켓은 확보했겠지."

레이코는 침대에서 손을 뻗어 테이블 위에 놓인 가방을 집었다. 그리고 안에서 봉투를 꺼내 남자 앞에 던졌다.

"VIP석이야. 앞에서 두 번째 줄, 왼쪽 가장자리."

"통로 옆인 거 맞지?"

봉투에서 티켓을 꺼내 내용을 확인하고 남자가 물었다.

"그래. 앞으로 곧장 나가면 무대 옆쪽이야. 무대 위로 올라가는 계단이 있고."

"경호원은?"

"무대 근처에는 없어. 신속하게 행동하면 못 막을 거야."

"시라카와 미쓰루는 무대에서 계속 혼자지?"

"응. 한 시간 연주하고 20분 휴식. 그리고 다시 50분 연주.

연주 중에는 내내 혼자야."

"좋았어."

남자는 고개를 끄덕이더니 티켓을 양복 안주머니에 넣고
일어섰다.

"콘서트 중에 너는 어디 있지?"

"아마 대기실에 있겠지."

"최대한 무대에서 멀리 떨어져 있어."

그렇게 말하고 남자는 방을 나가려 했다.

"잠깐."

레이코가 그를 불렀다.

"대체 무슨 일이야? 무슨 일을 꾸미고 있는 건데?"

"그건 모레가 되면 알겠지. 기대하라고."

남자는 피식 웃고서 문을 열었다.

23

'지금 거신 번호는 없는 번호입니다.'

몇 번을 다시 걸어 봐도 들리는 건 똑같은 메시지였다. 시
노 요리에는 수화기를 든 채 고개를 갸웃거렸다. 메모를 다
시 들여다봤지만 틀림없었다. '광악 피해 대책 연구회' 번호

다. 전에도 이 번호로 걸었다.

큰일 났네, 어쩌지. 요리에는 시계를 보면서 초조함을 느꼈다. 콘서트에 가려면 이제 슬슬 준비를 해야 할 시간이다. 내키지 않지만 그녀는 어쩔 수 없이 화장대 앞에 앉아 화장을 시작했다.

연구회에 전화를 건 것은 오늘 일을 거절하기 위해서였다. 수많은 관객이 지켜보는 무대 위로 올라갈 자신이 없었다. 그리고 솔직히 말하면, 광악 피해에 대해서도 전만큼은 신경이 곤두서지 않았다. 요즘의 마사시를 보면 최악의 사태는 모면하지 않았나 싶은 느낌이 들기 때문이다. 여전히 광악에 마음을 빼앗기고는 있지만 남에게 소리를 지르거나 함부로 대하는 일이 없어졌고 요리에에게도 고분고분 대했다. 무엇 때문에 그가 변했는지는 알 수 없지만 호전되고 있는 것만은 분명했다.

그런데 전화가 연결되지 않으니 일단은 콘서트장에 갈 수밖에 없었다. 입구에서 연구회 사람을 만나기로 되어 있다. 거기서 시라카와 미쓰루에 대한 항의문을 받기로 했는데 그때 거절하기로 마음먹었다.

국제 음악당에 도착한 것은 콘서트가 시작되기 30분 전이었다. 마침 입장이 시작되어 사람들이 줄지어 정면 현관으로 들어가고 있었다.

인파에서 조금 떨어진 곳에 서 있는데 어느 틈엔가 오스미 도모코가 옆에 와 있었다. 엷은 색 선글라스를 끼고 있어 금방 알아보지 못했다.

"티켓, 여기 있어요."

도모코가 종이 한 장을 내밀었다.

"앞에서 두 번째 줄, 왼쪽 가장자리입니다."

"저……."

"그리고 이건 전하기로 한 항의문이에요."

오스미 도모코가 조그만 종이봉투를 꺼냈다. 요리에가 받아보니 안에 도시락만 한 크기의 상자가 들어 있는 것이 느껴졌다. 게다가 꽤 무겁다.

"문서도 있지만 소형 녹음기도 들어 있어요. 뚜껑을 열면 문서를 읽는 목소리가 나오게 되어 있어요. 그러니까 사전에 절대 뚜껑을 열지 않도록 하세요."

"저, 오스미 씨."

요리에가 종이봉투를 든 채 오늘의 임무를 고사하겠다는 뜻을 전했다. 예상했던 대로 오스미 도모코의 표정이 험악해졌다.

"무슨 소리를 하는 거예요, 이제 와서. 이건 시노 씨 혼자만의 문제가 아니라고요."

"그건 알아요. 하지만 난 무대 위로 올라갈 자신이, 그런 대담한 일을 할 자신이……."

"그럼 저와 역할을 바꾸겠어요?"

오스미 도모코는 냉담하게 말했다.

"내 역할은 시노 씨가 항의문을 꺼내는 동시에 확성기를 들고 뒤쪽 비상구로 난입하는 거예요. 콘서트를 중단시키기 위해서 말이죠. 그걸 할래요?"

"아니, 그런……."

그것 역시 할 자신이 없었다.

"잘 들어요, 시노 씨."

오스미 도모코의 목소리가 달래는 투로 바뀌었다.

"오늘을 위해서 우리는 주도면밀하게 준비를 해 왔어요. 몇 십 명이나 되는 연구회 회원들이 자신의 역할을 다하기 위해 현재 각자의 위치에서 대기하고 있다고요. 이게 다 광악을 추방하기 위한 일이에요. 그런데 이제 와서 자신의 아이가 좋은 방향으로 돌아설 수 있는 기회를 포기하겠다고 고집을 부리면 정말 곤란해요."

"그건 나도 알아요. 하지만 오늘 아침에도 몇 번이나 전화를 걸었는데 연결되지 않았어요."

"전화?"

순간 의아하다는 표정을 짓던 오스미 도모코는 이내 아, 하면서 고개를 끄덕였다.

"사무실을 옮겼어요. 연락이 아직 안 간 모양이군요. 사무실을 이전한 것도 오늘의 이 거사를 위한 거였어요. 앞으로 소송이다 뭐다 여러 가지 일이 많을 테니까요. 동지를 더 많이 모아 대대적으로 해 나갈 계획입니다. 그러니까."

그녀가 요리에의 어깨를 잡았다.

"피하면 안 돼요. 배신하면 안 됩니다. 우리의 수고를 물거품으로 만들지 마세요."

너무나도 강경하게 나오는 바람에 요리에는 뭐라 할 말이 없었다. 아닌 게 아니라 이제 와서 거절하면 난감하기 짝이 없을 것이다.

"알겠어요."

요리에는 고개를 숙인 채 겨우 대답했다.

"약속한 일은 할게요. 단, 이 일을 끝으로 연구회에서 빠져도 되겠죠?"

"시노 씨가 지금 단계에서 빠지는 것은 우리에게 큰 타격이지만, 정 그렇다면 어쩔 수 없죠."

안도한 기색으로 오스미 도모코가 말했다.

"그럼 예정대로 부탁합니다. 시라카와 미쓰루가 무대에 나오면 조금 이따가……."

"알겠어요."

요리에가 그렇게 대답하자 오스미 도모코는 그녀가 다시

마음을 바꾸면 큰일이라는 듯 재빨리 사라졌다. 요리에는 종이봉투를 들고 티켓을 확인한 후에 정면 현관을 향했다.

콘서트홀 안으로 들어가자 로비는 공연을 기다리는 사람들의 열기로 후끈했다. 로비 일부가 가볍게 식사할 수 있는 공간으로 꾸며져 있었는데, 빈 테이블이 없어 자리를 확보하지 못한 사람들이 여기저기에 서서 샌드위치를 먹는 광경이 보였다.

관객층은 역시 십 대에서 이십 대 전반 젊은이가 많았다. 그러나 양복 차림의 중년 남자와 예쁘게 차려입은 중장년 여자들도 적지 않았다. 광악을 즐기는 것이 이제 젊은이들만의 특권이 아니라는 뜻일까.

자세히 보니 연예인들의 모습도 언뜻언뜻 보인다. 그러나 그다지 유명한 사람들은 아니었다. 유명한 연예인이나 문화계 인사들에게는 다른 장소가 마련되어 있을 것이다.

그건 그렇고, 광악이란 게 대체 뭘까 하고 요리에는 생각했다. 마사시를 통해 접하긴 했지만 그녀에게 광악은 예술이나 엔터테인먼트라 부를 수 있는 범주의 것이 아니라 좀 더 인간의 본질에 호소하는 무엇이라는 느낌이 들었다. 그렇지 않고서야 이렇게 짧은 기간에 이렇게 폭넓은 사람들의 마음을 사로잡을 리 없다.

로비에 있는 사람들이 움직이기 시작했다. 시작 시간이 가까워져 모두들 각자의 자리로 향하고 있는 것이다. 요리에도 티켓을 보면서 홀 안으로 들어갔다.

오스미 도모코가 말한 대로 그녀의 자리는 앞에서 두 번째 줄 왼쪽 가장자리였다. 옆이 통로라 무대 위로 빨리 올라가기에는 더없이 좋은 자리다. 어떻게 이런 자리를 확보했을까. 이 콘서트 티켓은 구하는 것 자체가 아주 어렵다는 것을 텔레비전에서 보아 알고 있었다.

무대로 시선을 돌렸다. 묘하게 생긴 기계가 무대 중앙에 놓여 있었다. 열두 개의 공이 시계처럼 진열된 것이었다. 요리에는 광악기라는 것을 자세히 보기는 처음이었다. 이상하게 생긴 저 기계 어디에 그렇게 사람들의 마음을 사로잡는 힘이 있을까 생각해 보았다.

서서히 자리가 메워지고 실내조명도 하나둘 꺼졌다. 요리에는 무릎에 놓인 종이봉투를 잡은 손에 힘을 주었다. 손바닥에 땀이 흥건했다.

시작을 알리는 벨이 울리고, 그 소리를 신호로 콘서트홀 전체의 술렁거림이 잦아들었다. 이어 조명이 꺼지면서 완전히 캄캄해졌다. 너무 어두워서 움직이지 못하게 되는 게 아닐까 싶어 요리에는 순간적으로 당황했지만, 몇 초가 지나자 눈이 어둠에 익어 통로가 어렴풋이 보였다. 각 문 위에 있는 '비상구'라는 글자가 빛을 발하고 있을 뿐이었다.

마침내 관객들 사이에서 박수 소리가 일었다. 요리에는 눈을 가늘게 떠 보았지만 무대 위는 전혀 보이지 않았다. 그런데 옆에 앉은 젊은 여자가 이렇게 말하는 것이었다.

"와우, 오늘은 미쓰루 씨가 턱시도 차림인데."

요리에는 다시 한 번 무대를 보았다. 하지만 그녀는 거기에 미쓰루가 있는지조차 분간할 수 없었다. 광악 팬 중에는 빛에 민감한 사람이 많다는 뜻인가.

드디어 곡이 흐르는 것과 동시에 열두 개의 공이 빛나기 시작했다. 그제야 요리에의 눈에도 광악기를 연주하는 미쓰루의 모습이 보였다. 그녀 같은 사람도 많은지 그 순간 여기저기에서 박수 소리가 났다.

요리에는 심호흡을 계속했다. 하지만 가슴 속에서 쿵쿵 뛰는 심장의 고동을 진정시킬 수는 없었다. 온몸에서 땀이 솟았다.

빨리 앞으로 나가야 되는데.

다리가 오그라들었다. 하지만 자신의 행동을 기다리고 있을 오스미 도모코와 동지들을 생각하면 마냥 앉아 있을 수만은 없었다.

요리에는 무대를 보지 않고 일어섰다. 통로를 한 걸음 한 걸음 걸어 앞으로 나갔다. 어두운 데다 관객들은 모두 무대 위를 보고 있어서 아직까지 그녀의 행동을 알아챈 사람은 없는 듯했다.

요리에가 무대 옆 계단을 올라가기 시작했다.

이때 주위의 공기가 움직이고 누군가 뛰어오는 기척이 느껴졌다. 그녀는 발을 재촉했다. 그리고 돌아보니 무대 위에 있었다.

시라카와 미쓰루도 관객의 난입을 알아차린 듯했다. 그는 연주를 계속하면서 요리에 쪽을 보고 있었다.

무대 옆에서 사람이 나왔다. 요리에는 종이봉투를 든 채 재빨리 미쓰루 쪽으로 뛰어갔다.

미쓰루는 의아한 표정으로 그녀를 보다가 그 시선을 잠시 먼 곳으로 돌렸다. 그 순간 그의 표정이 확 바뀌었다.

"위험해, 오지 마!"

요리에를 잡으러 나온 사람들에게 그가 소리쳤다.

위험하다고, 뭐가?

요리에가 그렇게 생각하며 손에 든 종이봉투를 내려다보는 순간, 폭음과 함께 하얀 어둠이 퍼졌다.

24

소마 고이치는 뭐가 어떻게 된 일인지 이해할 수 없었다.

미쓰루의 콘서트 도중에 어떤 여자가 객석에서 나와 무대 위로 올라가기에 제지하려고 무대 옆에서 뛰어나갔다.

위험해, 오지 마. 미쓰루가 그렇게 소리치는 바람에 고이치는 순간적으로 몸을 움츠렸다. 그 직후 무지막지한 소리와 함께 충격이 그의 온몸을 덮쳤다.

정신을 차리고 보니 자신은 무대 위에 쓰러져 있었다. 다급히 고개를 들어 보니 바로 눈앞 바닥에 깨어진 하얀 전구가 나뒹굴고 있었다. 광악기에 사용된 컬러 램프였다. 악기는 윗부분이 날아간 채 검은 연기를 피우고 있었다. 게다가 무대 위로 불이 번지고 있다. 객석 일부에서도 연기가 피어올랐다.

무대와 객석 사이에는 여자의 시신이 망가진 인형처럼 널브러져 있었다. 하반신은 분명한 형태를 띠고 있었지만 가슴 위로는 형태가 거의 없었다. 검게 오그라든 채 푸식푸식 연기가 오르고 있다.

영점 몇 초 동안의 침묵에 이어 장내가 아수라장이 되었다. 수천 명의 관객이 일제히 일어나 비명과 고함을 지르면서 그 자리를 피하려고 아우성이었다. 특히 무대 가까운 곳에 있던 관객들은 거의 전원이 비상구로 몰려갔다.

"직원들은 관객들을 안전하게 유도하라. 뭣들 하는 거야!"

스피커에서 성난 남자 목소리가 흘러나왔다. 그 목소리가 사람들의 움직임을 더욱 부채질했다. 여기저기에서 여자들이 울음을 터뜨렸다.

그러는 사이에 무대의 막에 불이 번졌다. 그 어마어마한 불길이 사람들을 공포의 도가니로 몰아넣었다.

"여러분, 침착하게 움직여 주십시오. 지금 화재가 발생했습니다만, 침착하게 행동하시면 무사할 겁니다. 여러분, 아무쪼록, 아무쪼록 침착하게, 질서 있게 움직여 주십시오."

스피커에서 흘러나오는 목소리가 불안하다 보니 관객들을 진정시키는 효과는 기대할 수 없었다. 그 많은 경비는 다 어디 있는지 거의 보이지 않았다. 어쩌면 누구보다 빨리 피신했는지도 모른다.

고이치는 다시 광악기로 눈을 돌렸다. 악기 뒤에 누군가 쓰러져 있었다. 검은 턱시도를 보고 미쓰루라는 것을 알았다.

"미쓰루!"

고이치는 벌떡 일어나 달려갔다. 미쓰루는 엎드린 자세로 두 팔과 두 다리를 움츠리고 있었다. 그 등에는 조그만 유리 조각들이 널려 있었다.

"미쓰루, 괜찮아?"

고이치가 어깨를 잡고 일으키려 하자 미쓰루가 고통스러운 듯이 신음했다.

"다리에…… 오른쪽 다리에 뭐가 꽂힌 것 같아."

"다리?"

고이치가 보니 굵기 1센티미터 정도의 금속 막대기 같은 것이 그의 다리에 꽂혀 있었다. 광악기의 부품인 듯했다.

"그래, 꽂혀 있어."

"뽑아 줘."

"알았어."

고이치는 막대기를 잡고 힘을 주어 잡아당겼다. 미쓰루는 짐승의 신음 같은 소리를 질렀다. 간신히 뽑아낸 금속 막대기는 미쓰루의 피로 뻘겋게 물들어 있었다.

"일어설 수 있겠어?"

"부축 좀 해 줘."

고이치는 미쓰루의 오른팔에 자신의 어깨를 내주고 그를 일으켜 세우려 했다. 그러나 미쓰루는 오른 다리에만 부상을 입은 것이 아닌지 몸을 움직이는 것조차 고통스러워했다.

그런데 그다음 순간, 미쓰루의 몸이 가벼워졌다. 고개를 들어 보니, 우노 데쓰야가 반대쪽에서 미쓰루의 몸을 받치고 있었다.

"고이치, 다친 데 없어?"

데쓰야가 고함치듯이 물었다. 주위가 시끄러워서 그 정도로 소리를 지르지 않으면 들리지 않는 것이다.

"나는 괜찮아."

고이치도 고함을 질렀다.

관객에게 질서를 호소하는 방송이 거듭됐다. 그러나 관객의 귀에는 들리지 않는지 비상구 부근에서는 여전히 일대 혼란이 계속되고 있었다.

"야, 저거 마사시 아냐?"

뒤를 돌아보던 데쓰야가 그렇게 물었다. 고이치가 고개를 돌려 보니 무대 바로 앞에서 비틀거리며 왔다 갔다 하는 마사시의 모습이 보였다.

"뭐하는 거야, 저 녀석. 저런 데서 꾸물거리고 있으면 어떡해."

고이치의 말에 지금까지 축 늘어져 있던 미쓰루가 중얼거렸다.

"그 사람…… 마사시의 엄마였어."

"뭐라고?"

"맞아. 어디선가 본 것 같다고 생각했는데 마사시의 엄마였어."

데쓰야도 그렇게 말했다.

"왜 마사시의 엄마가……."

"이러고 있을 때가 아니야. 일단 피하고 나서 생각하자고."

세 사람이 무대에서 대기실로 향하는데, 무대 장치 팀이 필사적으로 기자재를 무대에서 빼내고 있었다. 그들에 섞여 미쓰루 일행도 간신히 뒷문으로 탈출했다.

"누가 구급차 좀 불러."

"불렀어. 곧 올 거야."

"세이코, 다친 데 없어?"

"난 괜찮아. 그보다 미쓰루를 어디다 좀 눕혀야겠어."

그들은 밴의 뒷문을 열고 바닥에 담요를 깐 후에 미쓰루를 눕혔다.

"고이치."

미쓰루가 그를 불렀다.

"왜?"

"테루미 좀 찾아봐."

"테루 짱?"

고이치가 주변을 둘러보았지만 고즈카 테루미의 모습은 보이지 않았다.

"이쪽에는 없는데. 다른 관객들과 함께 정면 현관으로 피신했겠지."

"그래……."

"왜? 전할 말이 있으면 내게 말해."

"아니야."

미쓰루가 고개를 저었다.

"말로는 전하기 어려운 얘기야."

"말로는?"

그때 소방차가 도착하고 방화복을 입은 소방관들이 차에서 내려 건물 안으로 들어갔다. 건물 창문에서는 연기가 계속해서 피어 나오고 있다.

이어 구급차도 달려왔다. 구급대원이 미쓰루를 들것에 옮겼다.

"미쓰루!"

인파를 헤치고 사부리가 모습을 나타내더니 들것으로 달려왔다.

"어이, 미쓰루. 괜찮나?"

"괜찮습니다. 그보다 사부리 씨, 고즈카 테루미라는 여학생을 찾아 주십시오. 지금쯤 그녀도 광악을 연주할 수 있을 겁니다. 여차하면 저 대신 그녀에게 연주를 시키세요. 그리고 그녀를 반드시 지켜 주십시오."

"뭐라고, 지금 무슨 소리를 하는 거야?"

그러고서 미쓰루는 구급차에 실리고 말았다. 사부리는 고이치와 데쓰야를 돌아보며 고함을 질렀다.

"누구 하나 따라가."

"제가 가겠습니다."

그렇게 말하고서 고이치가 구급차에 올라탔다.

25

고즈카 테루미는 콘서트홀의 앞에서 두 번째 줄에 앉아 있었다. 그래서 마사시의 엄마가 무대 위로 올라가는 모습부터 그녀가 미쓰루에게 내민 꾸러미가 폭발하는 광경까지를 한눈에 목격했다.

그것은 그녀의 상상을 뛰어넘는 사건이었다. 모든 것이 꿈속에서 일어난 일만 같았다. 특히 마사시 엄마의 몸이 산산이 흩어지는 광경은 그야말로 악몽이었다.

공황 상태에 빠진 군중에게 휩싸인 테루미는 그저 그 흐름에 몸을 맡길 수밖에 없었다. 거스르면 쓰러져 짓밟힐 것 같았다. 실제로 테루미 바로 뒤에서 몇십 명이나 되는 관객이 도미노처럼 쓰러졌다.

테루미 자신은 간신히 건물 밖으로 빠져나왔지만, 그녀는 미쓰루가 걱정돼 견딜 수 없었다. 그렇게 가까이에서 폭발물이 터졌으니 무사할 리 없다고 생각했다.

테루미 자신은 육체보다 정신적 피로감이 엄청났다. 그녀는 거의 비틀거리다시피 하면서 가까스로 집으로 돌아왔다. 텔레비전 뉴스로 사건을 알게 된 부모는 무사히 돌아온 그녀를 보고 눈물을 흘리며 기뻐했다.

그날 밤 늦게부터 테루미의 몸에 열이 올랐다. 그녀는 몇 번이나 꿈을 꾸었다. 매번 눈앞에서 무언가가 폭발하는 장면에 그녀는 몸부림치며 눈을 떴고, 그럴 때마다 땀을 비 오듯 흘렸다.

몇 번째인가 꿈에 미쓰루가 나타났다. 그는 웃으면서 테루미에게 손짓했다. 그녀는 숨을 헉헉거리며 그에게 뛰어가려고 했지만 거리는 좀처럼 좁혀지지 않았다.

일요일인 다음 날, 열이 완전히 내리고 기분도 좋아졌다. 테루미는 일어나 식탁에서 신문을 읽었다. 1면에 어제 사건이 실려 있었다.

무대로 올라간 여성이 시노 요리에라는 것은 이미 판명되었다. 기사에 따르면 아들인 마사시가 엄마의 이름을 밝힌 모양이었다. 그러고 보니 어제저녁 그가 근처에 앉아 있던 기억이 났다.

그런데 그녀가 왜 그런 짓을 저질렀는지에 대해서는 경찰도 전혀 실마리를 잡지 못하는 것 같았다. 기자는 평범한 주부가 그런 폭발물을 입수할 수는 없을 것이므로 배후에 어떤 조직이 도사리고 있을 것이라는 논조였지만, 경찰 대표는 아직 뭐라 말할 수 없다는 태도로 일관한다고 했다.

테루미는 시노 요리에가 무대로 올라갔을 때를 되새겨 보았다. 테루미는 요리에의 몸에서 위험한 빛을 전혀 감지하지 못했다. 만약 그녀에게 미쓰루를 살해할 의사가 있었다면 사악한 빛이 온몸에 흘러넘쳤을 것이다. 하지만 그녀의 빛은 정신이 긴장 상태라는 것만을 보여 주고 있었다. 그랬으니 미쓰루도 폭발 직전까지 방심하고 있었을 것이다.

시노 요리에는 미쓰루를 살해할 의사가 없었다. 자신이 갖고 있는 것이 폭발물이라는 사실조차 몰랐다, 테루미는 그렇게 추측했다.

이 사실을 누군가에게 전해야 한다고 생각했다. 하지만 누구에게 말한단 말인가. 자신이 사람의 정신 상태를 읽을 수 있다는 것을 어떻게 하면 사람들에게 이해시킬 수 있을까.

우노 데쓰야가 찾아온 것은 테루미가 그런 생각으로 고민하고 있을 때였다.

"같이 좀 가 줘야겠어."

그는 현관에 선 채 그렇게 말했다.

"미쓰루의 지시야."

"미쓰루는 어떻게 됐어?"

"조금 다치기는 했지만 괜찮아. 지금 병원에 있어."

"아, 다행이다. 알았어. 잠깐만 기다려."

테루미는 방으로 돌아와 광악기를 분해해서 담은 종이 상자를 들고 밖으로 나갔다. 그게 뭐냐고 데쓰야가 묻기에 안에 든 것에 대해 설명하자 그는 놀라는 눈치였다. 그리고 고개를 끄덕이며 "그래서 미쓰루가 그렇게 말했구나."라고 했다.

"미쓰루가 뭐라고 했는데?"

"가면서 얘기하자."

아파트 밖에는 데쓰야의 오토바이가 아니라 승용차가 기다리고 있었다. 테루미가 의아해하자 데쓰야가 말했다.

"테루 쨩은 우리의 VIP야."

"VIP?"

"여차하면 미쓰루 대신 연주를 해야 하니까."

그리고 데쓰야는 미쓰루가 구급차에 실려 가기 직전에 한 말을 그녀에게 전했다.

"내가 어떻게 미쓰루의 연주를 대신할 수 있겠어. 이제 겨우 이 조그만 악기를 다룰 수 있게 되었을 뿐인데."

"그렇게 엄살떨지 말고 협력해 줘. 광악이 이렇게 널리 보급되었는데 한때의 유행으로 끝낼 수야 없지 않겠어? 지금 미쓰루를 대신해서 광악을 연주할 수 있는 사람은 테루 쨩밖에 없다고."

"아니야, 그렇지 않아."

조수석에서 데쓰야를 바라보며 테루미가 말했다.

"한 사람 더 있어."

"누군데? 나도 아는 사람이야?"

"그럼, 잘 아는 사람이지. 마사시 오빠."

"마사시? 마사시가 광악을…… 그게 정말이야?"

"응, 정말이야."

테루미는 과거에 미쓰루가 그랬던 것처럼 자신이 제3초등학교 옥상에서 연주를 했다는 것과 거기에 마사시가 찾아와 연주했다는 얘기를 들려주었다.

"놀랄 일이군."

데쓰야가 고개를 절레절레 흔들었다.

데쓰야가 테루미를 데려간 곳은 그녀가 지금껏 본 적 없는 호화 맨션이었다. 밑에서 올려다보니 마치 전체가 거울인 것처럼 번쩍번쩍 빛났다. 그런 맨션의 10층에 미쓰루의 방이 있었다. 그러나 미쓰루의 모습은 보이지 않고, 젊은 남녀 몇 명이 넓은 거실에서 분주하게 오가고 있었다.

구석에 놓인 소파에 체격이 좋은 중년 신사가 앉아 있었다. 외국 영화라면 마피아 두목 같은 느낌이라고 테루미는 생각했다. 신사의 정신 상태를 읽어 보니 그는 온몸으로 짜증스러운 빛을 발하고 있었다.

"사부리 씨, 고즈카 테루미입니다."

데쓰야가 테루미를 소개했다.

"테루 짱, 이분은 미쓰루가 소속된 기획사의 대표 사부리 씨야."

안녕하세요, 하고 테루미가 인사했다. 사부리는 짜증을 겉으로 드러내지 않고 온화한 미소를 보였다.

"우노 군에게 얘기를 들었을 테지?"

"네, 들었어요. 하지만 전 아직 연주를 하기에는……."

"그래도 할 수는 있는 거지?"

"조금……."

"조금으로도 충분해. 1과 0의 차이는 1과 100만의 차이보다 크니까."

"저게 테루미의 악기입니다."

바닥에 놓인 종이 상자를 가리키며 데쓰야가 말했다.

"미쓰루에게 받은 거랍니다."

"마음이 든든하군."

"그리고 테루 짱 말에 의하면 연주를 할 수 있는 사람이 한 명 더 있답니다."

데쓰야가 시노 마사시라는 이름을 말하자 사부리의 얼굴이 험악하게 일그러졌다.

"그 여자의 아들? 영 탐탁지 않은 얘기로군. 어떻게 우리 편이라고 믿을 수 있겠어."

"마사시 오빠는 적이 아니에요. 아마 마사시 오빠의 엄마도 미쓰루를 살해할 마음은 없었을 거예요."

테루미의 말투가 사뭇 단정적이라 사부리는 뒤통수라도 얻어맞은 표정으로 데쓰야와 마주 보았다.

"어째서 그렇게 생각하지?"

데쓰야가 물었다.

"믿지 않겠지만……."

테루미는 자신이 사람의 몸에서 나오는 빛을 볼 수 있으며, 그 빛으로 그 사람의 정신 상태를 알 수 있다고 설명했다. 그런데 두 사람이 들으면 웃을지도 모른다고 생각했던 그녀의 우려는 기우에 지나지 않았다. 그들의 진지한 표정은 조금도 바뀌지 않았다.

"데쓰야."

사부리가 말했다.

"자네도 요즘 이상한 것이 보인다고 하지 않았나?"

"네, 간혹요. 미쓰루에게 물어봤더니 광약의 영향 때문이니 걱정할 것 없다고 했습니다. 저는 그 빛이 어떤 의미인지까지는 모릅니다."

"그러다 보면 자네도 테루 짱처럼 될 수 있을지도 모른다는 얘기군."

"어, 그런 건가요?"

데쓰야가 반신반의하는 표정으로 고개를 갸웃거렸다.

"아무튼 테루 짱의 능력을 통해 보면, 시노 요리에에게 살의가 없었다는 거지?"

네, 하고 테루미는 대답했다.

흠, 하면서 사부리는 팔짱을 끼고 턱에 손을 댔다.

"나도 그 여자가 그런 일을 혼자 했으리라고는 생각지 않아. 틀림없이 누군가에게 이용당한 거겠지."

"짐작 가는 데라도 있습니까?"

데쓰야가 물었다.

"그야 얼마든지 있지. 야쿠자, 우익, 종교 단체 등등. 적은 썩어 나갈 정도로 많아."

그때 분주하게 움직이던 젊은 남자가 다가왔다.

"그 여자가 앉아 있던 자리는 출판사용으로 확보한 티켓이었습니다."

"어느 출판사야?"

"××출판사입니다."

"문의해 봤나?"

"네. 그런데 좀 이상합니다. 그쪽은 티켓을 넉 장 받았다고 하는데, 우리 쪽 기록에는 다섯 장이라고 적혀 있어요."

"뭐라고? 넉 장을 누구에게 줬는지는 정확하게 알 수 있나?"

"네, 그게 넉 장 다 직원들에게 줬다고 합니다. 젊은 사원들이고, 당일 본인들이 모두 콘서트에 갔답니다."

"티켓을 발행한 사람은 누군지 알 수 있어?"

"그게…… 여기 있는 사람이 아닙니다."

젊은 남자가 뒤를 돌아보았다.

"그럼 여기 있는 사람 외에 티켓 발행을 조작할 수 있는 자가 누구지?"

"고이치, 그리고…… 세이코."

데쓰야가 중얼거렸다.

세이코라면 그 여자일까 하고 테루미는 생각했다. 고이치가 사랑하는 여자…….

"고이치는 병원에 있고. 세이코는 어디 있어? 왜 여기 없는 거야?"

데쓰야가 바로 옆에 있는 전화기를 들었다. 사부리는 손가락으로 자신의 무릎을 톡톡 치기 시작했다. 그가 점점 짜증스러워한다는 것이 테루미의 눈에는 확실하게 보였다.

전화를 걸던 데쓰야가 어리둥절한 눈빛으로 사부리를 보았다.

"세이코의 전화가 연결되지 않습니다."

26

고이치는 휴대 전화를 부여잡고는 "그럴 리가……."라고 중얼거리더니 그 이상 말을 잇지 못했다. 세이코가 자신을 배신하다니, 절대 있을 수 없는 일이다.

"나 지금 세이코가 살던 아파트에 있어."

수화기 저편에서 데쓰야의 목소리가 들렸다.

"경비에게 부탁해서 문을 열어 달라고 했는데 안에 아무것도 없었어. 텅 비었다고. 경비 말이 어제 이사했대."

"이사 간 곳은?"

"몰라. 경비가 가지고 있는 연락처는 엉터리야. 지금 다른 사람이 주민 센터에 가서 전입신고가 돼 있는지 조사하고 있는데, 그런 걸 제대로 했을 리 없지. 오쓰 세이코라는 이름도 아마 가짜일 거야."

"하지만 가명으로는 아파트를 빌릴 수 없잖아. 그 아파트는 그렇게 허술한 데가 아니라고."

"아파트를 빌릴 때 무슨 서류를 작성했는지는 모르지만, 돈만 주면 안 될 게 뭐가 있겠어. 아무튼 지금 그쪽도 조사하고 있어."

"믿을 수가 없군. 세이코가…… 아니야, 절대 아닐 거야. 뭔가 착오가 있을 거야."

"나도 그렇게 생각하고 싶다. 하지만 증거가 이렇게 많으니 부정해 봐야 소용없지. 아무튼 넌 미쓰루 옆에 있어. 뭐라도 알게 되면 내가 연락해 줄 테니까. 그리고 만에 하나, 그런 일은 없겠지만, 세이코에게서 연락이 오면 즉시 알려 주고. 알았지?"

알았어, 하고 고이치는 대답했다.

전화를 끊은 후에도 고이치는 머리가 멍했다. 처음 세이코를 만나던 날 차고에 숨어 있던 그녀의 모습은 연기였다는 말인가?

"세이코 때문이야?"

침대에 누워 있던 미쓰루가 말을 걸었다. 고이치는 천천히 그쪽으로 고개를 돌렸다. 미쓰루가 말을 이었다.

"역시 그녀가 얽혀 있었군."

"역시?"

고이치의 눈이 휘둥그레졌다.

"미쓰루, 넌 세이코의 정체를 알고 있었어?"

"어렴풋이."

"언제부터?"

"그야 네가 처음 소개했을 때부터지."

미쓰루는 한숨을 쉬었다.

"어떻게 알았어?"

"그걸 설명하기는 몹시 어려운데…… 한마디로 그녀 몸에서 음모의 빛이 보였다고 할까. 난 그런 걸 볼 수 있거든."

이번에는 고이치가 후, 숨을 내쉬었다.

"그럴지도 모르지. 넌 뭐든 할 수 있으니까. 그런데 그걸 왜 알려 주지 않았어? 넌 늘 그러더라. 우리에게는 아무것도 가르쳐 주지 않아. 혼자서만 알고. 하기야 넌 천재니까 우리 같은 평범한 사람에게 설명해 봐야 시간 낭비일지도 모르지. 그래도 이번 일은 다르잖아. 세이코가 나쁜 여자였다면 그렇다고 말을 해 줬어야지. 그랬으면 이번 사건은 터지지 않았잖아."

고이치가 한꺼번에 말을 쏟아 내고는 파이프 의자에 앉아 두 손으로 머리를 움켜잡았다.

"더구나,"

미쓰루가 덧붙였다.

"네가 상처를 입는 일도 없었겠지. 네 말이 맞아. 이번에는 내가 잘못 봤어."

고이치가 고개를 들었다. 머리에 붕대를 감은 미쓰루와 눈이 마주쳤다.

"그녀는 적의 스파이가 틀림없었지만 잘하면 우리의 전력으로 쓸 수 있겠다고 생각했어. 그래서 아무에게도 말하지 않았던 거야. 중요한 얘기만 그녀 있는 데서 안 하면 되니까. 테루 짱이 광악을 연주할 수 있게 되었다는 사실을 숨긴 것도 그녀를 통해서 적에게 누설될까 봐 그랬던 거야."

"세이코를 전력으로?"

"응. 더블 스파이로 활용할 수 있겠다고 생각한 거지. 너는 지금 그녀의 모든 것이 거짓이었다고 실망하고 있겠지만, 그녀가 널 좋아한 건 사실이야. 네가 지금도 그녀를 좋아하는 것처럼."

"난 이용당했어. 그녀는 나를 좋아하는 척했을 뿐이야."

"처음에는 그랬겠지. 그런데 점차 진심으로 널 좋아하게 됐어. 그녀는 그녀 자신이 자각하는 것 이상으로 널 좋아하고 있어. 문제는 그걸 언제 깨닫느냐 하는 거였지. 그런데 적의 작전이 그 시점보다 빨리 진행된 거야. 그녀는 아마 주저하면서 작전을 실행했을 거야. 내가 안이하게 생각했어."

"빨리 말해 줬으면 좋았잖아. 설득할 수 있었을지도 모르는데."

그러나 미쓰루는 고개를 저었다.

"이쪽의 설득에 마음을 바꾼다면 적의 설득에도 넘어갈 우려가 있다는 뜻이잖아. 그래서 기다리는 수밖에 없었어."

그리고 미쓰루는 다시 한 번 중얼거렸다.

"내가 잘못 봤어."

"세이코는 지금 어디 있지?"

고이치가 물었다.

"오쓰 세이코란 인물은 이제 어디에도 존재하지 않겠지."

밤 10시에 고이치는 간이침대에 누웠다. 옆에서는 미쓰루가 규칙적인 숨소리를 내면서 자고 있다. 저녁을 먹은 후 맞은 주사의 효과인 듯하다. 온몸에 붕대를 감은 모습이 안쓰러웠다.

고이치는 담요를 덮고 눈을 감았다. 그 눈 속에 떠오르는 것은 역시 세이코의 모습이었다. 저녁때 데쓰야로부터 그녀가 역시 전입신고를 하지 않았다는 연락이 왔다. 아파트를 빌릴 때 작성한 서류 역시 모두 가짜였다.

그런데도 고이치는 세이코를 미워할 수 없었다. 미쓰루에게 그런 얘기를 들었기 때문인지 모르겠지만, 설령 듣지 않았더라도 자신은 아마 그녀를 원망하지 않을 것이라고 생각했다. 그녀와 함께 지낸 시간이 그만큼 행복했기 때문이다. 지금 다시 생각해 봐도 여태까지 살아온 인생에서 최고의 시간이었다고 단언할 수 있다. 설사 그것이 애초부터 조작된 것이었다 해도.

그런저런 생각을 하다가 잠깐 잠이 들었던 것 같다. 무슨 소리가 나서 눈을 번쩍 떴다. 고이치는 눈만 움직여 옆을 보았다.

병실 문이 활짝 열려 있고 하얀 가운을 입은 남자 둘이 미쓰루를 들여다보고 있었다.

뭐지, 하고 고이치는 생각했다.

남자들이 서로 고개를 끄덕이더니 미쓰루의 침대를 움직였다. 그때 한 남자가 고이치 쪽을 보았다. 그는 얼른 눈을 감았다.

놈들이 방에서 나가는 기척이 느껴지고, 이어서 바퀴가 바닥을 굴러가는 소리가 났다. 고이치는 침대에서 벌떡 일어나 문을 살짝 열고 바깥 동정을 살폈다. 남자들이 침대를 밀며 뛰어가 엘리베이터를 타려는 참이었다.

고이치는 병실에서 뛰쳐나가 엘리베이터 앞으로 달려갔다. 여기는 3층. 엘리베이터는 아래로 내려가고 있었다. 그는 옆에 있는 비상계단으로 뛰어 내려갔다.

1층에 도착해 복도 양쪽을 돌아보았다. 아까 그 남자들이 침대를 밀고 가는 모습이 보였다. 고이치는 그들에게 들키지 않도록 조심하면서 뒤를 밟았다.

남자들이 비상구를 지나 뒤쪽 주차장으로 나갔다. 거기에 구급차 한 대가 서 있었다. 그들은 미쓰루를 그 안으로 옮겼다.

미쓰루를 어디로 데려가려는 거야! 그렇게 외치려다 고이치는 겨우 참았다. 만약 놈들이 적이라면 어설픈 하수들은 아닐 것이다.

얼른 주변을 돌아보았다. 경찰은 뭘 하고 있는 거야, 불쑥 그런 생각이 들었다. 틀림없이 놈들이 미쓰루의 목숨을 노릴 테니 병원도 경찰이 감시하고 있다는 얘기를 들었다. 그런데 지금은 어디에도 경찰이 보이지 않았다.

둘은 구급차에 올라타자 천천히 차를 출발시켰다. 고이치는 구급차가 주차장을 벗어날 때까지 기다렸다가 밖으로 뛰어나가 아침에 타고 온 오토바이에 올라탔다.

거리로 나가자 구급차가 금방 눈에 띄었다. 빨간 등이 점멸하고 있으니 못 볼 수가 없다.

어느 정도 거리를 두고 고이치는 미행을 계속했다. 어느 틈엔가 구급차는 교외를 달리고 있었다.

30분 이상을 달린 후 구급차는 야트막한 언덕을 오르기 시작했다. 고이치는 너무 거리가 좁혀지지 않게 주의하면서 외길을 달렸다.

마침내 앞쪽에 하얗고 커다란 건물이 나타났다. 구급차가 그 안으로 들어갔다. 고이치는 구급차가 건물 안으로 들어가기 직전에 오토바이에서 내려 걸어서 건물로 다가갔다. 문에 경비인 듯한 남자가 서 있다. 고이치는 담을 기어올라 안쪽으로 뛰어내렸다.

아까 그 구급차는 건물 정면 현관 앞에 서 있었다. 두 남자가 미쓰루를 건물 안으로 운반하고 있었다. 그리고 땅딸막한 남자 하나가 옆에 서서 그 광경을 지켜보고 있었다.

나무 뒤에 숨어서 고이치는 휴대 전화를 꺼냈다. 그런데 하필이면 이럴 때 배터리가 없었다. 그는 혀를 차면서 전화를 주머니에 도로 집어넣고 주위를 살피며 살금살금 건물로 다가갔다.

뒤쪽으로 돌아가니 열린 창문 하나에 불이 켜져 있었다. 고이치는 그 안을 들여다보려고 숨을 죽인 채 아래로 다가갔다. 그런데 불쑥 어떤 목소리가 들렸다.

"아무도 눈치채지 못했겠지."

노인의 목소리인 듯했다.

"괜찮을 겁니다. 뭐, 눈치를 챘다 해도 여기까지 옮겨 온 이상 그다음은 어떻게든 되겠죠."

이번에는 그보다 젊은 목소리다. 아까 밖에 있던 중년 남자인 듯했다.

"마취는 된 거지?"

"앞으로 여덟 시간은 지속될 겁니다. 수술은 언제 합니까?"

수술? 고이치는 숨을 삼켰다.

"서두를 거 없어. 세상에 둘도 없는 귀중한 샘플이야. 이 기회에 최대한 많은 자료를 뽑아내야지. 광악도 해명해야 하고 말이야."

"하지만 위에서는 최대한 빨리 뇌 수술을 시행하라고……."

뇌 수술이라니.

"뭐가 위라는 거야. 우리에게 위는 없어. 우리는 우리야. 놈들에게 협력은 하지만 지시를 받을 생각은 없네."

"알겠습니다. 그럼 수술은 언제 한다고 하면 되겠습니까?"

"일주일 내로 하겠다고 해. 너무 오래 끌어도 위험한 건 사실이니까."

큰일이다. 한시 빨리 알려야 하는데…….

고이치는 몸을 숙이고 왔던 방향으로 되돌아섰다.

그런데 눈앞에 검은 그림자가 있었다. 조금 전까지 하얀 가운을 입고 있던 두 남자가 지금은 검은 작업복 차림으로 고이치를 내려다보고 있었다.

27

콘서트장에서 폭발 사건이 있고 나서 이틀 후인 월요일, 테루미가 학교에 가니 교실이 온통 그 얘기로 떠들썩했다. 테루미가 현장에 있었다는 사실이 알려지자 그녀에게 질문이 쏟아졌다.

"도망치느라 정신이 없었기 때문에 기억이 잘 안 나."

어떤 질문에나 그녀는 그렇게 대답했다. 그리고 그 말의 절반은 사실이었다.

테루미는 오늘 아침에도 신문을 읽고 왔다. 폭파 사건의 진상을 규명하는 작업이 순조롭지 않은 듯했다. 시노 요리에의 단독 범행으로 보기는 어렵지만, 그 배후에 어떤 조직이나 공범자가 있다는 증거는 아직 찾아내지 못한 것 같았다.

또 시노 요리에를 아는 주변 인물들의 의견은 그녀가 요즘 들어 어딘가 모르게 좀 이상했다는 점에서 일치했다. 늘 뭔가를 고민하는 표정이었고 초조한 기색이었다고 했다. 그 이유로 그녀의 외아들을 지적하는 사람도 있었다. '아들이 광악에 미쳐 있다'고 요리에가 말했다는 것이다.

그 외아들, 즉 마사시는 현재 행방불명이라고 한다. 너무 큰 충격을 받은 탓에 충동적으로 집을 나간 것으로 추정되고 있었다.

테루미는 그의 심정을 생각하면 몹시 슬퍼졌다. 만약 자기 눈앞에서 엄마가 폭사한다면 자신은 미쳐 버릴지도 모르겠다고 생각했다.

마사시도 걱정이지만 미쓰루 역시 마음에 걸렸다. 생명에는 지장이 없다고 하지만 역시 광악을 다시 연주하게 되기까지 상당한 시간이 걸릴 것이다.

테루 짱, 네가 대신 광악을 연주해야 할지도 모르겠다. 어제 사부리라는 남자는 그렇게 말했다. 우노 데쓰야도 기대하는 눈치였다. 하지만 테루미는 아직 자신이 없었다. 자신이 미쓰루를 대신하다니, 도저히 그럴 수 없다고 생각하는 것이었다.

이날 수업이 끝난 후 테루미가 친구 두 명과 집으로 돌아가는데 갑자기 검은 오토바이가 나타났다. 우노 데쓰야였다.

"일이 생겼어. 나랑 같이 가 줘야겠다."

그리고 그는 헬멧을 던졌다.

"일이라니, 뭔데?"

"여기서는 얘기할 수 없어."

테루미는 의식을 집중해서 데쓰야의 정신 상태를 읽었다. 그의 온몸에서 초조함과 불안, 분노의 빛이 비쳤다.

미쓰루에게 무슨 일이 있구나, 테루미는 직감적으로 깨달았다.

"알았어. 갈게."

그녀는 친구들에게 "볼일이 좀 생겼어."라고 말하고는 헬멧을 쓰고 데쓰야의 오토바이에 올라탔다. 친구들은 어안이 벙벙한 표정이었다.

"간다."

그렇게 말하는 것과 동시에 데쓰야의 오토바이가 달리기 시작했다. 세일러복의 치맛자락이 펄럭거렸다.

예의 고층 맨션 주차장에 도착하자 둘은 오토바이에서 내렸다. 헬멧을 벗은 데쓰야의 얼굴이 지금까지 본 적 없을 만큼 심각했다.

"미쓰루가 없어졌어."

10층으로 올라가는 엘리베이터 안에서 데쓰야가 툭 말을 뱉었다.

"없어졌다니? 그게 무슨 소리야?"

테루미는 자신의 두 볼이 경직되는 것을 느꼈다. 동시에 맥박이 빨라졌다.

"병원에서 사라졌어. 어젯밤에."

"어떻게?"

"그걸 알면 이러고 있지 않지. 어떻게 된 일인지 도무지 모르겠어. 오늘 아침 병원에서 전화가 왔는데, 환자가 없어졌다는 거야. 헐레벌떡 달려가서 주변을 샅샅이 찾아봤지만 어디에도 없었어. 미쓰루뿐만이 아니야. 고이치, 그 녀석도 없어졌어."

"고이치 오빠까지……."

어디로 간 걸까. 설마 고이치가 미쓰루를 어디로 데려가지는 않았을 것이다.

엘리베이터가 서고 문이 열렸다. 둘은 서둘러 사무실로 갔다.

사무실에서는 어제와 마찬가지로 많은 사람이 분주하게 움직이고 있었다. 구석 소파에 사부리가 다리를 꼬고 앉아 있는 모습도 어제와 같았다. 그런데 그의 초조함은 어제에 비할 바가 아니었다.

"사부리 씨, 테루 짱을 데려왔습니다."

데쓰야가 그렇게 말하는데도 사부리는 어제와 달리 웃는

얼굴을 보이지 않았다. 그녀를 힐금 보더니 고개를 끄덕이면서 데쓰야에게 명령했다.

"옆방으로 안내해. 그리고 테루미 양 집에 연락해서 당분간 우리가 데리고 있을 테니까 걱정하지 말라고 하고. 학교에도 연락해서 휴학 절차를 밟도록."

"알겠습니다."

"저, 잠깐만요. 이러시면 곤란해요."

테루미가 사부리와 데쓰야의 얼굴을 번갈아 보면서 말했다.

"미쓰루 오빠를 대신하는 건 수락했지만 집을 나와서 여기 살겠다고는 하지 않았어요. 게다가 휴학까지 한다는 건……."

"그건 말이지, 너를 위한 조처야."

사부리가 감성을 억누른 사무적인 투로 말했다.

"그 이유에 대해서는 우노 데쓰야가 자세하게 설명해 줄 거야. 아무튼 지금은 내가 하라는 대로 따라 주면 좋겠군."

"난 갈아입을 옷도 없는데……."

테루미가 그렇게 말하자 사부리가 오른손을 들더니 손가락을 딱 울렸다. 검은 투피스를 입은 젊은 여자가 나타났다.

"적당한 가게에 연락해서 테루미 양에게 어울릴 만한 옷을 가져오라고 해. 판단하기 어려우면 가게에 있는 걸 전부 가져오라고 하든지. 지금 당장."

알겠습니다, 하고 여자가 물러갔다. 사부리가 테루미를 돌아보았다.

"다른 건 필요한 거 없나?"

테루미는 똑바로 선 채로 고개를 저었다.

"아니요……."

"그럼 미안하지만 옆방에서 좀 쉬고 있어. 나는 미쓰루를 찾아야 하니까."

사부리가 손바닥으로 옆방을 가리켰다.

그 방은 미쓰루의 침실이었다. 킹사이즈 침대를 놓고도 탁구대 두 개를 나란히 놓아도 될 만큼 여유 공간이 있었다. 테루미는 교복을 입은 채 침대에 앉았다.

"사부리 씨는 미쓰루 오빠가 어디 있는지 아는 것 같아?"

테루미가 데쓰야에게 물었다. 하지만 그는 고개를 저을 뿐이었다.

"스스로 모습을 감춘 게 아니라 납치당했다고 보고 있어. 나도 그렇게 생각하고."

"납치? 누가 납치를 해?"

"글쎄……. 하지만 예의 폭발 사건을 꾸민 놈들인 것만은 틀림없을 거야."

"미쓰루 오빠를 죽이려고 하는 거야?"

그렇게 묻는 목소리가 떨렸다.

"잘은 모르지만, 그럴 가능성은 없을 거라고 생각해. 죽이는 게 목적이었다면 굳이 납치할 필요가 없었겠지. 뭐, 그렇기를 바라는 거지만."

"죽일 목적이 아니라면 납치는 왜 했을까?"

"문제는 바로 그거야. 몸값을 노리고 일을 벌였을 가능성이 가장 큰데, 지금까지는 범인 쪽에서 아무런 연락이 없었어."

"경찰에는 신고했어?"

"일단은 했지."

데쓰야가 조그맣게 한숨을 내쉬었다.

"사부리 씨는 경찰을 전혀 신용하지 않지만, 신고를 안 했다가 나중에 사건이 알려지면 곤란할 수도 있으니까 말이지. 아마 미쓰루의 집에 형사들이 모여 있을 거야."

테루미는 며칠 전 광악기를 가지러 갔을 때 만난 미쓰루의 엄마를 떠올렸다. 부상을 입은 몸으로 병원에서 없어졌다고 하니 걱정이 이만저만 아닐 것이다.

"그런데 왜 나까지 여기 있어야 하는 거야?"

테루미가 데쓰야를 올려다보면서 물었다.

"사부리 씨는 범인의 목적이 광악 자체를 말살하는 것이라고 추측하고 있어. 그러니 광악을 연주할 수 있는 테루 짱도 놈들의 타깃이 될 우려가 있지. 테루 짱을 지키라고 한 미쓰루의 지시도 있었고."

"다음에는 내가 납치될지도 모른다는 얘기야?"

"그럴 가능성이 없다고는 할 수 없지."

데쓰야의 말에 테루미는 등골이 오싹해졌다.

"그럼 내가 연주할 수 있다는 걸 범인이 안다는 말이야?"

"그거야 뭐라 말할 수 없지. 아무튼 어디에 스파이가 있을지 모른다고. 오쓰 세이코의 예도 있고 말이야."

"아, 그 여자……."

그 여자를 생각하면 테루미는 씁쓸한 기분이 들었다. 소마 고이치가 떠오르기 때문이다. 고이치는 세이코가 사실은 스파이였다는 소식을 들었을까. 그 사실을 알았다면 어떤 생각을 했을까. 세이코를 좋아하는 마음에 변화가 생겼을까.

"고이치 오빠도 같이 데려간 거야?"

"아마 그렇겠지. 범인이 고이치까지 노리지는 않았겠지만, 시끄럽게 굴면 골치 아프니까 같이 데려갔을 거야."

"그렇구나."

"내가 테루 짱을 여기로 데려온 건 사부리 씨의 지시도 있었지만 이유가 하나 더 있어."

"뭔데?"

"이건 내 생각인데, 테루미라면 미쓰루가 어디 있는지 알 수 있지 않을까 싶었어."

"어떻게?"

"만약 미쓰루가 무사하다면 어떻게든 도움을 청하겠지. 그럼 녀석은 어떤 방법을 사용할까? 나는 빛을 사용할 거라고 생각해. 그때 그 메시지를 읽을 수 있는 사람이 있어야 하잖아. 그러니 테루 짱이 필요한 거지."

"나는 그런 메시지 못 읽어."

테루미는 자신의 무릎을 꼭 잡고 고개를 저었다.

"아니, 할 수 있어. 할 수 있을 거야. 자신을 믿어."

데쓰야가 힘주어 말하는데 노크 소리가 났다. 조금 전에 왔던 검은 투피스 여자가 얼굴을 들이밀었다.

"부티크에서 사람이 왔어요. 테루미 양, 마음에 드는 옷을 골라 봐요."

28

빛에 눈이 부셔서 눈을 떴다. 얼굴을 찡그리며 몸을 일으키려 했지만, 뒷머리에 심한 통증이 느껴지고 온몸에서 힘이 쭉 빠져 자신도 모르게 입에서 신음이 새어 나왔다.

"무리하지 않는 게 좋을 거야."

옆에서 목소리가 들렸다. 소마 고이치는 고개를 돌려 그쪽을 보았다. 침대 위에서 벽에 기대듯 앉아 있는 미쓰루의 모습이 보였다. 아, 그래, 병원이었지. 그리고 기억이 되살아났다.

누군가에게 납치당한 미쓰루의 뒤를 밟아 산속에 있는 건물까지 왔다. 그리고 놈들에게 발각되어 뒷머리를 얻어맞고 정신을 잃었다.

고이치는 아픈 머리를 누르면서 천천히 몸을 일으켰다. 자신 역시 침대 위에 있었다.

"내가 언제부터 여기 있었지?"

"내가 눈을 떴을 때 이미 거기서 자고 있었어."

"미쓰루는 언제 눈을 떴는데?"

"이 방에 시계가 없어서 정확한 건 잘 모르겠지만, 한 대여섯 시간 전일 거야. 잘 자던데."

미쓰루는 미소까지 머금고 있었다.

"미쓰루, 이건 예삿일이 아니야. 네가 어떻게 여기 있는지 알고 있는 거야?"

"글쎄, 자세한 건 모르겠지만…… 누가 몰래 데려온 거 아냐? 밤중에 말이야."

"그래. 난 그 뒤를 밟다가 발각된 거고. 한심해서 말이 안 나오지만."

"그런데 여기는 어디지?"

"지명은 모르겠어. 시내에서 북서쪽으로 20킬로미터쯤 온 곳이야. 사부리 씨에게 연락하려고 했는데, 이 중요한 때에 휴대 전화가 무용지물이 되다니."

그렇게 말한 후 고이치는 주머니를 더듬었다. 휴대 전화기가 없었다.

"그렇군."

미쓰루가 팔짱을 꼈다.

"폭파 사건 후로 이틀밖에 지나지 않았는데 적이 벌써 다음 단계로 들어갔다는 뜻이군. 하기야 공격할 때는 중간에 쉬지 않는 게 승부의 철칙이지만."

"미쓰루, 네게 묻고 싶은 게 있는데."

고이치는 침대 위에 정좌하고 앉아 미쓰루 쪽을 보았다.

"너 어제부터 몇 번이나 '적'이라는 표현을 썼잖아. 세이코…… 오쓰 세이코가 적의 스파이였다는 말도 했고 말이지. 너, 그 적이라는 놈들의 정체를 알고 있는 거야? 콘서트 중에 폭발물을 터뜨리고, 이렇게 우리를 납치해 감금하는 놈들이 누군지 심증이 있는 거야?"

"적이 있다는 건 알고 있었어."

미쓰루가 미적거리지 않고 대답했다.

"언제부터?"

"글쎄, 언제부터였나……. 아주 오래전인 건 분명한데."

미쓰루가 어깨를 으쓱했다.

"누구야? 이런 짓을 하는 적의 흑막이 대체 뭐냐고?"

"흑막?"

미쓰루가 어리둥절한 표정으로 되물었다.

"주모자를 말하는 거야?"

"그렇지. 뻔하잖아."

"흠."

미쓰루가 머리 뒤에 두 손을 깍지 끼고 고개를 기울였다.

"현시점에서 주모자가 누군지는 정확하게 모르겠어. 물론 대충은 짐작이 가지만. 그런데 주모자가 누군지 생각하는 건 무의미하지 않을까? 이 문제에 관한 한 주모자 따위는 편의상의 것이니까."

그의 말에 고이치는 다소 혼란스러웠다.

"현시점의 주모자? 그게 그렇게 수시로 변한다는 말이야?"

"아마도."

미쓰루가 대답했다.

"적이 오래전부터 있었다고 했는데, 구체적으로 언제쯤부터야?"

"어려운 질문이군. 거슬러 올라가자면 얼마든지 거슬러 올라갈 수 있으니까 말이야. 극단적으로는 이 지구에 생명이 탄생하는 것과 동시에 적도 태어났다고 할 수 있지."

"뭐?"

고이치는 입을 벌린 채 순간적으로 동작을 멈췄다.

"그게 대체 무슨 소리야?"

"너, 다윈의 진화론 알아?"

"진화론?"

또 엉뚱한 질문이 나오자 고이치는 당황했다.

"들어 본 적은 있지. 왜 기린의 목은 길어졌을까, 그런 거잖
아……."

"그래. 기린이 수도 없이 많다고 생각해 보자고. 그 무렵에
는 목이 긴 기린도 있고 짧은 기린도 있고…… 다양했겠지.
기린은 나뭇잎을 먹어. 기린은 점차 늘어나는 데 반해 나뭇
잎은 점차 줄어들지. 그러다 보면 굶어 죽는 기린도 생겨나
겠지. 살아남는 것은 높은 나무에 있는 나뭇잎도 먹을 수 있
을 만큼 목이 긴 부류일 거야. 살아남은 기린끼리 교배가 이
루어지면 그 자식 역시 목이 길 테고, 그러다 목이 긴 기린만
남게 된 거지."

"코끼리 코가 긴 것도 그런 식으로 설명할 수 있다고 들었
어."

"대부분의 생물은 진화론으로 설명할 수 있지. 하기야 지금
은 그 진화론에 의문을 제기하는 학설도 많지만. 기본적으로
는 우리 얘기와 관계없으니까 그 얘기는 생략하기로 하고."

미쓰루는 자세를 바꿔 오른팔을 베개 삼았다.

"통상, 진화라는 건 어마어마하게 오랜 시간에 걸쳐 이루어
져. 기린의 경우도 사실상 목의 길이는 옛날이나 지금이나

그다지 큰 차이가 없어. 그 조그만 차이가 몇천 년, 몇만 년이 지나면 큰 차이가 되는 거지. 진화의 과정에서 목이 평균보다 1센티미터 짧은 기린이 1센티미터 긴 기린을 질투하는 일은 없어."

"재촉하는 것 같아서 미안한데, 그 진화론과 이번 일이 무슨 관계가 있다는 거지?"

"들어 봐. 생물의 세계에는 때로 돌연변이라는 게 있어. 돌연변이는 시간이 엄청 걸려서 변화하는 진화를 한걸음에 껑충 뛰어넘는 형태로 나타나는 일도 있지. 예를 들어 약간의 차이는 있지만 대체로 목의 길이가 고른 기린 중에 어느 날갑자기 평균치를 웃도는 기린이 태어났다고 해 봐. 그 기린은 기존의 기린에게 어떤 취급을 받겠어?"

"질투의 대상이 되겠지."

"그래, 그럴 거야. 질투도 받고 미움도 사겠지. 기존의 종에게 그 새로운 종을 인정한다는 것은 자신들의 멸망을 뜻하니까 말이야."

거기까지 듣고서야 고이치는 헉, 하고 숨을 삼켰다.

"이제 알겠다, 네가 말하는 적의 정체를. 그 기존의 종이라는 거지?"

"사실은 이런 식으로 말하는 거 별로 좋아하지 않지만, 비유를 사용하면 이해하기는 쉽지."

미쓰루가 다시 몸을 일으켰다.

"내가 자신의 특수성을 인식한 건 세 살 때쯤이었을 거야. 다른 사람들이 색을 대충대충 파악하는 게 이상했어. 그때가 처음이었지. 그러다 다른 사람들에게는 나만큼 색의 미묘한 차이를 식별하는 능력이 없다는 걸 알게 됐지. 색뿐만이 아니었어. 내게는 보이는 것이 다른 사람들 눈에는 보이지 않는다는 것도 점차 알게 되었지."

"그게 뭐였는데?"

"빛이야. 사람들은 모두 몸에서 빛이 나. 그 빛이 내 눈에는 보였어. 그걸 보면 그 사람에 관한 정보를 손바닥 보듯 알 수 있었지."

고이치는 오쓰 세이코의 몸에서 음모의 빛이 났다고 했던 미쓰루의 말이 떠올랐다.

"사람의 마음도 읽을 수 있는 거야?"

고이치가 다소 경계하면서 물었다.

"읽어 주기를 원한다면."

미쓰루가 그렇게 대답했다.

"너 지금 내게 마음을 읽히고 싶지 않아서 엄청 경계하지? 그러면 네 몸에서는 사고에 관한 빛이 나지 않아. 정말 흥미로운 일인데, 보통 사람들도 자신의 몸에서 나오는 빛을 조종할 수 있어. 무의식중에 말이지."

고이치는 자신의 손을 보았다. 물론 아무것도 보이지 않았다.

"그럼 텔레파시와는 다른 거야?"

"텔레파시는 정신적인 감응이잖아. 그래서 떨어져 있어도 상대의 생각을 읽을 수 있는 거지. 내 경우는 그 사람의 몸에서 나오는 빛을 봐야 알 수 있어. 게다가 그 사람이 마음을 열지 않으면 아무것도 알 수 없고. 그러니까 프라이버시는 보호가 되는 셈이지. 알리고 싶지 않으면 감출 수 있고, 알고 싶지 않은 것은 알려 하지 않으면 되고."

"요컨대 말과 마찬가지라는 거야?"

"그래, 맞아. 바로 그거야."

미쓰루가 싱긋 웃었다.

"보통 사람들은 언어로 의사소통을 하지. 언어란 목소리야. 입에서 나오면 귀로 듣지. 그 주고받음을 빛으로 할 뿐이야. 온몸으로 빛을 발산하고, 눈으로 보고."

"야, 굉장하다."

고이치는 천천히 고개를 저었다.

"그러니까 너는 인류의 돌연변이인 셈이구나."

"아니야, 실은 그렇지도 않아. 이건 설명하기가 아주 어려운데."

그렇게 말하고 미쓰루가 머리를 북북 긁었다.

"나도 처음에는 내게만 그런 능력이 있는 줄 알았어. 그런 데 여러 가지로 조사하다가 그렇지만은 않다는 것을 알게 되었어. 우선 몸에서 나오는 빛 말인데, 그 빛 자체는 과학적으로도 이미 입증되었어."

"그게 정말이야?"

"인간은 물론 모든 생명체가 미량이지만 몸에서 빛을 발할 수 있어. 예를 들어서 식물은 싹이 틀 때 발광량이 늘어나는데, 그걸 바이오포톤이라고 해."

"반딧불이의 몸에서 빛이 나는 건 알지만……"

"그건 빛나는 시스템이 유독 진화한 결과라고 할 수 있겠지. 그런데 혹시 '기공'이라는 거 아니?"

"응, 텔레비전에서 본 직 있어. 중국 사람이 환자의 몸에 손을 대니까 병이 금세 낫더라. 그런 걸 말하는 거지?"

"그 기공사의 몸에서 나오는 빛을 과학적으로 관찰한 연구가 있었어. 전자기 재료 연구소라는 곳에서 한 건데, 그 실험 결과에 따르면 일반 사람이나 기공사나 바이오포톤의 양은 다르지 않았대. 그런데 기공사는 기를 사용할 때와 사용하지 않을 때 바이오포톤의 양이 현저하게 달랐다는 거야. 기를 내보낼 때는 빛이 늘어나고 멈추면 줄어들고. 그래서 나도 기공사의 치료 현장을 견학해 봤어. 결과는 그 실험 결과와 같았어. 그 사람들의 몸은 일반 사람들보다 훨씬 많이 빛났어."

"그럼 기공사가 그 빛으로 환자를 치료하는 거야?"

"빛 자체가 아니라 아마 빛과 동시에 나오는 어떤 에너지로 고치는 거겠지. 그런데 여기서 중요한 건 발광량을 인위적으로 바꿀 수 있는 인간이 오래전부터 있었다고 봐도 무방하다는 점이야."

"그렇구나. 기공은 중국의 전통적인 기술이라더니."

"그다음 문제는 그 빛을 인간이 볼 수 있느냐 하는 것이지. 빛이란 전자기파의 일종인데, 특히 그 파장이 380해리에서 780해리 사이에 있는 것을 가시광선이라고 해. 이 범위 내에 있는 빛은 볼 수 있어. 다만 빛의 양이 극단적으로 적거나 발광 시간이 짧은 경우는 봤다고 인식하지 못하지. 바이오포톤은 아주 약한 빛이야. 하지만 과거로 거슬러 올라가면 그 빛을 본 인간이 존재했다는 증거가 있어. 게다가 그 인간은 특수한 인간이 아니라 일반 대중이었지. 너도 들으면 아아, 하고 생각할 거야."

"일반 대중?"

고이치는 자신의 얄팍한 지식을 총동원해서 생각해 보았다. 하지만 그럴 만한 사람이 떠오르지 않았다.

"모르겠는데."

"어쩌면 빛을 발한 쪽의 인간에게 어떤 특수성이 있는지도 모르지. 그들은 역사적으로도 특이한 존재였으니까."

"그들?"

"다양한 종교의 교조들 말이야. 나는 그들의 메시지 자체에는 별 관심이 없어. 내가 주목하는 건, 그들을 봤다는 사람들의 일치된 인상이야. 그들이 그린 그림을 보면 잘 알 수 있지. 예를 들어서, 기독교의 성화에서는 인물이 금색을 두르고 있는 경우가 많아. 다른 종교에서도 교조들은 거의 늘 빛에 싸여 있지. 아니다, 그 몸에서 빛이 난다고 하는 게 정확한 표현일 거야. 그 빛을 대중은 아우라라고 불렀어."

"아……."

"불교에는 후광이라는 말이 있지. 부처와 보살의 몸에서 방사되는 빛 말이야. 불상을 만들 때 그걸 표현하기 위해서 뒷면에 금색 고리를 붙이곤 하잖아."

"그렇구나. 훌륭한 일을 한 사람을 두고 후광이 비친다고들 하고."

"이 세상 곳곳에서 생겨난 종교의 그런 공통점을 뭐라고 설명할 수 있을까. 나라면 가장 단순한 답을 고르겠어. 그 교조들의 몸은 실제로 보통 사람들보다 강하게 빛났다. 그리고 그들을 믿는 사람들 눈에는 그 빛이 보였다."

"왜 보였을까?"

고이치는 소박한 질문을 했다. 그러자 미쓰루가 손가락을 딱 울렸다.

"내가 주목한 것이 바로 그 점이야. 그리고 여러 가지로 생각하다가 한 가지 가설을 세워 봤어. 당시 사람들은 빛에 굶주려 있었다는 거지. 생각해 보면 알 수 있잖아? 그 무렵에는 조명 기구라야 횃불밖에 없었어. 밤이 오면 어둠이 세상을 지배했을 거야. 아주 희미한 빛을 귀중품처럼 소중하게 사용할 수밖에 없었겠지."

"희미한 빛이라도 놓치고 싶지 않은 간절한 마음이 교조들의 후광을 볼 수 있게 한 걸까?"

"아마 그럴 거야. 하지만 단순히 빛이 보였다고 해서 그 사람을 교조로 추앙했을까? 나는 그런 이유만은 아니었을 거라고 생각해."

"그럼 또 뭐가 있다는 거야?"

"그 빛 자체에 사람을 끌어들이는 힘이 있었다고 봐야겠지. 그 빛의 힘에 이끌린 사람들이 교조와 마음의 교류를 했고. 그 효과로 교조가 발하는 빛을 좀 더 강하게 느낄 수 있게 되었을 거야."

"어, 그거 혹시……."

고이치는 온몸에 소름이 돋는 것을 느꼈다.

"그래, 바로 광악이야."

"그럼 너는 교조가 되려고 했던 거야?"

"설마."

미쓰루가 몸을 살랑살랑 흔들었다.

"나는 사람들을 눈뜨게 하고 싶었을 뿐이야. 인간들 모두가 다음 진화의 열쇠를 손에 쥐고 있어. 다만 그 열쇠를 어떻게 사용하는지 모를 뿐이지. 그래서 난 위대한 선현들의 방식을 흉내 냈던 거야. 그렇다고 같은 방법을 써서는 안 되지. 현대인은 온통 빛에 둘러싸여 생활하고 있으니 굶주리는 일이 없을 테니까. 그런 상태라면 내가 발하는 빛을 감지하는 인간은 아무리 기다려도 나타나지 않을 거야."

"그래서 광악기를 사용한 거구나."

"그래, 그런 거였어."

미쓰루는 고개를 끄덕였다.

"그긴 유사 아우라, 유사 후광을 만들어 내는 장치였던 셈이지. 내가 내는 빛을 컬러 램프를 사용해서 재현한 거야. 나는 빛의 메시지에 모두 깨어나라는 내 마음을 담았어. 마침내 그 메시지를 알아차린 소년 소녀들이 내 주위에 모여들었지. 그들은 내가 기대한 대로 광악을 찾게 되었어. 강렬하게 원하게 되었지. 그리고 유사 아우라가 아니라 진정한 아우라를 보는 인간이 나타난 거야."

"그게 바로 테루미였구나……."

"그녀도 그중 한 사람이지. 하지만 내 생각에는 지금 여기저기에 눈뜨기 직전의 아이들이 있을 거야. 아니, 이미 눈을 떴을 가능성이 많아."

"나는 틀린 것 같다."

고이치가 한숨을 쉬었다.

"아무것도 보이지 않아. 보인 적이 한 번도 없어."

"네게도 보일 거야. 광악에 이끌린 사람은 언젠가 반드시 눈을 뜨게 되어 있어."

그렇게 말하고 미쓰루는 입술을 깨물면서 미간을 살짝 찡그렸다.

"문제는 눈뜰 가능성이 없는 사람들을 어떻게 하느냐지. 나는 그들을 배척할 생각이 없어. 하지만 그들은 나를 받아들이려 하지 않아. 과거 교조가 나타났을 때, 인간은 진화할 수 있는 기회가 있었지. 그러나 늘 당대 권력자들의 방해를 받았어. 왜냐하면 권력자들은 이미 눈뜰 가능성이 없는 자들이었기 때문이지. 사람을 기만하고 죽여서 권력을 차지했고, 그 권력으로 원하는 것을 모두 얻었던 그들이 순수하게 빛을 추구할 리 없으니까 말이야."

"그런데 권력자들은 진화를 왜 그렇게 싫어했을까? 자신이 아닌 새로운 자가 힘을 얻는 것에 대한 질투심이었을까?"

"밑바닥에는 그런 심리도 있었겠지. 하지만 좀 더 직접적인 이유는 그들 자신에게 있었어. 만약 사람들이 바이오포톤으로 커뮤니케이션을 할 수 있게 되면 모략이란 것이 존재하기 어렵잖아. 오쓰 세이코가 내 눈을 속일 수 없었던 것처럼 말이야. 또 사람들은 방대한 양의 정보 처리 능력을 갖게 되는데, 그렇게 되면 권력 구조가 단숨에 무너질 건 뻔한 일이잖아. 즉 그들에게는 인간의 진화 자체가 굉장히 불리한 거였지."

"지금의 일본도 거기에 해당할 것 같은데……."

"어느 나라, 어떤 시대도 마찬가지야."

미쓰루는 단정적으로 말했다.

"내가 지금 말한 걸 그들 자신도 다 알고 있어. 권력자들 사이에 전해 내려오는 말이 있어서 그들은 인민이 새로운 힘에 눈뜨는 것에 몹시 신경을 곤두세우지. 카리스마의 출현을 두려워해."

"그런데 네가 나타났다. 그래서 이 나라의 권력자들은 너를 없애려고 한다?"

"나를 없애고 광악을 일시적인 붐으로 끝내려는 거지. 그것이 그들의 최종 목표야. 그런 일은 아주 오래전부터 인류 역사에서 수도 없이 반복돼 왔어."

"어이가 없군."

그렇게 중얼거리다가 고이치는 고개를 번쩍 들었다.

"참, 놈들이 뇌 수술이 어쩌고 하는 소리를 하던데, 너에게 무슨 짓을 하려는 거지?"

"뇌 수술이라……, 그렇군."

미쓰루는 고개를 끄덕였다.

"광악의 비밀을 밝혀낸 다음에 죽이겠다, 아니면 광악 능력을 없애 버리겠다는 뜻이겠군."

"어떻게 할래?"

고이치가 물었다.

미쓰루는 대답하지 않은 채 가만히 눈을 감았다.

29

미쓰루와 고이치가 감금된 지 꼬박 하루가 지났다. 그리고 네 번째 식사가 나왔다. 식사가 나오는 간격은 상당히 규칙적이었다. 하기야 시계가 없어서 뿌연 유리창으로 보이는 태양의 위치로 시간을 가늠할 뿐이기 때문에 규칙적이라는 것은 고이치의 느낌에 지나지 않았다.

식사를 가져오는 사람은 미쓰루를 여기로 데려온 2인조였다. 한쪽은 키가 큰데 호리호리하고 다른 한쪽은 키는 작아도 가슴팍이 두툼했다.

키 작은 쪽이 왜건을 밀고 들어와 구석에 놓인 테이블에 샌드위치와 커피가 담긴 금속제 쟁반을 두 개 내려놓았다. 키 큰 남자는 그동안 팔짱을 끼고 입구 근처에 서 있었다.

"아침이다."

작은 남자가 그렇게 말하더니 곧장 왜건을 밀면서 나가려 했다.

"언제까지 여기 가둬 둘 생각이지?"

남자의 등을 향해 고이치가 물었다. 남자는 걸음을 멈추고 천천히 돌아보며 대답했다.

"이쪽의 용무가 다 끝날 때까지."

"그 용무라는 게 언제 끝나는데?"

"몰라. 알아도 너희들에게는 대답해 줄 수 없어."

남자는 파트너인 키다리와 마주 보면서 음산하게 히죽 웃더니 다시 왜건을 밀면서 움직이기 시작했다. 그리고 나가기 직전에 고이치 쪽을 보고는 덧붙였다.

"걱정할 거 없어. 둘 다 살려 보낼 거니까."

문이 닫히고 곧바로 잠기는 소리가 났다. 이어 두 남자의 웃음소리가 들렸다.

"제길."

고이치가 오른 주먹으로 왼 손바닥을 때렸다.

"어떻게든 빠져나갈 방법이 없을까."

"그 생각을 하는 것도 나쁘지는 않은데, 일단 밥부터 먹자. 나는 배가 고프거든."

미쓰루의 느긋한 말투에 고이치는 씁쓸하게 웃고 말았다.

"너 정말 대단하다. 이런 상황에서 밥이 넘어가다니."

고이치는 남자가 두고 간 쟁반을 미쓰루의 침대로 가져갔다.

"맛있겠는데."

그러고서 미쓰루는 샌드위치를 덥석 물었다.

"음, 이런 데서 먹는 것치고는 나쁘지 않아. 머스터드 맛도 적당하고."

그 모습을 보면서 고이치도 샌드위치를 입으로 가져갔다. 미쓰루 말대로 맛은 그런대로 괜찮았다.

한참을 먹는 것에만 전념했다. 하지만 고이치로서는 그 침묵을 견딜 수 없었다.

"야, 미쓰루. 어떻게 할 생각이야?"

"뭘 어떻게 해?"

미쓰루가 커피를 마시면서 되물었다.

"여기서 탈출하는 거 말이야. 그렇게 침착한 걸 보면 무슨 생각이 있는 거 아냐?"

그러나 미쓰루는 냅킨을 반으로 찢어 그 한쪽으로 입을 닦고는 대뜸 "없어."라고 대답했다.

"그럼 어떡해?"

"고이치, 우리가 왜 손발이 묶여 있지 않다고 생각해? 그건 말이지, 쉽게 탈출할 수 없는 건물이기 때문일 거야. 창문도 고정되어 있어 열리지 않지만, 만약 열린다 해도 창문으로 탈출하는 건 무리야. 아마 여기가 3층 이상일걸. 문으로 도망치는 건 더욱이 무리고. 감시가 두 명이나 붙어 있으니까."

"그럼 포기한다는 거야?"

믿을 수 없다는 듯이 고이치는 미쓰루를 보았다.

"그러는 편이 좋겠지. 내 다리도 이 모양이고."

붕대가 감긴 다리를 가리키면서 미쓰루가 말했다.

"하지만 이대로 있으면 뇌 수술을 당한다고. 그래도 상관없어?"

그러자 미쓰루가 소리 나지 않게 한숨을 쉬더니 엷은 미소를 머금었다.

"아까 그 남자가 살려 보낸다고 했잖아. 그 말을 믿자고."

"그래도 수술하면 광악을 연주할 수 없게 될지도 모르잖아."

"모르는 게 아니라 할 수 없게 되겠지."

"그래도 괜찮단 말이야!"

고이치가 주먹을 불끈 쥐었다.

"미쓰루, 너, 모두의 눈을 뜨게 하겠다고 했잖아. 진화의 주역이 되는 거 아니었어?"

미쓰루가 고이치의 얼굴을 똑바로 보았다. 그리고 나직이 말했다.

"내 역할은 이제 끝났어. 다음은 테루미와 다른 광악가들이 해 줄 거야. 괜찮아. 그들에게 맡기면 돼. 인간은 반드시 다음 진화의 문을 열 수 있을 거야. 나 하나의 조그만 능력을 틀어막으면 된다고 생각할지 모르지만, 사태는 이미 그런 수준이 아니야. 댐은 붕괴되었어."

"미쓰루……."

"진화란 그런 거야. 한 개체가 모든 것을 이끌어 나갈 수는 없어. 집합체가 있고, 그중 몇몇이 바통을 이어받으면 되는 거야. 난 그러기 위해서 광약을 세상에 공표하기 전에 2백 명 이상의 동지를 모은 거였어."

"그건 알아. 네가 모든 것을 계산하고 있었다는 건 충분히 알지. 하지만 나는 수용할 수 없어."

"개인의 감정 따위는 사소한 거야."

미쓰루는 맥없이 그렇게 말하고는 모든 것을 초월했다는 듯이 고개를 저었다.

"사소하든 어떻든, 수용할 수 없는 건 수용할 수 없는 거야."

고이치가 일어섰다. 그리고 곰처럼 이리저리 걸어 다니다가 미쓰루를 가리켰다.

"나는 무슨 수를 써서든 너를 구해 낼 거야. 뇌 수술 같은 거 받도록 절대 놔두지 않을 거야. 우리는 아직 너의 힘이 필요하다고. 그뿐 아니라 우리는 너를 좋아해. 그런데 어떻게 너를 버릴 수 있겠어."

그리고 그는 미쓰루 앞에서 무릎을 꿇었다.

"부탁이야. 좋은 방법을 생각해 봐. 너라면 불가능하지 않잖아. 여기서 탈출할 수 있는 방법을 생각해 보라고. 탈출을 위해서라면 나는 어떤 위험이든 감수할 거야."

그렇게 역설하는 고이치의 얼굴을 미쓰루는 슬픈 표정으로 바라보았다. 그리고 팔짱을 끼고는 천장을 올려다보았다.

"텔레비전 출연 말인데."

미쓰루가 불쑥 말했다.

"뭐라고?"

"텔레비전에 출연하기로 했던 거 기억해? 그날이 오늘 아니었나?"

"아, 음, 그게……."

예상치 못한 갑작스러운 질문에 고이치는 당황스러워했다. 수첩을 꺼내려 했지만 그것도 가져가 버렸는지 안주머니에는 달랑 볼펜 하나만 있었다. 그러나 미쓰루의 스케줄은 수첩을 보지 않아도 안다.

"맞아, 오늘이야. 오늘 저녁 6시. 생방송인데."

"그거, 사부리 씨가 어떻게 처리할까?"

"어떻게 처리하다니, 그야 중지하겠지. 지금 그런 거 신경 쓸 때가 아니잖아."

그런데 미쓰루는 그 말에는 대답하지 않고 고이치의 옷을 가리켰다.

"볼펜 있지? 좀 빌려 줄래?"

"뭐? 아, 알았어. 뭘 하려고?"

미쓰루가 샌드위치 밑에 깔려 있던 냅킨을 펼쳤다. 그리고 거기에 볼펜으로 뭔가를 쓰기 시작했다. 알파벳과 숫자가 줄줄이 이어졌다. 그 배열에 규칙성은 느껴지지 않았다.

다 쓰고 나자 미쓰루는 그것을 고이치에게 내밀었다.

"이걸 어떻게든 테루미에게 전했으면 해."

"테루미에게?"

"그녀는 해독할 수 있을 거야. 광악 악보니까."

"허……."

고이치는 눈을 찡그려 가며 거기에 쓰인 글자를 들여다보았지만 무슨 뜻인지 전혀 이해할 수 없었다.

"우선 이곳 위치를 표시했어."

미쓰루가 말했다.

"위치? 여기가 어딘지 어떻게 알고?"

"네가 가르쳐 줬잖아."

"나는 시내에서 북서쪽으로 20킬로미터 정도 왔다는 말밖에 안 했는데."

"그 말을 하면서 네가 어떻게 왔는지 생각했잖아. 네 몸에서 나오는 포톤으로 그걸 읽었어."

미쓰루는 아무 일도 아니라는 듯 말했다. 고이치는 어깨를 움츠렸다.

"그 외에는 뭘 쓴 거야?"

"아까 내가 말했던 거. 말로는 본질적인 부분까지 설명할 수 없으니까 그걸 악보로 쓴 거야."

"흠, 그렇구나. 그런데 테루미에게 어떻게 전하면 되지?"

"그야 네가 탈출해서 직접 전할 수 있으면 베스트지. 전화나 팩스, 이메일로 전할 수 있으면 베터. 제삼자의 손에 맡기면 굿."

그 말을 들은 고이치가 중얼거렸다.

"어떤 방법도 쉽지 않겠는데."

"전하지 못해도 괜찮아. 못 전하면 이븐."

"아니, 어떻게든 꼭 전할게. 문제는 저 두 남자야."

고이치는 손가락으로 입구를 가리켰다.

"팔뚝도 장난이 아니던데."

"지금은 무리야. 조금 더 기다려 보자. 반드시 기회가 생길 거야."

"꽤 자신 있는 말투인데."

"놈들이 원하는 건 나야. 좀 있으면 나를 데리러 오겠지. 그때 아마 둘 중의 하나는 내게 붙을 거야. 그렇게 되면 이 방에는 감시가 한 명만 남으니까."

"작은 쪽이 남으면 좋겠다."

고이치는 그만 속내를 드러내고 말았다.

"어느 쪽이든 마찬가지야. 너는 손가락 하나 까딱하지 않고도 상대를 쓰러뜨릴 수 있어."

미쓰루는 옆에 있는 전기스탠드를 집어 들었다.

30

기회는 좀처럼 찾아오지 않았다. 창문으로 비치는 햇살이 점점 강렬해질 무렵 또 두 남자가 들어왔지만 "점심이다."라며 냉동이었을 게 분명한 볶음밥 2인분을 두고 갔을 뿐이었다. 쟁반을 옮기는 쪽은 역시 작은 남자고 키다리는 아침에 그랬던 것처럼 입구 언저리에 서서 날카로운 눈초리로 고이치 쪽을 지켜보고 있었다.

"이걸 기다리고 있었어."

남자들이 나간 후 미쓰루는 작업을 시작했다. 고이치는 불안한 심정으로 그 작업을 바라보았다.

"잘될까?"

"밑져야 본전이라고 했잖아."

정확한 손놀림으로 작업을 하면서 미쓰루가 말했다.

"좋아, 이제 됐어. 완료야."

"놈들이 언제 또 오려나."

볶음밥을 절반만 먹은 고이치는 초조하고 답답했다.

"뭘 하려면 빨리빨리 할 것이지."

"너무 초조해하지 마. 때가 다 됐어. 조금 전에 차가 멈추는 소리가 났거든. 소리로 봐서 3천cc급 승용차일 테니 손님이 온 것 같군."

미쓰루가 말한 대로 잠시 후 문이 열렸다.

예의 2인조가 바퀴 달린 침대를 밀면서 들어왔다. 작은 남자가 미쓰루 앞으로 걸어왔다. 손에 주사기를 들고 있었다.

"팔 내밀어."

남자가 말했다.

"안 돼."

고이치가 외쳤다. 키다리가 힐끗 노려보았다.

저항해 봐야 소용없다고 생각했는지 미쓰루는 순순히 왼팔을 내밀었다. 작은 남자가 그 팔에 주사기를 꽂았다. 미쓰루는 얼굴을 살짝 찡그리더니 잠시 후 의식을 잃었다.

작은 남자가 그를 침대에 옮기고는 키다리에게 "됐어."라고 말했다. 키다리는 고개를 한 번 끄덕이고는 침대를 움직였다.

작은 남자가 테이블 위로 시선을 돌렸다. 그리고 볶음밥이 절반 정도 남아 있는 것을 보더니 얼굴을 찡그렸다.

"더 안 먹을 거면 가져간다."

"잠깐 기다려. 다 먹을 거야."

고이치는 접시를 들고 숟가락으로 볶음밥을 우걱우걱 먹기 시작했다. 키다리가 침대를 밀고 가는 소리가 멀어졌다. 작은 남자가 따분하다는 듯이 실내를 둘러보았다.

전기스탠드가 없어진 것을 눈치채지 못한 듯했다.

"자, 다 먹었어."

고이치가 접시를 쟁반에 담았다. 남자는 지겹다는 표정으로 쟁반 두 개를 그 굵은 팔로 들어 올렸다. 고이치는 몸을 구부려 바닥에 놓인 전기 코드의 플러그를 집었다.

"어, 이게 뭐지?"

남자가 그렇게 중얼거리는 순간 고이치가 플러그를 콘센트에 꽂았다.

남자의 입에서 신음도 비명도 아닌 소리가 흘러나왔다. 남자는 커다란 몸을 뒤로 젖히더니 쟁반 두 개를 양손에 든 채 바닥에 픽 쓰러졌다.

고이치는 콘센트에서 플러그를 뺐다. 전기 코드는 도중에 두 갈래로 갈라져 쟁반 두 개에 연결되어 있었다.

"심장이 약하면 죽을 수도 있지만 놈의 체격으로 봐서 기절하는 정도일 거야."

작업하면서 미쓰루가 그렇게 말했는데, 정말 말 그대로였다.

고이치는 침대 시트로 남자의 손발을 묶고 입에도 재갈을 물린 후 문틈으로 바깥 동정을 살폈다. 복도에는 사람 그림자 하나 없었다. 그는 방에서 빠져나와 살며시 문을 닫았다. 그리고 남자에게 뺏은 열쇠로 문을 잠갔다.

발소리가 나지 않게 조심조심 복도를 걸었다. 양쪽에 문이 여러 개 있는데, 뭐하는 방인지 전혀 짐작이 가지 않았다. 이곳이 무슨 건물인지조차 알 수 없었다. 병원은 아닌 듯했다. 무슨 연구소일까.

계단이 나왔다. 사방을 주의 깊게 살피면서 내려가 보았다. 여전히 사람의 기척이 없다.

좋아, 이대로 도망쳐 주지, 하고 생각했다.

한 계단을 더 내려가려는데 밑에서 말소리가 들렸다. 그는 주위를 둘러보았다. 화장실이 눈에 들어왔다.

안으로 들어가 창문을 열어 보았다. 그가 있는 곳은 2층인 듯했다. 아래는 잔디밭이다. 착지에 실패해도 발목을 삐는 정도로 그치겠다고 고이치는 판단했다.

창틀에 매달렸다가 그대로 손을 놓았다. 제대로 착지에 성공, 발목을 삐는 일은 없었다.

사방에 상수리나무가 서 있었다. 그 사이로 뛰었다. 방향은 알 수 없지만, 아무튼 뛰어가다 보면 담이 나올 것이라고 생각한 것이다.

철조망이 쳐진 담이 앞쪽에 보였다. 그는 뛰어가던 기세를 몰아 담으로 뛰어올랐다. 이제 잠시 후면 탈출할 수 있다.

철조망을 넘어 뛰어내렸다. 방심한 탓인지 이번에는 착지에 실패했다. 찌르르 하는 통증이 오른발에 느껴졌다. 얼굴을 찡그리면서 웅크렸다. 이러고 있을 때가 아니다.

일어나야 한다. 일어나 뛰어야 한다. 이를 악물었을 때 머리 위에서 목소리가 들렸다.

"손잡아 줄까?"

낮고 악의에 찬 말투였다. 고이치는 천천히 얼굴을 들었다. 예의 2인조 중 키다리가 팔짱을 낀 채 내려다보고 있었다. 그 뒤에도 남자가 셋이나 있었다.

키다리는 윗도리 안주머니에서 무전기를 꺼냈다.

"잡았어. 지금 데리고 가지."

스위치를 끈 후 남자는 고이치를 보고서 씩 웃었다.

"이걸로 항상 연락을 주고받거든. 대답이 없으면 무슨 일이 있다는 걸 금방 알 수 있지. 아쉽게 됐군."

작은 남자도 무전기를 갖고 있다는 뜻인 듯했다.

31

고이치가 끌려간 곳은 위층의 방이 아니었다. 키다리가 문을 노크하자 안에서 "들어와." 하는 거친 목소리가 들렸다.

내부가 하얀 벽에 에워싸인 방이었다. 창문은 없고, 안쪽에는 무대의 막처럼 하얀 커튼이 쳐져 있었다. 커튼 쪽을 향하는 형태로 소파가 몇 개 놓여 있다. 그의 위치에서는 등받이밖에 보이지 않았다.

소파 옆에 여자가 한 명 서 있었다. 그 여자가 오쓰 세이코라는 것을 알기까지 시간이 약간 걸렸다. 고이치가 아는 그녀와는 옷차림도 화장도, 그리고 표정도 전혀 달랐기 때문이다. 그녀는 그와 눈이 마주치자 아랫입술을 깨물며 고개를 숙였다.

고이치는 그녀 쪽으로 다가가려고 했다. 그러나 그러기 전에 시야 끝에서 무인가가 움직였다. 소파 하나에서 어떤 남자가 일어선 것이다.

"묘한 인연이로군."

남자가 말했다.

고이치가 남자의 얼굴을 보았다. 그 순간 숨이 멈췄다. 온몸에 소름이 좍 돋았다.

"아버지……."

고이치가 중얼거렸다.

그 말을 들은 오쓰 세이코가 눈을 부릅뜨고 남자 쪽을 봤다.

"아버지라니, 설마……."

남자는 그녀의 반응이 재미있다는 듯 싱긋 웃었다. 그리고 젊은 남녀를 번갈아 보았다.

"내 아들이야. 오랜만이구나, 고이치."

고이치는 뭐라 말이 나오지 않았다. 검은 구름이 그의 마음을 뒤덮었다. 증오심이 부글부글 끓어올랐다.

'소마 다다히로'가 그의 아버지, 지금 눈앞에 있는 남자의 이름이었다. 자신의 몸에 이 남자와 같은 피가 흐른다는 것을 얼마나 혐오했던가.

"어떻게 된 거야."

그가 간신히 말을 쥐어 짜냈다. 신음하는 듯한 목소리였다.

"뭐가 말이냐?"

"당신이 세이코를…… 세이코에게 스파이 짓을 시킨 거야?"

고이치는 그녀를 노려보았다.

그녀가 고개를 저었다.

"나는 두 사람이 부자 사이라는 걸 몰랐어."

남자가 낮은 소리로 웃었다.

"너에 대해서는 아버지인 내가 제일 잘 알지. 약점까지도 말이야. 어떤 여자를 던져 주면 좋은지도 잘 알고. 그래서 이 여자를 너에게 보냈지. 한마디로, 내 생각대로 된 거야."

"얼토당토않은 소리 마. 나에 대해서 뭘 안다고 그래."

"뭐든 다 알고 있지."

"웃기지 마."

"웃기기는. 사실이 그걸 말해 주고 있잖아. 너는 내가 보낸 여자에게 흠뻑 빠졌지. 그리고 내가 기대했던 대로 온갖 정보를 흘렸어. 너는 나를 싫어하고 내가 하는 일을 경멸하는 모양인데, 네놈은 내 손바닥 안에서 놀았을 뿐이야."

"시끄러워!"

고이치는 소마 다다히로에게 주먹을 휘두르려고 했다. 그러나 곧 키다리에게 잡히고 말았다. 등 뒤에서 두 팔을 포박하는 바람에 꼼짝도 할 수 없었다.

"그것 보라니까. 너는 언제나 말만 앞서지 상대를 한 대 치지도 못해. 하기야 너만 그런 게 아니지. 니희는 결국 그 정도의 인간들이야. 뭐가 아우라고 뭐가 광악이라는 거야. 웃기지 말라고."

아우라라는 말을 사용한 것으로 보아 고이치와 미쓰루의 대화를 엿들은 모양이었다. 도청 장치를 설치해 놓은 것이다.

"당신이 이번 일의 주모자야?"

고이치가 물었다.

"상당한 권한을 갖고는 있지. 하지만 주모자는 아니야. 미쓰루 군이 그러더군, 편의상의 주모자라고. 하지만 그것도 아니야. 잘 들어, 고이치. 아주 좋은 걸 가르쳐 줄 테니까. 이 세상에는 다양한 힘이 있다. 그 힘들이 균형을 유지하면서 세계를 움직이고 있지. 그리고 그 힘 위에는 또 다른 힘이 있어. 너희들 머리로는 상상도 못할 거대한 힘이 존재한다는 말이다."

"그 균형이 무너질까 봐 미쓰루를 노린 것이군."

"시라카와 미쓰루는 하나의 인자에 지나지 않아. 광악에 대해서도 우리는 잘 알고 있어. 너희들이 태어나기 전부터, 너희들 이상으로 말이지. 미쓰루 군도 말했잖아. 이런 일은 고릿적부터 반복되어 왔다고 말이야."

"하지만 이번에는 저지할 수 없을 거야. 미쓰루의 말을 들었겠지. 댐에 이미 구멍이 뚫렸어."

"저지할 거야. 아직 개미구멍에 불과하니까."

그때 다른 남자가 들어왔다.

"일행이 도착했습니다."

"이리로 안내해."

소마 다다히로는 그렇게 명령하고 나서 다시 아들에게 시선을 돌렸다.

"얘기는 이제 끝났어. 이렇게 오래 얘기를 나눠 본 것도 오랜만이군."

"당신의 얼굴은 더 보고 싶지도 않아."

"너도 언젠가 알 때가 올 거야. 그때가 되면 오늘 일을 웃으면서 얘기하게 되겠지. 그날이 오기를 기대하겠다."

그리고 소마 다다히로는 키다리에게 명령했다.

"데리고 가."

"잠깐."

고이치가 두 팔을 포박당한 채 말했다.

"저 여자와 얘기하게 해 줘. 오쓰 세이코와 단둘이."

오쓰 세이코, 아니 기즈 레이코는 화들짝 놀란 표정을 지었다.

"레이코야."

소마 다다히로가 이름을 정정하면서 피식 웃었다.

"이런 여자는 잊어. 좋은 경험이 되었을 텐데."

"얘기하게 해 달라고."

고이치가 거듭 말했다.

소마 다다히로는 잠시 생각하다가 레이코에게 고개를 끄덕여 보였다.

"같이 가."

그리고 키다리 쪽에 대고 말했다.

"둘에게서 절대 눈을 떼지 말도록."

키다리에게 끌려가듯이 고이치는 방을 나갔다. 뒤에서 레이코가 따라왔다.

"이거 봐."

키다리의 팔을 떨쳐 내고 고이치는 레이코에게 다가갔다.

그녀는 겁먹은 얼굴이었다. 그가 오른손을 들었다. 그녀의 뺨이라도 때릴 기세였다. 그녀가 눈을 감았다. 키다리는 뒤에서 순간적으로 방어 태세를 취했다.

그러나 고이치는 그 손을 내려 레이코의 손을 잡았다. 그녀가 눈을 떴다. 놀란 표정이었다.

"너에게도 자존심은 있겠지."

그렇게 말하면서 고이치가 그녀의 손을 놓았다. 그리고 몸을 빙그르 돌려 키다리에게 말했다.

"자, 이제 어디로 데려가든 마음대로 해."

그러자 키다리는 그의 두 팔을 잡고 다시 복도를 걷기 시작했다. 고이치는 끌려가면서 딱 한 번 뒤를 돌아보았다. 레이코는 하염없이 그를 바라보고 있었다.

미쓰루, 네 말을 믿었어, 하고 그는 마음속으로 중얼거렸다. 그녀가 지금도 나를 사랑하고 있다는 네 말을.

32

기즈 레이코는 화장실에 들어가 꽉 쥐고 있던 손을 폈다. 거기에는 조그맣게 접힌 종이가 있었다. 아까 손을 잡았을 때 고이치가 건넨 것이었다.

레이코가 종이를 펼쳐 보니 거기에는 숫자와 기호가 빼곡하게 적혀 있었다. 뭘 의미하는지는 알 수 없었지만, 분명 고이치의 동지들에게는 무척 중요한 것일 듯싶었다.

이걸 어쩌라는 거지?

사부리에게 전하라는 뜻인가. 그런 일이 가능할 리 없다고 레이코는 생각했다. 그들은 지금 자신이 스파이라는 것을 알아챘을 것이다. 그런 곳에 갔다가 무슨 꼴을 당할지 모른다.

게다가 이제 와서 고이치를 돕는다고 한들…….

그는 레이코를 증오하고 있을 것이다. 그럴 만하다. 아니, 당연한 일이다. 속고도 화내지 않을 인간은 없다.

하지만.

'너에게도 자존심은 있겠지.'

그렇게 말하던 그의 눈빛이 눈앞에 아른거렸다. 진지한 눈빛이었다. 거기에 또 다른 의미가 담겨 있는 것처럼 느껴졌다.

너의 자존심을 믿겠다, 그는 그렇게 말하고 싶었던 게 아닐까.

레이코는 머리를 흔들었다. 안 된다고 생각했다. 자신이 이걸 전할 수는 없다.

그녀는 화장실에서 나왔다. 그리고 아까 있던 방으로 돌아가려고 했다.

그때 마침 젊은 여자가 스쳐 지나갔다. 그녀는 손에 서류를 몇 장 들고 있었다. 그녀의 뒤를 쫓듯이 남자 하나가 뛰어왔다.

"저기, 잠깐. 이것도 같이 팩스로 보내 줘."

"알겠습니다."

젊은 여자는 고개를 끄덕이면서 서류를 받아 들었다.

팩스…….

레이코는 자신도 모르게 방향을 틀어 앞서 걸어가는 여자를 쫓아갔다. 마침내 그 여자가 걸음을 멈추고 옆에 있는 문을 열려다가 레이코와 눈이 마주쳤다.

"저……, 팩스를 보내고 싶은데요."

여자가 미심쩍어하는 표정을 지었다. 레이코가 다시 말했다.

"소마 씨 밑에서 일하는 사람이에요."

그 말에 납득한 듯 젊은 여자는 형식적인 미소를 머금더니 "들어오세요." 하고 그녀를 방으로 안내했다.

33

"대체 어떻게 된 거야?"

휴대 전화에 대고 고함치는 사부리의 목소리가 스튜디오 안을 울렸다. 그의 초조함이 시간이 갈수록 고조되고 있었다.

"그 후로 몇 시간이나 지났는데 왜 실마리 하나 못 잡고 있는 거냐고, 어?"

사부리는 머리를 쥐어뜯고는 건너편 자리에 앉아 있는 테루미를 보면서 쓸쓸하게 웃었다.

"숙녀 앞에서 이런 꼴을 보여 미안하군."

"미쓰루의 행방을 아직 모르는 건가요?"

테루미가 물었다.

"아니야, 금방 알게 될 거야. 우리는 할 수 있는 모든 걸 다 하고 있어. 반드시 찾아낼 거야. 아무튼 테루미 양은 생방송만 신경 쓰면 돼."

"저, 그 방송 말인데요."

테루미가 머뭇거리면서 말했다.

"역시 저는 못할 것 같아요. 카메라 앞에서 광악을 연주하는 거요."

"무슨 소리야, 이제 와서. 괜찮아, 테루미 양은 할 수 있어. 리허설 때도 잘했잖아. 이봐, 데쓰야."

"네."

우도 데쓰야가 옆으로 다가왔다.

"테루미 양 좀 격려해 줘. 또 불안해진 모양이야."

"무리예요."

거의 울먹이는 목소리였다.

"떨려서 어떻게 할 바를 모르겠어요."

"아무리 대단한 가수도 데뷔 때에는 다리를 떨었어."

데쓰야가 부드럽게 말했다.

"당연한 일이야. 신경 쓸 거 없어."

"하지만……."

테루미가 눈물을 머금었을 때 멀리서 "사부리 씨." 하고 부르는 소리가 스튜디오를 울렸다.

"뭐야, 시끄럽게."

사부리가 호통을 쳤다.

"방송국 사람들에게 실례잖아."

그런데 그 젊은 남자는 사부리의 호통에도 아랑곳하지 않고 다가와 여전히 흥분한 목소리로 말했다.

"사무실에 이상한 팩스가 들어왔습니다. 잘은 모르겠지만, 이거 광악 악보 아닌가요?"

"뭐라고?"

사부리가 종이를 낚아채 한 번 훑고는 테루미에게 건넸다.

"이거 뭔지 알겠어?"

테루미는 그 종이를 보았다. 거기에 적혀 있는 것은 틀림없는 악보였다.

"네, 맞아요, 악보."

테루미가 대답했다.

"그리고 미쓰루가 쓴 거예요."

"좋아, 이제 됐군."

사부리가 힘차게 고개를 끄덕였다.

"어떤 내용인지 알겠어?"

"연주를 해 보면 알 거예요."

"어이, 뭘 꾸물대고 있어. 빨리 악기 가져와."

테루미는 모두에게 떠밀리듯이 악기 앞으로 나아갔다. 그리고 방금 받은 악보를 보면서 연주를 시작했다. 그 빛을 쳐다보는 테루미의 머리에 미쓰루가 전하려는 여러 가지 뜻이 떠올랐다.

"미쓰루 오빠가…… 도움을 청하고 있어요."

"어디 있는데?"

"북서쪽. 국도를 따라 똑바로 가서……."

데쓰야는 그녀가 말하는 위치를 다급히 받아 적었다.

"좋아, 군사를 보내야겠군."

사부리가 말했다.

"데쓰야, 마스크트 반달리즘 멤버를 소집해. 무장시켜서."

네, 하고 데쓰야가 대답했다.

34

맥도날드에서 햄버거를 두 개 주문했을 때였다. 여자 점원이 시노 마사시의 얼굴을 보더니 눈살을 찌푸렸다. 돈을 받으면서도 최대한 그의 손에 닿지 않으려고 애쓰는 게 눈에 보였다.

맥도날드에서 나와 근처에 있는 공원 벤치에서 햄버거를 먹었다. 매일 이런 것만 먹으면 몸에 안 좋다고 생각하지만 남은 돈이 얼마 없었다.

집을 나온 지 며칠이나 지났을까 생각해 보았다. 이틀이나 사흘, 어쩌면 나흘인지도 모르겠다. 시간 감각이 엉망이 되고 말았다.

햄버거를 다 먹고 공원 화장실로 들어갔다. 절반이 깨진 거울을 들여다본다. 잿빛 피부에 제멋대로 송송 돋은 수염, 얼굴은 먼지와 기름으로 끈적거린다. 전형적인 부랑자의 얼굴이었다. 이러니 맥도날드 여자가 싫어할 만도 하지, 하고 마사시는 거울을 보면서 공허하게 웃었다.

세수를 하고 화장실에서 나왔다. 사방은 이미 어두워졌다. 공원에는 아무도 없었다.

마사시는 어슬렁어슬렁 걸었다. 그러나 딱히 어디를 향하고 있는 것은 아니다. 집에서 뛰쳐나온 것도 이렇다 할 이유가 있는 행동이 아니었다.

굳이 말하자면, 엄마의 기억으로부터 도망치려 했다고 할까.

마사시의 눈 속에는 엄마가 폭사하는 장면이 각인되어 있다. 아마 평생 지워지지 않을 것이다. 마사시는 각오하고 있었다.

왜 엄마가 그렇게 죽었는지, 마사시는 전혀 이해할 수 없었다. 경찰도 의문스러워하고 있지만, 엄마에게 그런 폭발물을 입수할 방법이 있을 리 없었다. 가령 어쩌다 입수했다고 해도 그걸 가지고 사람을 해치려 할 엄마가 아니라는 것은 마사시가 누구보다도 잘 안다.

누군가에게 이용당한 것이라고 마사시는 추리했다. 그러나 그게 누구인지는 전혀 짐작이 가지 않았다. 한 가지 분명한 것은 어떤 자가 아들을 광악에서 떼어 놓으려는 엄마의 마음을 교묘하게 이용했다는 점이다.

그 점이 마사시는 가장 괴로웠다. 이전의 자신이 이상했던 것은 사실이다. 그러니 엄마가 무슨 수를 써야겠다고 생각한 것은 당연한 일이다.

그런데 광악의 진정한 의미를 이해한 후로는 마음이 차분하게 가라앉았다. 엄마도 그런 변화를 감지하고 안심하는 것처럼 보였다. 그런데.

자신이 좀 더 빨리 눈을 떴더라면 엄마가 죽는 일은 없었을 것이다. 그는 후회해 봐야 소용없는 일을 몇 번이고 후회하고 또 후회하고 있었다.

문득 정신을 차려 보니 어느새 번화가에 들어서 있었다. 회사에서 일을 끝내고, 학교에서 수업을 끝내고 돌아가는 사람들이 즐거움을 찾아 거리를 배회하고 있다. 그런 모습들을 보면서, 세상은 아직 조금도 변하지 않았다고 마사시는 생각했다. 하지만 조금씩 변해 간다는 것을 그는 알고 있었다.

광악이 보고 싶었다. 미쓰루는 어쩌고 있을까. 며칠 동안 텔레비전도 신문도 보지 않았다. 세상이 어떻게 돌아가고 있는지 전혀 몰랐다.

가전 제품 대리점 앞에 몇몇 젊은 남녀가 서 있었다. 텔레비전을 보고 있는 것 같았다. 무슨 재미난 프로그램이라도 있는가 싶어 마사시도 화면을 쳐다보았다. 그리고 자신도 모르게 "어." 하고 소리를 질렀다.

화면에 나오는 사람은 고즈카 테루미였다. 테루미가 광악기 앞에 서 있었다.

"광악의 제1인자인 시라카와 미쓰루 씨가 지난번 사고로 연주할 수 없는 상태입니다. 그래서 오늘은 시라카와 씨가 추천한 고즈카 테루미 양을 이 자리에 모셨습니다. 고즈카 양, 오늘은 어떤 곡을 연주해 주실 거죠?"

사회자가 테루미에게 질문했다.

"오늘 제가 연주할 곡은,"

그렇게 말을 꺼내 놓고서 테루미는 입술을 핥았다. 긴장하고 있다는 것이 그 표정에서 역력히 나타났다.

"오늘의 곡은 시라카와 미쓰루 씨가 여러분에게 보내는 메시지입니다. 여러분, 아무쪼록 그 메시지를 잘 들어 주세요."

그리고 그녀는 카메라를 향해 고개를 숙였다.

"네, 시라카와 씨가 어떤 메시지를 보냈을지 기대가 되는군요. 그럼 연주를 부탁드리겠습니다."

사회자의 말이 끝나자 테루미는 악기 뒤로 돌아갔다. 그녀가 심호흡을 하는 것과 동시에 스튜디오 전체가 어두워졌다.

연주가 시작되었다. 오늘을 위해 만들었는지, 새 광악기의 램프 열두 개가 빛나기 시작했다. 신시사이저의 음악 소리도 천천히 흘러나왔다.

멋지다, 하고 마사시는 생각했다. 비 온 후 쑥쑥 돋아나는 죽순마냥 출현한 사이비 광악가들과는 달리 그녀는 빛을 완벽하게 연주하고 있었다. 미쓰루가 연주하고 있다고 착각할 정도였다.

돌아보니 주위에 많은 사람이 모여 있었다. 모두 스무 살 전후의 젊은이들 같았다. 다들 숨을 죽이고 화면에 푹 빠져 있었다.

마사시도 텔레비전 화면으로 시선을 돌리고 테루미의 연주를 느긋하게 감상하기로 했다.

그런데 잠시 후, 그는 가슴이 두근거리는 것을 느꼈다. 화면에서 비치는 빛에 어떤 의미가 담겨 있다는 것을 깨달았기 때문이다. 테루미 말대로 그것은 미쓰루가 보내는 메시지였다.

여러분, 눈을 뜨세요. 주된 메시지는 그것이었다. 자신의 힘으로 눈을 뜨세요. 껍질을 벗어던지세요.

그런데 그 사이사이로 기묘한 메시지도 들어 있었다.

미쓰루가 위험하다는 것이었다.

누군가에게 감금되어 있다. 광악 연주 능력을 빼앗으려 하고 있다. 서두르지 않으면 늦는다.

큰일 났다고 마사시는 생각했다. 어떻게든 해야 한다. 마사시는 서둘러 가전 제품 대리점 앞을 떠났다. 하지만 자신이 뭘 할 수 있을까?

아무것도 생각해 내지 못한 채 그는 다시 걷기 시작했다. 아무튼 가야 한다. 미쓰루가 기다리고 있다.

그는 가까운 역으로 가서 티켓 자동판매기 앞에 줄을 섰다. 어디로 가야 하는지는 알고 있다. 어떻게 아느냐고 물으면 대답하기가 곤란하지만, 테루미의 연주를 보다가 머리에 떠올랐다. 그리고 그것이 광악의 힘이라는 것을 지금은 마사시도 이해한다.

자동판매기 앞이 유난히 북적거렸다. 왜 이렇게 줄이 긴 거야, 하고 생각하면서 마사시는 주변을 돌아보았다.

티켓을 사려는 사람들은 온통 젊은이들이었다. 다들 똑같은 표정이었다.

그리고 모두 똑같은 곳으로 가는 티켓을 사고 있었다. 마사시 자신이 사려 하는 티켓을.

35

연주를 끝내고 대기실로 돌아온 테루미는 그대로 긴 의자에 쓰러지고 말았다. 의식이 아스라이 멀어졌다. 누군가가 부르는 것 같았지만 가물가물 잘 들리지 않았다.

정신을 차리고 보니 그녀는 몸에 담요가 덮인 채 긴 의자에 누워 있었다. 밖에서 누군가와 얘기를 나누는 사부리의 목소리가 들렸다. 상대는 방송국 사람인 것 같았다.

이윽고 대기실로 들어와 그녀가 눈을 뜬 것을 본 사부리의 표정이 누그러졌다.

"제가 얼마나 자고 있었나요?"

"겨우 10분쯤. 조금 더 쉬지그래? 처음 출연이라 긴장했을 거야. 그리고 무엇보다 온 정신을 쥐어짜 내는 듯한 연주였으니까 말이야."

"제 연주, 한심하지 않았나요?"

"무슨 소리."

사부리가 크게 고개를 저었다.

"완벽했어. 아쉽게도 나는 너희들처럼 빛의 메시지를 읽어 내지 못했지만. 그래도 감동이더군. 훌륭했어. 벌써부터 방송국으로 칭찬의 전화가 걸려 오고 있대."

"그래요. 다행이네요……"

안도의 한숨을 내쉬면서 그녀가 새삼스럽게 사부리를 보았다.

"저, 미쓰루 오빠는 어떻게 되었어요? 아직 못 찾았나요?"

"그 점은 걱정하지 마. 데쓰야가 출동했어. 장소도 알고 있고. 금세 구해 올 거야. 기대하고 기다리면 돼."

자신만만한 말투였다.

그때 노크 소리가 났다. 자리에서 일어나 문을 연 사부리의 표정이 딱딱하게 굳었다.

"아, 회장님……. 어떻게 여길?"

회장? 테루미가 몸을 일으켰다.

들어온 사람은 기모노를 입은 노인이었다. 머리가 새하얗고, 코 밑에 돈은 수염도 하얬다. 노인은 몸집은 작지만 자세는 반듯했다.

"이 아가씨와 단둘이 할 얘기가 있어서 왔네."

노인이 말했다. 사부리는 잠시 주저하는 듯하더니, 고개를 숙이고는 방에서 나갔다.

문이 닫히는 것을 확인한 후 노인이 테루미를 보면서 빙그레 웃었다.

"처음 보는군."

"안녕하세요. 그런데 저, 할아버지는…… 누구세요?"

"흠."

고개를 끄덕이면서 노인이 테루미와 마주하고 의자에 앉았다.

"할아버지라고 불러도 물론 상관없지만, 내 이름은 도리이라고 한다."

사부리 조직의 최고 권력자인가 보다고 테루미는 짐작했다.

"네가 연주하는 광악을 봤어. 잘하더군. 참 다행이야."

그렇게 말하고서 도리이 노인은 그래그래 하듯이 몇 번이나 고개를 끄덕였다.

"감사합니다."

테루미는 머리를 숙이면서, 이 노인이 자신에게 무슨 용건이 있는 것일까 생각했다. 노인이 입을 열었다.

"그 정도면 수많은 사람이 눈을 뜨게 되겠지."

테루미는 놀라서 노인을 보았다. 그는 여전히 빙그레 웃고 있었다.

"테루미 양이 놀라는 것도 무리는 아니지. 그러나 이걸 보면 의문이 풀리지 않을까."

말을 마치는 것과 동시에 노인의 몸에 변화가 나타났다. 온몸에서 금색 빛이 넘쳐흘렀다.

테루미는 눈을 부릅떴다. 동시에 그 빛에 담긴 메시지를 읽었다. 그리고 그녀는 이해했다.

노인 역시 빛을 조종하는 능력을 지니고 있었던 것이다. 물론 미쓰루가 태어나기 몇십 년 전부터다. 시대와 환경의 덕을 보지 못한 그는 미쓰루처럼 광악기를 만들어 낼 수도, 동지를 불러 모을 수도 없었다. 그래서 그는 오로지 타인의 몸에서 비치는 빛을 읽어 내는 일에 전념했다. 그 결과 사업에 성공했고, 여러 회사를 경영하기에 이르렀다. 그는 자신의 능력에 대해 아무에게도, 단 한 번도 말한 적이 없다. 권력자가 눈독을 들이게 되면 이용당하든지 말살당하든지 둘 중 하나라는 것을 알고 있었기 때문이다.

그럼에도 어느 정도 지위를 구축하고 나자 그는 어떻게든 동지들과 교신하고 싶어졌다. 이 능력을 지닌 동지들이 전 세계에 있으며 자신처럼 숨죽여 생활하고 있을 것이라고 그는 생각했다.

마침내 그는 영상을 중심으로 한 정보 산업에 손을 뻗었다. 그가 만드는 광고는 놀라운 성과를 거뒀다. 빛으로 사람의 마음을 자극하는 방법을 알고 있었으니 당연한 일이었다. 그러나 노인의 진정한 바람은 돈벌이에 있지 않았다. 그는 자신이 발신하는 영상 몇 가지에 빛의 메시지를 담았다. 그 메시지의 내용은 다음과 같은 것이었다.

내 목소리가 들리면 연락하기 바란다.

동지라면 반드시 감지할 수 있을 것이라고 그는 믿었다.

그러나 몇 년이 지나도 그 앞에 동지는 나타나지 않았다. 자신에게 남은 시간이 얼마 없다는 것을 몸으로 느끼자 그는 초조해졌다.

어느 날 동지를 찾는 방법에 대해서 노인에게 전혀 색다른 발상이 떠올랐다. 그것은 최대한 많은 아이를 어둠 속에 풀어 놓는 것이었다. 오늘날 아이들은 지나치게 많은 빛에 싸여 생활한다. 그래서 능력을 지니고 있으면서도 본인이 그것을 미처 깨닫지 못할 가능성이 많다.

그렇게 생각한 그는 소년 소녀들에게 밤의 어둠을 주기로 했다. 그것이 마스크트 반달리즘이었고, 전국적으로 발생한 뉴 타입의 폭주족이었다. 어둠 속에서 정신을 해방하면 반드시 그들 중에 자신의 숨은 능력을 알아차리는 자가 나타날 것이라고 도리이 노인은 믿었다. 하지만 그것만으로는 충분하지 않았다. 자각을 유발할 계기가 필요했다. 노인은 뉴 타입의 오토바이 헤드라이트를 특수하게 개조했다. 그로 인해 그들이 발하는 빛에도 메시지가 담기게 되었다. 그것은 딱 한마디 '눈을 떠라' 하는 것이었다.

그러나 모든 것이 노인의 계획대로 순조롭게 돌아가지는 않았다. 뉴 타입은 자신들이 메시지를 발신하면서도 자신들의 힘을 깨닫지 못했다. 대신 전혀 다른 곳에서 그들의 메시지를 감지한 자가 나타났다. 그가 바로 시라카와 미쓰루였다.

도리이 노인은 사부리에게 명해 미쓰루를 데려오게 했다. 그리고 단둘이 만났다.

미쓰루는 틀림없는 동지였다. 게다가 그보다 강력한 힘을 지닌 동지였다. 또 이 만남에서 미쓰루가 노인의 존재를 이미 알고 있었다는 것이 밝혀졌다. 노인이 각종 영상을 통해 발신한 메시지를 읽었다는 것이다. 사부리가 다가오리라는 것도 그는 이미 예상하고 있었다고 했다.

"그랬군요. 그래서 사부리 씨가 그렇게 미쓰루 오빠에게 협조적이었군요."

테루미가 말했다.

"사부리는 내 능력에 대해서는 몰라. 그저 명령에 따라 움직일 뿐이지. 뭐, 돈이 되니까 열심인 거겠지만."

노인은 그렇게 말하고 하하하 웃었다. 고르게 난 이가 보였다.

"저, 미쓰루 오빠는 괜찮을까요?"

테루미는 지금 가장 걱정스러운 점을 얘기했다.

"괜찮다. 너의 아까 그 연주가 틀림없이 그 아이를 구해 낼 거야."

그리고 노인은 힘주어 고개를 끄덕였다.

"그랬으면 좋겠어요."

"걱정하지 마라. 자, 그럼."

도리이 노인은 천천히 일어났다.

"우리 집에 같이 가지 않겠느냐? 같은 힘을 지닌 동지끼리 차라도 마시면서 미쓰루가 돌아오기를 기다리자꾸나."

36

오토바이를 탄 우노 데쓰야는 마흔여덟 명의 동지를 이끌고 북상했다. 마스크트 반달리즘으로서 달리기는 정말 오랜만이었다. 검은 전투복에 검은 헬멧, 옛날과 똑같은 복장이다. 그리고 그 무렵처럼 폭발물을 소지하고 있었다.

"우리는 모든 것을 파괴한다. 그 파괴에 이유 따위는 없다. 파괴하고 싶으니 파괴하는 것이다."

과거 그렇게 외쳤던 시기가 있었지, 하고 데쓰야는 생각했다. 우리는 무언가를 추구했다. 자신들의 마음에 호소하는 무언가를 찾았다.

그 바람에 답해 준 사람이 미쓰루였다. 지금 세상은 뭔가가 이상하다, 어딘가가 잘못돼 있다, 대체 뭐가 이상한 것인가, 그리고 어떻게 하면 현황을 타개할 수 있는가. 미쓰루는 그런 의문에 대한 답을 갖고 있었고, 아직 어른이 되지 않은 젊은이들에게 그 답을 전하려 했다. 그래서 자신들도 어떻게든 그가 발하는 신호를 포착하려 했다.

그런 미쓰루가 지금 어떤 자에게 감금되어 위험한 상황에 놓여 있다. 데쓰야는 적의 정체를 어렴풋이 알 것 같았다. 이 세계에는 세상을 이상한 형태로 뒤틀려는 인간들이 존재한다. 그자들이 미쓰루를 방해물로 여기기 시작한 것이다. 그가 세상을 제자리로 되돌리는 힘을 갖고 있기 때문이었다.

구해 내야 한다고 데쓰야는 생각했다. 반드시 구해 내야 한다.

그런데, 하고 그는 자신에게 물었다. 폭탄으로 무장하고 오토바이를 타고 질주하는 이 방식이 과연 정당한 것일까. 이래서는 놈들과 마찬가지가 아닌가.

폭탄을 준비하라는 지시를 내렸을 때 사실은 지금 뒤따르고 있는 동지들도 주저하는 기색을 보였다. 꼭 가져가야 하느냐고 묻는 멤버도 있었다.

"미쓰루를 구해 내려면 싸워야 하잖아."

데쓰야가 그렇게 말해 결국은 무장을 하게 되었다. 그러나 그 자신, 왠지 모르게 꺼림칙한 기분이었다.

목표 지점이 가까워졌다. 그제야 데쓰야는 주위가 조금 이상하다는 것을 깨달았다.

밤인 데다 이곳은 번화가도 아닌데 도로 옆으로 걸어가는 사람이 유난히 많았다. 자세히 보니 모두 스무 살 전후의 젊은이들이었다.

데쓰야는 동지들에게 신호를 보내 일단 정지하도록 했다.

"어이, 이 사람들 뭐야? 저 앞에 무슨 일이 있는 건가?"

한 동지에게 물었다.

"글쎄, 모르겠는데."

그 동지도 고개를 갸웃거렸다.

젊은이들은 데쓰야와 마스크트 반달리즘 무리를 보고서도 겁내지 않고 묵묵히 앞을 향해 걸어갔다. 그 표정들이 하나같이 진지했다.

"아무튼 신경 쓰지 말고 가자고."

데쓰야의 무리는 다시 오토바이를 몰았다.

그런데 앞으로 가면 갈수록 젊은이들의 숫자가 늘어나는 것 같았다. 길이 좁아지자 차도까지 밀려나오는 통에 오토바이로 질주하기가 곤란해졌다.

"대체 무슨 일이지?"

데쓰야의 무리는 오토바이를 탄 채 오도 가도 못하게 됐다. 그때 누군가가 그의 팔을 잡았다. 놀라서 돌아보니, 거무죽죽한 얼굴의 젊은이가 웃고 있었다. 자세히 보니 시노 마사시였다.

"마사시, 너 왜 여기 있는 거야?"

"왜는, 너희들과 같은 이유지."

"우리들과 같은 이유?"

"단, 나는 무기를 갖고 있지 않아. 무기를 사용하는 건 옛날 수준의 인간이지."

"옛날 수준……."

데쓰야갸 마사시의 얼굴을 보았다. 마사시는 희미하게 고개를 끄덕였다. 그 순간 데쓰야는 모든 것을 파악한 듯한 기분이 들었다. 데쓰야도 고개를 끄덕였다. 그리고 뒤쪽의 동지들에게 말했다.

"우리도 오토바이를 버리고 걸어간다."

동지들도 목청을 돋워 동의했다.

37

고이치는 꿈짝할 수가 없었다. 놈들이 그의 손발을 침대에

묶었기 때문이다. 입에도 재갈이 물려 있었다.

그렇게 아무도 없는 방에서 몸을 버둥거리며 신음하고 있
는데 소리 없이 문이 열렸다. 고이치는 몸을 비틀어 그쪽을
보았다. 오쓰 세이코, 아니 기즈 레이코가 조용히, 라고 하듯
이 집게손가락을 입술에 댔다.

그녀는 고이치의 곁으로 다가와 그의 입에 물린 재갈을 빼
내고 손발을 묶은 끈을 가위로 잘랐다.

"빨리 도망쳐. 지금은 괜찮을 거야."

"놈들은?"

"실험 준비 중이야."

"실험?"

"아까 그 방에 하얀 커튼이 쳐져 있었지? 그 커튼 안쪽이
실험실이야. 유리 너머로 볼 수 있게 돼 있는데, 거기서 미쓰
루의 몸으로 실험을 할 건가 봐."

"어떤 실험인데?"

"그건 나도 몰라. 아마 미쓰루의 능력을 조사하려는 거겠지."

"소파가 여러 개 놓여 있던데."

레이코가 고개를 끄덕였다.

"아마 이번 일의 주모자들이 실험에 입회할 거야. 아까 일
행이 도착했다고 했잖아."

"그 남자의 동료들이 모인 거야?"

"그 남자?"

그렇게 묻고 나서야 그 말이 고이치의 아버지를 뜻한다는 것을 이해한 듯했다.

"응. 하지만 '선생님'은 안 오나 봐."

"선생님?"

"진짜 주모자. 누군지는 나도 몰라."

"누구든 상관없지. 지금은 어쩌다 그 남자가 보스일 뿐이니까. 미쓰루가 그렇게 말했어."

"그렇구나……."

"실험이 끝나고 나면 어쩔 생각인 걸까?"

"아마 수술하겠지. 그렇게 말했으니까."

"수술이라면 뇌 수술 말이야?"

그녀가 고개를 까딱했다. 고이치는 입술을 깨물었다.

"미쓰루는 실험실로 옮겨졌어?"

"아니, 아직 준비실에 있을 거야."

"좋아."

고이치가 일어섰다.

"우리가 구해 내자."

"그건 안 돼. 감시가 붙어 있다고. 게다가 미쓰루는 지금 다리를 쓸 수 없잖아."

"나 혼자서 도망칠 수는 없어. 나 혼자 탈출하는 건 아무 의미도 없다고."

"이렇게 우물쭈물하고 있다가 너까지 죽을지도 몰라."

"내가 죽는 것보다 미쓰루의 능력을 빼앗기지 않는 게 더 중요한 문제야. 부탁이야, 미쓰루가 있는 곳으로 안내해 줘."

고이치의 기세에 눌린 듯 레이코는 한숨을 쉬었다.

"알았어. 따라와."

"고마워."

그렇게 말하고서 고이치가 그녀의 얼굴을 바라보았다.

"세이코…… 아니지, 레이코라고 했나."

"세이코라고 불러도 괜찮아."

그녀가 허탈하게 웃었다.

"가위 갖고 있었지?"

"응."

그녀가 끝이 뾰족한 가위를 내보였다.

"이리 줘."

"왜, 어쩌려고?"

"내게 생각이 있어. 세이코가 협력해 준다면 가능한 얘기지만."

고이치는 자신의 생각을 그녀에게 들려주었다. 잠시 생각하던 그녀가 대답했다.

"좋아, 알았어."

그리고 둘은 방에서 나왔다.

주위를 살피면서 그는 레이코를 뒤따랐다. 그녀를 믿어도 좋을지는 알 수 없었다. 하지만 믿지 않는다고 해서 달리 대책이 있는 것도 아니었다. 그렇다면 믿어 보는 수밖에 없다고 생각했다. 게다가 믿고 싶은 마음이 있는 것도 사실이었다.

"감시가 있어. 여기서 잠깐 기다리고 있어."

그녀가 혼자 올라갔다. 고이치는 계단에 서서 위의 상황을 살폈다. 그녀가 뭐라고 얘기하는 소리가 들렸다. 그리고 소곤거리는 남자의 목소리.

잠시 후 그녀가 종종걸음으로 돌아왔다.

"심부름을 시켰으니까 10분 이내에는 돌아오지 않을 거야."

"알았어."

고이치가 계단을 뛰어 올라갔다.

"미쓰루는?"

"거기, 그 방이야."

양쪽으로 열리는 하얀 문 위에 '준비실'이라는 팻말이 붙어 있었다.

"문을 열어 줘."

그렇게 말하고 고이치는 오른손으로 가위를 움켜쥔 후 왼손으로는 그녀의 허리를 꽉 안았다.

레이코가 문을 열자 안에 있던 사람들의 시선이 한꺼번에 쏠렸다. 하얀 가운을 입은 남자 네 명이 있었다. 생각했던 것보다 숫자가 적어서 고이치는 안심했다.

"움직이지 마. 움직이면 이 여자의 목숨은 없다."

가위의 뾰족한 끝으로 레이코의 목을 누르며 고이치가 말했다. 놈들이 움직임을 뚝 멈췄다. 한 사람은 침대에 누워 있는 미쓰루의 팔에 주삿바늘을 꽂으려는 참이었다.

미쓰루가 천천히 몸을 일으켰다. 고이치는 안도했다. 아직 마취제를 주사하기 전인 듯했다.

"미쓰루, 걸을 수 있겠어?"

고이치가 물었다.

"그럭저럭. 하지만 손발이 침대에 묶여 있어."

"풀어."

고이치가 옆에 있는 남자에게 명령했다. 남자는 잠시 망설이다가 마지못해 가죽 벨트 같은 것으로 묶인 미쓰루의 손발을 풀었다. 손발이 자유로워지자 미쓰루는 고통스럽게 얼굴을 일그러뜨리고서 한쪽 다리를 끌면서 고이치 옆으로 왔다.

"괜찮겠어?"

"응. 아픈 건 마비돼 버렸어. 이런 걸 거친 치료라고 하나."

이런 상황에서도 미쓰루는 농담을 했다.

미쓰루를 먼저 내보낸 후 고이치는 레이코의 목에 가위를 댄 채 뒷걸음으로 천천히 나왔다.

두 사람이 완전히 방에서 나오자 미쓰루가 문을 닫았다. 그리고 재빨리 양문의 손잡이를 무언가로 고정했다. 조금 전까지 그의 손발을 묶고 있던 가죽 벨트였다.

"재활용이야."

미쓰루가 말했다.

잠시 후, 안쪽에서 문에 몸을 부딪치는 소리가 나기 시작했다. 자신들이 갇혔다는 것을 알아차린 듯했다.

"서두르자."

고이치가 말했다. 그러나 한쪽 다리가 불편한 미쓰루는 뛸 수가 없었다.

간신히 계단을 내려가 건물의 현관문을 열었다. 그런데 세 사람이 밖으로 나가 보니 거기에는 남자 몇 명이 서 있었다. 맨 앞에 선 사람은 소마 다다히로였다.

고이치는 가위를 얼른 레이코의 목에 들이댔다.

"물러나. 물러나지 않으면 여자의 목을 찌르겠어."

그러나 소마 다다히로의 얼굴에는 동요하는 기색이 전혀 없었다. 그의 한쪽 볼에 불길한 미소가 떠올랐다.

"말만 하지 말고 어서 찔러 보려무나."

"뭐라고……."

"레이코가 네놈에게 홀딱 반해서 손을 빌려 주었겠지. 이래서 젊은 여자는 안 된다니까. 젊은 남자도 마찬가지지만."

그렇게 말하면서 소마 다다히로는 고이치에게 다가갔다.

"거기 서. 정말 여자를 죽일 거야."

"죽여도 상관없다니까. 사양할 거 없어. 죽이라고."

소마 다다히로는 허리에 손을 얹고 턱으로 그녀를 가리켰다.

고이치는 상대를 노려보았다. 가위를 쥔 손이 부들부들 떨리는데 어찌할 수가 없었다.

그러다 그 손에서 힘을 뺐다. 가위가 바닥에 툭 떨어졌다.

소마 다다히로가 히죽 웃었다.

"그렇지. 남자는 포기할 때도 알아야지. 아무리 용을 써 봐야 생각대로 안 되는 일도 있으니까 말이야. 자, 레이코, 이리 와."

그러나 그녀는 움직이지 않았다. 그러자 소마 다다히로는 얼굴을 찡그리고 "이리 오라니까."라고 말하면서 그녀의 팔을 획 잡아당겼다. 다음 순간 그는 오른손으로 그녀의 뺨을 갈겼다.

"무슨 짓이야!"

고이치가 달려들려고 했지만, 그러기 전에 두 남자가 양쪽에서 고이치를 제압했다.

"거참, 말이 많군."

소마 다다히로는 넌더리가 난다는 표정이었다.

"어른이 된 다음에 주도권을 잡아도 되잖아. 그때까지는 얌전히 있어야지. 우리 어른들이 잘하고 있는데 왜 그러는 거야. 인간은 그렇게 역사를 구축해 왔어."

"그리고,"

미쓰루가 입을 열었다.

"자멸하고 있지."

"뭐라고?"

"모든 생물은 종의 보존을 최우선하지. 그러기 위해서 자신을 희생하는 일도 있고. 종을 남기기 위해 세대교체를 하고, 그것이 중요하다는 걸 알아."

"무슨 말이 하고 싶은 거지?"

"인간만큼,"

그리고 미쓰루는 고개를 저었다.

"세대교체를 꺼리는 생물은 이 지구상에 존재하지 않아."

"시답잖은 소리. 어이."

소마 다다히로가 턱짓을 하자 남자들이 미쓰루의 몸을 결박했다. 미쓰루는 저항하지 않았다.

고이치는 몸부림쳤다. 이거 놔, 놓으라고, 하며 악을 썼다. 그러나 남자들의 힘이 막강해서 도저히 헤어날 수 없을 것 같았다.

이제 틀린 건가, 하고 생각했을 때 그것이 눈에 들어왔다.

멀리서 뭔가가 빛나고 있었다. 금색 비슷한 엷은 빛이었다. 건물 사이에서, 벽 너머에서, 사방팔방에서 빛이 고이치와 미쓰루를 향해 다가오고 있었다. 그것은 마치 거대한 해일을 슬로 모션으로 보는 듯한 광경이었다. 빛의 해일. 천천히, 그리고 확실하게 모든 것을 삼켜 버리는.

자세히 보니 빛 아래 사람이 있었다. 그것도 한두 사람이 아니었다. 이루 헤아릴 수 없을 정도로 많은 젊은이와 아이들이 고이치 쪽을 향해 걸어오고 있었다. 아니, 그들이 목표로 하는 것은 아마도 미쓰루일 것이다.

"뭐야, 저것들은? 누가 들여놓은 거지? 어? 뭣들 하고 있어, 빨리 쫓아내!"

소마 다다히로가 발악했지만 대답하는 이가 없었다. 빛은 보이지 않아도 젊은이들에게서 뿜어져 나오는 에너지에 압도되어 한 걸음도 움직이지 못하는 것이었다.

젊은이들은 걷는 속도를 서서히 올리더니 마침내 뛰기 시작했다. 빛의 해일이 점점 강력하게 이쪽으로 몰려오고 있었다.

고이치가 미쓰루를 향해 말했다.

"보여, 미쓰루. 내게도 빛이 보여."

미쓰루는 천천히 두 팔을 들었다.

"모든 것은 이제부터 시작이야."

그 순간 빛의 고리가 그의 온몸을 감쌌다. 그 황금색 아우라는 순식간에 사방으로 퍼져 젊은이들이 발하는 빛과 하나가 되었다.

해설

———

이노우에 유메히토

———

베를린 필하모니 관현악단의 상임 지휘자인 헤르베르트 폰 카라얀은 연주회장으로 이동할 때 자가용 비행기를 타고 다녔다고 한다. 한번은 비행기가 이륙하려는 순간 그가 비행사에게 정지하라고 명하고는 그대로 비행기에서 내렸다고 한다. 주위 사람들이 이유를 묻자 그는 이렇게 대답했다.

"좌우 프로펠러의 회전수가 다르다. 정비가 끝나면 다시 타겠다."

카라얀의 귀는 베테랑 조종사도 감지하지 못한, 프로펠러에서 나는 소리의 미묘한 차이를 알아채고 비행기에서 내렸던 것이다.

어디선가 읽은 일화이다. 기억이 분명치 않으니 이 일화가 사실이었는지는 잘 모르겠다. 그러나 오케스트라는 때로 백 명이 넘는 단원으로 편성될 때도 있으니 지휘자가 그 하나하나의 악기 소리를 구별할 수 있다고 하면 그의 귀에는 프로펠러 소리도 우리와는 다르게 들렸을지도 모르겠다.

그래도 역시 경이적인 귀라 하지 않을 수 없다.

키라얀도 그런지는 모르겠지만 세상에는 '절대 음감'을 지닌 사람이 존재한다. 그런 사람들은 어떤 음을 들려주면 '그 음은 E플랫이야.' 하고 알아맞힌다. 악기 소리뿐만 아니라 컵을 두드려도 그것이 피아노의 어느 음과 같은지 정확하게 맞힌다.

즉 그들은 우리가 친구들의 얼굴을 하나하나 구별할 수 있는 것처럼 모든 소리를 구별할 수 있는 것이다. 우리는 악기 반주 없이 노래를 부를 때면 적당히 입에서 나오는 음정에서 노래를 시작한다. 음높이가 다르건 말건 상관하지 않는다. 음계의 상대적인 관계만 올바르면 만족한다. 그런데 절대 음감을 지닌 사람들은 그렇지 않다. 그들은 레코드에서 나오는 소리 그대로, 악보에 그려진 음계의 소리 그대로 노래를 부르기 시작한다.

이 절대 음감에 대해서 불행한 일화를 들은 적이 있다.

그 남자는 절대 음감을 지니고 있었다. 그런데 그는 세상에 넘쳐 나는 음악을 평온한 마음으로 들어 줄 수가 없었다. 왜냐하면 그가 자란 집의 피아노의 조율 상태가 엉망이었기 때문이다. 그러니 그에게는 세상 음악의 음이 하나같이 엉터리로 들렸다. 어렸을 때 듣고 체득한 절대 음감이 잘못된 음정을 토대로 하고 있었던 것이다. 음악을 들을 때마다 그는 기분이 나쁘고 속이 울렁거렸다. 그가 지닌 절대 음감이 그에게는 불행이었던 것이다.

히가시노 게이고 작품의 해설을 쓰는 것이 내게는 황송한 일이지만, 사실 나는 이런 '초인'에 대한 책을 즐겨 읽는다. 어렸을 때부터 '초인'을 동경했기 때문이다. 그것도 하늘을 날거나 집을 들어 올리는 등 이른바 슈퍼맨 계열의 능력이 아니라, 어느 한 가지 능력이 남들과 다르게 뛰어난 사람을 동경했다. 이를테면 기네스북에 오르는 사람들에게 관심이 많았다.

예를 들어 나는 어이가 없을 정도로 느리지만 달리기를 할 수는 있다. 그러나 100미터를 10초 이내에 뛰는 사람은 '초인'이라고밖에 여길 수 없다. 나도 계산 능력은 있다. 하지만 열 자리끼리의 곱셈을 순간적으로 해낼 수는 없다. 전에 읽은 책의 내용도 대충은 기억한다. 하지만 몇백 페이지짜리의 책을 한 글자 틀리지 않고 암송하는 것은 신기라고 생각한다.

그런 유의 '초인'에 나는 매력을 느낀다.

안타까운 일이지만 나는 그런 능력을 하나도 지니고 있지 않다. 물론 그런 능력이 훈련으로 배양될 수 있다는 것은 안다. 하지만 절대 음감 같은 능력을 지닌 사람에 대해 쓴 글을 읽으면 훈련 이전에 자질, 타고난 재능 문제가 아닐까 하는 생각이 든다.

『무지개를 연주하는 소년』의 주인공 미쓰루 역시 내 가슴을 뛰게 하는 능력을 지닌 인물로 그려져 있다.

미쓰루의 능력은 소리가 아닌 빛이다.

절대 음감을 지닌 사람이 모든 소리를 구별할 수 있는 것처럼 미쓰루는 온갖 색을 구별할 수 있다. 눈앞에 선 사람이 입고 있는 옷의 색에 파랑 75퍼센트, 빨강 6퍼센트, 노랑 19퍼센트가 섞여 있다는 것을 그는 정확하게 파악할 수 있다.

그림을 그릴 때 우리는 몇 가지 물감을 섞어 원하는 색감을 만들어 낸다. 하지만 적당한 선에서 '이제 비슷해졌어' 하고 타협한다. 그러나 미쓰루는 여러 가지 그림물감의 양을 정확하게 섞어 똑같은 색을 도화지에 재현한다.

게다가 그는 지능도 아주 높다. 학교 선생님이 자신보다 탁월한 학생을 꺼려 전학을 종용할 만큼 미쓰루는 머리가 좋다.

해설부터 읽을 독자의 흥을 깨지 않기 위해 자세한 것은 쓰지 않겠지만, 미쓰루는 그 능력을 백 퍼센트 활용해서 '어떤 계획'을 실행에 옮긴다. 뭐라 말할 수 없이 아름답고 매력적인 프로젝트이다. 그리고 그 프로젝트의 진행과 함께 소설이 전개된다.

이 소설을 3년 전에 읽었을 때 나는 모종의 충격을 받았다. 그것은 소설 속에서 사용된 몇 가지 소재가 내가 당시에 쓰려고 했던 작품의 소재와 흡사했기 때문이다.

사실 히가시노 씨의 소설과 내가 착안한 소재 사이에는 그런 우연이 상당히 많다.

때로 독자들에게 히가시노 게이고와 이노우에 유메히토의 작품에 유사한 점이 있다는 지적을 받기도 한다. 히가시노 씨 자신이 그 같은 지적을 어떻게 받아들이는지는 알 수 없지만, 나는 그런 사실을 매우 흥미롭게 여긴다.

실제로 히가시노 씨와 나의 착안점에는 공통된 무엇이 있는 듯하다.

그와는 밤을 새워 가며 얘기를 나눈 적도 있는데, 언젠가 한 번은 '뇌내 마약'에 관한 얘기로 열을 올렸다. 무슨 얘기를 하다가 어느 쪽의 입에선가 '뇌내 마약'이라는 말이 나온 것이다. 그러고는 하염없이 뇌수 담론에 빠졌다.

"아, 그 책, 저도 읽었습니다."

"뭐, 읽었다고? 그런 책은 또 왜 읽어?"

"흥미가 있으니 읽죠. 저야말로 묻고 싶군요."

그와 나는 '이거 꽤 재미있겠는데.' 하고 생각하는 부분이 비슷하다.

학생 시절에 나는 8밀리 필름으로 실험 영화를 제작한 적이 있다. 그중에 '플리커'라는 제목의 작품이 있는데, 그 작품은 새하얀 화면과 새카만 화면을 번갈아 찍어 하양과 검정의 비율을 서서히 변화시킨, 아주 단순한 것이었다. 그런데 내가 그 작품이 마음에 든 이유는 하양과 검정만으로 제작한 영상인데도 화면에 무지개 같은 색이 나타나는 신기한 현상 때문이었다. 작품으로서는 그리 훌륭하지 않았지만, 작가가 된 후로 이런 현상을 소설로 쓸 수 없을까 하는 생각을 했다.

그래서 7, 8년 전부터 나 역시 시각과 색채에 관한 자료를 모으면서 작품을 준비하고 있었다. 그런 와중에 『무지개를 연주하는 소년』을 읽었다.

허걱…….

다 읽고 난 후의 나의 기분은 ㅗ됐다.

별 볼일 없는 작품이었다면 '허걱'도 '쳇'도 없었을 것이다. 그런데 『무지개를 연주하는 소년』은 부아가 치밀게도 재미있는 소설이었다.

그래서 '허걱' 다음의 내 반응은 '아뿔싸'였다.

그 며칠 후, 나는 히가시노 게이고라는 작가를 이 세상에서 제거할 계획에 몰두했다.

물론 그 계획을 실행에 옮기지는 않았고, 그래서 그는 지금도 펄펄하게 살아 있다.

히가시노 씨는 그 자신이 '유닛 방식'이라고 명명한 방법으로 소설을 쓴다고 한다. 이 '유닛 방식'은 간단하게 말해서 '일단 쓰고 보는' 방식이다.

정말?

특히 단편 소설은 소설 전체의 구상이고 뭐고 없이 첫 줄을 쓰고, 그 첫 줄에 이끌려 가듯이 다음 줄을 쓰고, 그런 식으로 끝까지 쓴다고 한다.

나는 도저히 흉내 낼 수 없는 묘기이다.

그렇게 썼다는 작품에 교묘한 복선이 깔려 있고 반전이 있다.

"그런 것도 그런 식으로 쓰는 거야?" 하고 물어보니 그는 겸연쩍은 표정으로 대답한다.

"그때가 되어 생각합니다. 그래서 반전에는 독자에 앞서 나 자신이 깜짝 놀라곤 하죠."

이는 물론 대량의 원고를 소화해야 하는 인기 작가의 절박한 소설 작법일지도 모르겠다.

그러나 아무리 절박하다 해도 그렇지, 본격 미스터리와 그가 몇 년 전부터 시도하고 있는 '본격'을 한 번 비튼 실험적 작품을 그런 '유닛 방식'으로 쓸 수 있다니, 나는 도무지 믿기지 않는다.

어쩌면 나를 놀리기 위해 '유닛 방식'이라는 따위의 말을 하는 게 아닐까, 그런 생각까지 든다.

하지만 만약 나를 놀리기 위한 말이 아니라 정말 그런 식으로 소설을 쓰고 있다면 히가시노 게이고 역시 '초인'이라는 뜻이 아닌가.

카라얀이 소리를 구별하고 미쓰루가 색을 구별하는 것처럼 히가시노 씨는 아직 쓰이지 않은 다음 줄을 볼 수 있는 능력을 지니고 있는지도 모른다. 그렇다면,

정말 위험하다…….